FRANZ FRIEDRICH

Die Meisen von Uusimaa singen nicht mehr

Roman

S. FISCHER

MIX
Papier aus verantwortungsvollen Quellen
FSC® C083411

Erschienen bei S. FISCHER

Satz: Dörlemann Satz, Lemförde
Druck und Bindung: CPI books GmbH, Leck
Printed in Germany
ISBN 978-3-10-002232-5

Dank an Valeria

DIE LAPPLANDMEISEN

I

Er stand hinter dem Projektor im *Kabuff*, der Vorführkabine des kleinen Kinos im Keller des Instituts. Es war mitten in der Nacht, und er war allein. Staub auf den Armaturen, der Geruch von eingetrocknetem Bier und ein gebündeltes Licht, das seine Hand, wenn er sie gegen den Strahl erhob, wie ein Feuer wärmte. Er hatte keine Ahnung von dem, was er hier tat, und mit dem Einsetzen des Ratterns wurde er von einer Aufregung ergriffen, wie ein Mensch des neunzehnten Jahrhunderts, der zum ersten Mal einen Film sah.

Um eine seltene Filmrolle abzutasten, hatte man ihn ins Archiv geschickt, deshalb war er hier. Doch weil er sich mit dem Verfahren des Digitalisierens nicht auskannte und Angst hatte, einen Fehler zu machen, versuchte er sich erst einmal als Filmvorführer.

Das Originalnegativ galt als verschollen, die Rolle, die er eingelegt hatte, war ausgeblichen und körnig, die Kopie von einer Kopie, die ebenfalls unauffindbar war. Auch der Ton war schlecht, er klang dumpf, so als drückte die Enge der Kabine auf seine Ohren. Durch das Fenster, das klein war wie das Bullauge eines Schiffes, überblickte er den leeren Saal, zehn Reihen im Widerschein der Leinwand. Es lief ein Film von Susanne Sendler, *Die Meisen von Uusimaa singen nicht mehr,* es war der einzige Naturfilm, den sie je gedreht hatte.

Der Film begann mit einer Fahrt entlang einer Wandvertäfelung aus grünlasiertem Holz. Anstelle einer Eröffnung mit Luftaufnahmen von Küstenlinien und kalbenden Gletschern, wie sie in Naturdokumentationen üblich war, folgte die Kamera der Maserung der Bretter. Aus Rissen, Ringen und Adern entstand eine Seenlandschaft. Ein Knarzen und Schaben, das Geräusch von Schlägen gegen ein Heizungsrohr.

In einer Nahaufnahme ein Gesicht, Untertitel erschienen: »Aulis Lindros, Kapitän des Eisbrechers Nordlandstar.« Aus dem Off setzte eine Stimme ein. Es war Susanne Sendler, sie forderte den Kapitän auf zu lesen. Aulis Lindros' Blick senkte sich, vor ihm lag ein aufgeschlagenes Buch, er begann.

»Trockenes Eis hat gegen Stahl einen nicht geringeren Reibungswiderstand als Stahl gegen Stahl.«

Der Text, den der finnische Kapitän wiedergab, handelte von den Besonderheiten des Eises im Bottnischen Meer, dem Einsatzgebiet der Nordlandstar. In der salzarmen Ostsee sei die Beschaffenheit des Eises hart und spröde, »eine Gefahr für den Eisbrecher«.

Er fragte sich, ob der Finne die deutschen Wörter verstand. Die Sätze, die er vorlas, waren vor allem Rhythmus und Melodie:

»Im Bottnischen Meer werden heute
Eispflüge eingesetzt,
nach dem Kanadier Scott Alexander
Alexbow iceplow genannt.
Ein doppelpflügiger Sporn
am Vordersteven des Schiffes
reißt die Eisdecke auf
und schiebt die losgehenden Stücke
seitwärts auf das Eis.«

»Und die Lapplandmeise?«, unterbrach Susanne Sendler, die Kamera blieb auf den Kapitän gerichtet. Aulis Lindros runzelte die Stirn, als wollte er sich an etwas erinnern, das sehr weit zurücklag, und spitzte seine Lippen: »Dju – dju – dju – dju – dju.«

Später: ein Dickicht aus Laubbäumen und Sträuchern, ein Wald, der nordisch aussah und tropisch zugleich, in dem Farne sich mit ihren ausladenden Wedeln wie Palmen ausnahmen und Trauer tragende Birken mit den herabhängenden Zweigen an belaubte Lianen denken ließen, durch die das Licht der Sonne in sternförmigen Strahlen blitzte. Kleine Vögel flatterten durch das Laub, es waren die Lapplandmeisen, denen Susanne Sendler ihren Film gewidmet hatte, und ihr Flügelschlagen vereinte sich zu einem Geräusch, das so laut war wie ein tosender Applaus. Nur eines fehlte, da war kein Gesang, die Meisen schwiegen.

Im nächsten Bild: eine Chorprobe auf der ornithologischen Station. Die Sänger bildeten eine Reihe hinter einer Frau in einem hellen Sommerkleid. Nicht einmal zehn Personen zählte der Chor, und doch klangen die Stimmen so voll, als wären es Hunderte, die dort sangen.

Schließlich, im Altersheim von Oulu, die Erinnerungen der evakuierten Inselbewohner an ihre Heimat, die sie verlassen mussten, nachdem die Lapplandmeisen aufgehört hatten zu singen.

Nie zuvor hatte er einen Film gesehen, der so sehr von der Haltung der Autorin bestimmt war. *Wer bin ich?* und *Wie stehe ich zu meiner Zeit?*, jedes Bild warf diese Fragen auf. Susanne Sendler behandelte die Realität schöpferisch. Sie lief ihr nicht hinterher, sie erschuf sie neu. Bei keinem anderen Film hatte er etwas Ähnliches beobachtet. *Wahrheit, Schicksal, die dokumentarische Wirklichkeit*, Begriffe, die seine Kommilitonen anführten, wenn sie Propaganda betrieben für die Behauptung einer Welt, sie wurden von ihr aufgebrochen, zertrümmert. Einzig auf diese Weise wollte er von nun an filmen.

Ein kurzes Aufjaulen des Projektors, gefolgt von einem Vibrieren. Er legte die Hand auf das Kühlgebläse und spürte die Hitze unter dem Gehäuse. Er horchte, der Projektor arbeitete, *Trr Trr Trr.* Alles scheint in Ordnung zu sein, dachte er.

Er versuchte den Drehbewegungen im Laufwerk zu folgen und beobachtete, wie sich das Filmband Lage für Lage um die Wickelachse legte. Jedes Bild konnte er sehen, das war das Material. Er begriff, wie grundsätzlich Susanne Sendlers Entscheidung war, auf Film zu drehen. Er könnte den Projektor anhalten und den Film herausnehmen. Er könnte mit seinen Fingern die Perforation am Rand des Bandes entlangfahren und den spezifischen Geruch einatmen. Dies war die Wirklichkeit, der es galt, die Treue zu halten. Auf das Material kam es an.

Die digitalen Kameras, die sich im Kreis seiner Mitstudenten durchgesetzt hatten, produzierten Bilder, die behaupteten, dem Gefühl des analogen Films nahezukommen, indem sie seine Weichheit und Farbigkeit rechnerisch imitierten. Ein Trick, eine Lüge, von der sich die Filmstudenten täuschen ließen. Sie stürzten sich auf die neue Kameratechnologie, verschlangen mit einer Gleichgültigkeit alles, was vor ihr Objektiv geriet, und horteten die Bilder auf ihren Festplatten, die virtuelle Müllhalden verpixelter Erinnerungen waren, Erinnerungen in der imitierten Röte von Technicolor.

Was sie nicht bedachten: Um ein digitales Bild zu erzeugen, musste das aufgenommene Objekt zerstückelt und letztlich ausgelöscht werden, *ein Massaker an der Welt*. Das analoge Bild hingegen war nichts weiter als ein höflich entnommener Abdruck, *Licht gebannt durch Staub und Chemie*. In dem Film, den er sah, ging es um Vögel, sie waren die Hauptdarsteller. Doch Susanne Sendler konnte die Meisen nicht um Erlaubnis bitten. War es nicht auch anständig von ihr, auf Film zu drehen?

Wie die meisten Arbeiten Susanne Sendlers füllte auch *Die Meisen von Uusimaa singen nicht mehr* die volle Länge der Rolle nicht aus. Nach dem Abspann hob er den Akt von der Aufwickelachse, trug ihn zum Umrolltisch und spulte das Filmband zurück. Das aufgewickelte Zelluloid legte er wieder in das Laufwerk des Projektors, der Film begann aufs Neue.

Er bemerkte die Kalkwolken auf den Fingernägeln der Filmemacherin, entdeckte das Spiegelbild einer Tonangel im dunklen Violett einer Pfütze und sah die Speichelfäden im Mund des Kapitäns zerreißen, als er das erste Wort sprach.

Zum zehnten Mal erschien das Emblem des Instituts am Ende des Abspanns, dann verhedderte sich der Film. Vielleicht war er auf der Gleitbahn gerissen oder im Bildfenster. Er erinnerte sich, im Einführungsseminar hatte man ihn davor gewarnt. Das Getriebe wird ausgebremst, ein Riss entsteht, ein neuer Sprung, das Getriebe läuft wieder an, wird erneut ausgebremst, schließlich versagt das Kühlgebläse, so etwas kam vor. Er stoppte den Apparat und knüllte das beschädigte Material in den Feuerschutzschrank.

Niemand hatte ihn das Institut in dieser Nacht betreten sehen, niemand wusste, dass er der Letzte war, der Susanne Sendlers einzigen Naturfilm sah, dass er es war, der die einzige Kopie zerstört hatte. Morgen wollte er nach den *Meisen von Uusimaa* fragen, in der Datenbank eine Sucheingabe erstellen. Manchmal verschwanden Filme, das kam vor.

II

Das Flugzeug drang in eine Wolkenbank. Vor dem Fenster die völlige Dunkelheit inmitten von Wolken, eine Finsternis, die bis auf das Signallicht alles verschluckte. Uusimaa, die Insel im Bottnischen Meer, würde er erst gegen Mitternacht erreichen. Er war müde und wollte schlafen.

Das Polster der Kopfstütze roch nach Talg, und auch die Scheibe des oval gerundeten Fensters war von fettigen Schlieren überzogen. Vornübergebeugt, die Stirn auf die Ablage am Vordersitz gelehnt, saß er eine Weile und wartete auf den Schlaf, bis ein Vibrieren einsetzte, das anschwoll und bald auch den Klapptisch erfasste. In der Nähe des Cockpits, hinter dem Vorhang aus nachtblauer Baumwolle, der tiefe Falten warf und sich nicht rührte, war es vielleicht nur schwach zu spüren. Der Steward und die Stewardess, die dort auf Klappsitzen das Erreichen der Flughöhe abwarteten, mochten es nur als ein Zittern wahrnehmen. Doch auf der Höhe der Tragflächen, wo er saß, bebte es. Nun war auch das Signallicht erloschen.

»Erde beben«, hatte Elaine, seine Tochter, gesagt, als

ein Schwerlasttransporter Rohrtürme und Rotorblätter neuer Windkraftanlagen durch ihre Straße fuhr, die Rue Antoine Dansaert im Quartier de la Senne in Brüssel. Damals waren die Türen des Küchenschranks aufgesprungen, und Geschirr war zu Bruch gegangen. In eine der Scherben war Marta getreten, doch was war das im Vergleich zu der Kraft, die er jetzt an seinem Sitz spürte.

Aus dem Gepäckfach über ihm vernahm er einen dumpfen Knall, es war sein Hartschalenkoffer, der gegen die Klappe der Ablage schlug. In ihm befanden sich seine Kamera, die Objektive und das Tonbandgerät. Bald würden die Sauerstoffmasken herunterfallen, aus dem Lautsprecher würde sich die Pilotin melden: »Brace, brace!«, Schreie, Explosionen, Qualm. Sie würden abstürzen, und als einziger von neun Passagieren und einer vierköpfigen Besatzung, als einziger von dreizehn Insassen, einer Unglückszahl, würde er sterben, weil er bei den Tragflächen saß.

Er hatte ohne Sitznachbarn bleiben wollen und sich für einen Platz in der Mitte des Flugzeugs entschieden, weit entfernt von den Ausgängen. Einige Reihen vor ihm sah er zwei finnische Beamtinnen, er roch den süßen Duft eines Shampoos. Alle anderen aber saßen in den vorderen und hinteren Sitzreihen, wo es der Statistik nach am sichersten war auf einem der letzten Linienflüge von Brüssel nach Helsinki.

Er war den beiden Frauen schon auf der Gangway begegnet. Sie hatten ihm ihre Rollkoffer in die Hacken gefahren und sich gestritten. An diesem Nachmittag war er viel zu früh am Brüsseler Flughafen erschienen, weil er noch Gepäck aufgeben musste. Doch abgesehen von einer Schlange vor dem Schalter einer südamerikanischen Fluggesellschaft und der Crew einer kongolesischen Airline, die sich in der Sitzecke eines Eiscafés, das noch betrieben wurde, um ein Damespiel gruppierte, fand er den Flughafen nahezu verlassen vor, bevölkert einzig durch das Sicherheitspersonal, das die Flughallenzugänge und Gepäckausgabebänder, die verbarrikadierte Einkaufszeile und die Toiletten bewachte.

Er richtete seinen Rücken gerade und drückte die Schulterblätter gegen den Sessel, zwischen Steiß und Rückenlehne entstand eine Lücke. Sein Hemd, das schweißnass an ihm klebte, löste sich, und er spürte die Kälte eines Luftzuges. Dieser Shampooduft. Es roch nach Birke. Er beugte sich nach vorne und betrachtete die finnischen Beamtinnen genauer. Eine der Frauen hatte sich den Nacken ausrasiert, durch ihr kurzes Haar schimmerte graue Haut. Ihre Freundin trug einen dicken, geflochtenen Zopf. Dieser Duft eines skandinavischen Sommers würde sein letzter schöner Sinneseindruck sein, dachte er. Schon bald der Gestank von Rauch, schwelbrennendem Plastik und Schlimmerem. Die Vorstellung, mit diesem Flugzeug abzustürzen, war so klar und plastisch, dass es ihn einige Anstrengung kostete, an etwas anderes zu denken.

Die Lapplandmeisen von Uusimaa sangen wieder. Vor einundzwanzig Jahren war es in den Brutgebieten still geworden. Von 1996 bis 2017 zwitscherte keine einzige Meise auf der Insel im Bottnischen Meer. Dieses Verstummen ereignete sich ausschließlich auf Uusimaa und an keinem anderen Ort in dem über das nördliche Russland bis nach Alaska reichenden Lebensraum des nordeurasischen Vogels. Nicht auf der norwegischen Inselgruppe der Lofoten, die mit Torpedos der Nato beschossen wurde, nicht auf der radioaktiv verseuchten Halbinsel Kola, auf der sowjetische Wissenschaftler mit ihrem Versuch, das tiefste Loch der Erde zu bohren, die Hölle aufgetan hatten, und auch nicht im Mündungsgebiet des Jenissei unweit der Industriemegapole Norilsk, der nördlichsten Großstadt der Welt, die auf der Liste der am stärksten von Umweltverschmutzung belasteten Städte Russlands an erster Stelle stand. Einzig auf Uusimaa, der schönen und reinen Insel im Bottnischen Meer, gaben die Vögel das Singen auf. So unscheinbar das Gefieder der Lapplandmeise war, die verwaschene Zeichnung des braunen Kopfes, der schmutzig weiße Bauch, so schlicht war auch ihr Gesang. Er basierte auf einem einzigen Laut, einem gedehnten und rasch wiederholten *Dju*. Doch als er erstarb, bedeutete dies auch das Ende für Uusimaa. Forderungen wurden laut nach härteren Gesetzen im Naturschutz, die Schuld suchte man bei den Menschen. Dennoch fand sich keine Erklärung für das Schweigen der Meisen, und die Nachricht darüber verbreitete sich wie eine endzeitliche Prophezeiung. Forschungseinrichtungen gaben Studien in Auftrag, Theorien wurden in Umlauf gebracht, Mutmaßungen und Gerüchte, am hartnäckigsten jedoch hielt sich der Glaube an einen bevorstehenden Untergang der Welt. Von Uusimaa aus würde das Unglück seinen Lauf nehmen, bald galt der gesamte bottnische Küstenabschnitt von Oulu bis nach Tornio an der schwedisch-finnischen Grenze als verflucht. Auch das Einfangen und Beringen, Erfassen und Beobachten von zehn Meisengenerationen vermochte nicht, diesen Bann zu brechen. Einundzwanzig Jahre lang nahmen die Richtmikrofone, die in jedem Winkel der Insel installiert waren, nichts als Möwengeschrei und das Rauschen der Bottnischen See auf – bis zu diesem Februar: Nach einer langen Zeit der Stille zeichneten sie plötzlich die ersten Töne auf, die ersten Töne nach all den Jahren.

Vor Uusimaa brach das Eis. Der morgige Tag würde sieben Minuten länger dauern als der heutige, bald wären der lichte Tag und die Nacht gleich lang, und die Lapplandmeisen würden sich paaren. Meisengesang, ohrenbetäubend. Mit dem ersten Frühlingswind des Jahres würden die Töne über die verbotene Zone getragen werden, über die Dächer der verlassenen Sommerhäuser und Wipfel der uralten Apfelbäume.

Das Flugzeug sank, zunächst nur sachte, dann sehr schnell und tief. Ihm wurde übel, er hörte ein Seufzen, wieder das Rütteln, sie stiegen.

Die Pilotin meldete sich zu Wort. Im Norden würden schwere Unwetter wüten, Frühlingsstürme, daher sei eine Änderung der Flugroute notwendig, eine Abweichung nach Osten. Erst hinter Hannover sei ein Durchkommen möglich. Es bestehe kein Anlass zur Sorge, die Turbulenzen, sie würden schon bald nachlassen.

Die Pilotin sprach mit Ruhe, doch die vielen Informationen, die Ausschmückungen ihrer Rede bereiteten ihm Sorge. *Hanovre, tempêtes de printemps,* waren dies nicht jene überflüssigen Details, die einen Lügner verrieten? Vielleicht war ein Triebwerk ausgefallen, oder das Fahrgestell klemmte, vielleicht verloren sie Treibstoff, oder der Höhenregler funktionierte nicht. Noch immer diese Dunkelheit, konturlos wie das schwarze All. Wenigstens das regelmäßige Blinken des kleinen Lichtes an der Tragfläche war nun wieder sichtbar.

Auf der ornithologischen Station der Insel habe man ihm ein Bett bereitet, rotweiß karierte Wäsche für den Filmemacher aus Belgien, hatte die Stationsleiterin gesagt, mit der er vor seiner Abreise nach Finnland telefoniert hatte, und ihm von der Hektik erzählt, die ausgebrochen sei, seit die Meisen wieder sangen. Fast täglich klingele das Telefon, dabei habe sie bei Gott wichtigere Dinge zu erledigen, nun, da ihre Aufzeichnungen binnen weniger Wochen auf den Kopf gestellt wurden. Bei ihm jedoch würde sie ein Auge zudrücken und das Besuchsverbot umgehen, das noch immer für Uusimaa galt.

»Wegen Susanne Sendler«, hatte sie gesagt und bedauert, dass auch er über keine Kopie ihres Naturfilms verfüge. »Dafür musst du aber auch in unserem Chor mitsingen.« Im Hafen von Uusikaupunki wolle sie auf ihn warten.

Wäre er bloß mit der Bahn gefahren, er hätte Uusimaa sicher erreicht. In einem Schnellzug, vor dem breiten Fenster eines Abteils, hätte er es sich bequem gemacht und etwas von dem Land zu sehen bekommen, durch das er reiste. Im Vorbeirauschen: Deutschland, seine Klinkerbauten, Werkhallen und Felder. Später Dänemark: Kioske, Fahrradwege und Flaggen. Und schließlich Schweden: Wälder, Tanzplätze, Schallschutzwände. Kein Rütteln, nur ein gleichmäßiges Schweben zwischen den Polen zweier Magnete. Brüssel – Stockholm, fünf Stunden, plus eine Stunde bis Oulu, dort das Schiff. Kein Umweg über Helsinki. Stattdessen war er gefangen in einem Flugzeug, in dem er zu Tode kommen würde.

Niemand flog mehr über Europa, auch die Fluggesellschaften hatten dies eingesehen und das Aluminium ihrer ausrangierten Maschinen eingeschmolzen, weil es bei den hohen Kerosinpreisen nicht lohnte, am Flugbetrieb festzuhalten. Stattdessen schalteten sie Werbung für Zugreisen und warben für Bahnunternehmen, zu dessen Anteilseignern sie sich gemacht hatten. Zuletzt beschlossen auch die Airbus-Werke in Toulouse-Blagnac, in Bremen und in Puerto Real die Umstellung ihrer Produktion auf Triebwagen und Waggons. Irgendwann, so schien es ihm, hatte Europa begonnen, sich vom Himmel wegzuducken. Auch die bemannte Raumfahrt war zu einer Spielerei von Milliardären verkommen. Den Raumfahrtbehörden der großen Staatengemeinschaften genügte es, das Weltall mit elektronischen Teleskopen abzutasten, die sie in der Wüste, auf den Dächern quadratkilometergroßer Forschungszentren oder auf subpolaren Inseln installiert hatten. Eine Höhe von drei, vielleicht vier Metern über dem Meeresspiegel sollte genügen, um im Universum Leben aufzuspüren. Den Luftraum jedoch gaben sie auf, so bescheiden waren sie geworden.

Als Kind hatte er von seinem Hochbett aus hinauf durch das Fenster in einen Himmel blicken können, der durchzogen war von Kondensstreifen. All diese Zeichen, Schlaufen, Kreuze, Geraden wie mit Kreide gezeichnet, sie waren verschwunden.

Eine Angst packte ihn. Er wollte viel atmen, tief einatmen, so lange er es noch konnte, bevor die Triebwerke explodierten, denen er so nahe war, denen niemand im Flugzeug so nahe war wie er, auf einem der letzten Flüge von Brüssel nach Helsinki.

In seiner Vorstellung hielt er sich auf dem Rücken seines Vaters. Sie überquerten einen Brandenburger See seiner Kindheit. Bungalows am gegenüberliegenden Ufer, schattenloser Mittag. Mit jedem Schwimmzug veränderte sich das Licht. Kaum erfasste sein Blick eine Ferienhütte, schoben sich Kiefern davor. Sie näherten sich, sie entfernten sich, sie näherten sich. Der Vater breitete die Arme aus, sog Wasser ein, als wäre es Luft, Sauerstoff, die Füße schlugen Schaum. Kein Ort war sicherer als der Rücken des Vaters.

In einer nächsten Sequenz war er es selbst, der einen Kinderkörper trug, Elaine im Alter von zwei Jahren. Er schwamm, mit Elaine auf dem Rücken näherten sie sich dem Ufer. Marta am Strand, das offene Haar gescheitelt, zu nass und zu schwer, um im Wind zu wehen. Marta rief. Bis zu Marta würden sie es schaffen, Marta, Geliebte, versprochen.

Weitere Bilder erschienen ihm. Er sah seine Tochter nach der Geburt, ein Wesen, geborgen aus einer unterirdischen Welt, heiß und verschmiert wie ein Grubenarbeiter, der die Dunkelheit und Enge seines Schachtes verlassen hatte. Ihre Hände waren zu Fäusten geballt, als hätte sie in ihrem vorherigen Leben etwas umklammert gehalten, eine Spitzhacke oder den Griff einer Lore, und als wüsste sie nun, zu Tage, mit diesen Fingern nichts mehr anzufangen.

Als er seine Tochter nach der Geburt auf Martas Brust liegen sah, kam ihm ein Gedanke, der ihn in einen Übermut versetzte und etwas Überdrehtes und Idiotisches hatte. Er glaubte, dass seine neugeborene Tochter ihm physisch überlegen sei. Ihr winziger Körper schien einzig aus Muskeln zu bestehen, es war nur eine Frage der Proportionen. Damals wurde er von einer Euphorie erfasst, die sich bald wieder verlor, doch jetzt flackerte eine Ahnung dieses Gefühls erneut in ihm auf. Solange er sich in Elaines Welt aufhielt, einem Ort der zugezogenen Vorhänge und aufgedrehten Heizkörper, in dem es kein Schlafen und kein Wachen gab, in dem er nicht sprach, sondern summte, flüsterte und sang, erschien ihm das Leben als einfach und schön. Der Lichtkegel eines vorbeifahrenden Autos in der Nacht, das Geräusch der Waschmaschine im Schleudergang und der Geruch des kleinen Kapuzenhandtuchs, in das er die Tochter nach dem Baden hüllte, all dies vermochte, was ihm mit seiner Arbeit nie gelungen war, es erfüllte ihn. Aber hatte er nicht auch ein Anrecht darauf zu scheitern? Wenn ja, dann war es Elaine, die ihm dieses Recht streitig machte, die angriff, sobald er sich aus ihrer Welt zurückzog. Als er sich nach Wochen des Dahindämmerns wieder an seinen Schreibtisch gesetzt hatte und die kleinen Bildklötze des Schnittprogramms hin und her schob, bemerkte er, dass die Lymphknoten seiner Tochter, die auf seinem Schoß schlief, angeschwollen waren. Sie war am Pfeifferschen Drüsenfieber erkrankt. Ein anderes Mal, als er über ein Wochenende zu einer Recherchereise aufbrechen wollte, wurde Elaine beim Abschied von einem heftigen Hustenanfall erschüttert. Der herbeigerufene Notarzt diagnostizierte Pseudokrupp. Auf jeden noch so zaghaften Versuch, den er in den folgenden Monaten unternahm, sich seiner künstlerischen Arbeit zu widmen, reagierte sie mit Krankheiten. Einige Wochen litt sie unter heftigen Bauchkrämpfen, deren Ursache, wie sich herausstellte, eine Glutenunverträglichkeit war. Als auch diese Leiden ausgestanden waren, ging sie dazu über, jeder kleinsten Veränderung im Alltag mit Wutanfällen zu begegnen. Sie wurde wütend, wenn er früher aus dem Bett stieg, weil er die Morgenstunden nutzen wollte, oder wenn er mit ihr nach dem Wochenendeinkauf nicht sofort nach Hause ging. Elaine hob die Stimme, kreischte und erreichte dabei immer höhere Tonlagen. Sie macht das nie bei Marta, nur bei mir, dachte er und blickte aus dem Flugzeugfenster.

Nachdem die Erschütterungen an Bord nachgelassen hatten, wurde die Sicht wieder frei. Dort, wo die Sonne untergegangen war, blieben Wolken. Glatt wie von Gezeiten geschliffen und in einem dunklen Grün hoben sie sich ab von einem letzten hellen Streifen, eine Erinnerung an den Tag, während unter dem Bauch des Flugzeugs schon die Nacht hereingebrochen war. Eine Stadt lag dort, vielleicht Hasselt oder Genk. Er sah die Lichter in den Straßen, die Lichter in den Häusern, ein leuchtendes Krickelkrakel auf einem schwarzen Grund.

Einen Servierwagen hinter sich herziehend, schritt der Steward rückwärts den Gang ab. Weil die Rollen des Wagens verklemmt waren, schleifte er ihn wie ein sperriges Möbelstück über den Teppich. Das Hemd seiner Uniform, das er unter einer aufgeknöpften Weste trug, war bis zum Ellenbogen hochgekrempelt. Er sah bleich aus und schien zu schwitzen.

»Avez-vous de la soupe miso?«, fragte er den Steward, als dieser seine Sitzreihe erreicht hatte. Sein Blick fiel auf die Unterarme des Mannes, auf die Narben einer Laserbehandlung, mit der in früheren Zeiten Tätowierungen entfernt wurden.

»Monsieur, nous avons uniquement de la soupe miso«, gab der Steward ihm in einem Französisch zur Antwort, aus dem er einen flämischen Akzent herauszuhören glaubte. Dann reichte er ihm ein Tablett. »Attention, c' est chaude.«

Wenn der Steward ein Flame war, musste er als Belgier den Gemeinschaftsanteil erhalten, der jedem Kerneuropäer von Geburt an zustand. Doch Belgier waren nur schwer für Lohnarbeit zu gewinnen. Sie führten Ehrenämter aus, engagierten sich in Krankenhäusern, Schulen oder Nachbarschaftszentren, sogar in Kraftwerken und

Fabriken waren sie beschäftigt. Der Beruf des Schaffners mochte noch Stil haben, belgische Schaffner gab es durchaus, doch wer als Servicekraft in einem Flugzeug arbeitet, mit dem stimmt etwas nicht, dachte er.

Der Steward ging in die Hocke. Seine dunkelgrüne Uniform spannte am Gesäß, und er konnte sehen, dass die Naht im Schritt ausgebessert worden war. Aus einer Schublade des Servierwagens holte er einen eingeschweißten Muffin hervor und blickte ihn aus glasigen Augen an.

»Un petit dessert?«

Einen flämischen Akzent konnte er nun nicht mehr ausmachen, genauso gut war es möglich, dass der Steward ein Deutscher war, vielleicht war er sogar Berliner. Flamen und Berliner sprachen ein nahezu identisch klingendes Französisch.

Das Grundeinkommen sollte in Deutschland erst in ein paar Monaten eingeführt werden, noch war Deutschland kein Teil Kerneuropas. Vielleicht würde er dann nach Berlin zurückkehren und wieder Filme drehen. Es war gut, dass er aufgebrochen war zu dieser Reise, Marta und Elaine würden bald feststellen, wie leicht sie es ohne ihn hatten, dem Gemeinschaftsanteils-Schmarotzer, der in einem Land lebte, in dem er nur seiner Frau und seines Kindes wegen geduldet wurde.

Der Steward kam nicht sehr weit. Eine der Finninnen packte seinen Arm und zerrte an ihm, als wäre er ein Freund, den sie wiedererkannte.

»Dürfen wir dein Satellitentelefon haben?«, sprach sie ihn auf Deutsch an. »Es ist wegen der Rede.«

Für den späten Abend war eine Ansprache der Präsidentin angekündigt worden, ohne dass Näheres über den Inhalt bekanntgegeben wurde. Falls es wichtige Neuigkeiten gab, im Flugzeug würden sie es nicht erfahren.

Der Steward zog ein Telefon hervor, an dem eine daumendicke, mit Klebeband umwickelte Antenne befestigt war, und tippte eine Tastenkombination ein, die er laut mitsprach.

»1 – 9 – 8 – 2.« Nun klang der Steward eindeutig wie ein Berliner. »Kann sein, dass der Akku runter ist.« Sie warteten, doch es kam kein Signal.

»Es ist bestimmt etwas Persönliches. Sie hat Krebs und tritt zurück«, mutmaßte der Steward und jagte den finnischen Beamtinnen einen Schrecken ein. »Oder die Deutschen bekommen nun doch kein Grundeinkommen, aber das werden sich die Leute nicht mehr gefallen lassen.«

»Nein!«, versicherten die Finninnen einhellig, da seien sie sich sicher, »der Gemeinschaftsanteil kommt«.

Eine Lautsprecheransage der Pilotin unterbrach sie in ihren Mutmaßungen. Das Unwetter ziehe vorüber, gerade hätten sie Hannover überflogen, und alles sei in Ordnung. In der Gegend um Berlin werde die Maschine dann nach Norden durchstoßen. Dennoch seien alle Passagiere gebeten, sich wieder anzuschnallen.

»Dienstvorschrift«, seufzte der Steward und verabschiedete sich. Am Ende des Gangs verschwand er hinter dem nachtblauen Vorhang.

Zehn, fünfzehn Minuten glitten sie dahin. Dass sie sanken und die Turbinen längst nicht mehr arbeiteten, begriff er erst, als sie aufschlugen, doch selbst dies geschah verhältnismäßig sachte. Ein dumpfer Schlag, mehr war es nicht. Das Flugzeug rutschte über ein ebenes Feld, es knirschte, kleinere Steine schlugen gegen die Scheiben und prallten ab, er biss sich auf die Zunge. Bald glitten sie gleichmäßig wie auf Kufen, kein Schlingern, kein Überschlagen. Als das Flugzeug zum Stehen kam, hatte er den Geschmack von Blut im Mund. Dann kam die Panik. Sie waren abgestürzt. Seine Zunge schwoll an, er speichelte auf seinen Ärmel, doch da war kein Blut.

Die Lapplandmeisen sangen wieder. Vor dem Einschlafen hatte er zum ersten Mal davon gelesen, in einer kleingedruckten Randnotiz ihrer belgischen Tageszeitung, versteckt auf der letzten Seite. Er las es im Bett, als das Rauschen der Toilettenspülung verebbte, der Wasserhahn aufgedreht wurde und Marta sich räusperte. Marta kam, schmiegte sich an, Elaine schlief am Fußende. Und als er am nächsten Morgen erwachte, Martas Hintern an seinem Becken, Martas Hintern, der ihm nun egal war, ebenso wie die Rue Danseart, Brüssel, Belgien, waren die Lapplandmeisen in seinem Gedächtnis geblieben. Sie hüpften, drehten die Köpfe, hoben die Schnäbel, sangen *dju – dju – dju – dju – dju.*

Nach einer zermürbend langen Zeit der Zweifel, des Verharrens, in der er begonnen hatte, sich wie ein Hochstapler zu fühlen, der nicht arbeitete, keine Filme drehte, sondern bloß darüber sprach, sah er sich plötzlich wieder im *Kabuff* sitzen, die Gerüche, der Staub im Lichtstrahl des Projektors, Susanne Sendler – alles war noch da. Mit der leeren Filmdose hatte er sich damals aus dem Institut geschlichen und sich krankgemeldet. In dieser Zeit hatte er Marta kennengelernt. Nach einem gemeinsamen Sommer an der schwedischen Schärenküste und dem traurigsten Winter seines Lebens, den er allein in seiner Wohnung in Berlin verbracht hatte, war er ihr nach Belgien gefolgt, während des heißesten Februars seit Menschengedenken, diesem tropischen Frühling, als die Leute wahnsinnig wurden vor Glück. Die *Zweite Krise* brach aus, in deren Folge die Kerneuropäische Union gegründet wurde. Bald darauf kam Elaine zur Welt, ihr postapokalyptisches Kind.

Er musste raus aus der Wohnung. Im Park, auf dem Gelände der Weltausstellung, wollte er mit seiner Tochter spazieren gehen. Er weckte Elaine und ließ Marta schlafen.

Es war Februar, die Luft war gut, so weich, beinahe zwanzig Grad warm. Und Elaine, die es für gewöhnlich hasste zu laufen, lief neben ihm her, hielt Schritt und erzählte, bis eine frisch gefällte Kastanie ihnen den Weg versperrte. Von den Ästen des Baumes spreizten sich fette, klebrige Knospen ab, die, wenn sich das Wetter hielt, bald aufplatzen würden. Elaine ging in die Hocke und machte ein friedliches Gesicht. Als sie sich wieder aufrichtete, hatte sich ein dunkler Fleck auf ihrer Hose gebildet, ein Oval, kaum größer als eine Untertasse.

Es sei alles in Ordnung, sie könnten bleiben, an der Kastanie spielen, versicherte er. Dabei wurde der Fleck immer größer, reichte Elaine schließlich bis zu den Knien. Jetzt wollte Elaine nach Hause, zu Marta.

Er hätte mit Elaine zur Station Heysel gehen können, zweimal umsteigen, und sie wären wieder in ihrer Straße. Marta hätte ihnen geöffnet, er hätte Elaine ins Bad geschoben, sich um alles gekümmert, während Marta bei dem Demeter-Ukrainer an der Ecke das Essen besorgen würde. Später in der Küche, bei Pelmeni und Rote-Bete-Salat, hätten sie über die Knospen der gestürzten Kastanie gesprochen. Doch er entschied sich anders. In die Wohnung konnte er nicht mehr zurück, nun, da die Lapplandmeisen wieder sangen.

Er unterbreitete Elaine den Vorschlag, auf der Toilette am Atomium zu überprüfen, wie schlimm es wirklich um sie stünde. Wenn sie frische Wäsche bräuchte, könnten sie in den Souvenirshop gehen. Er wusste, dass sie Badeanzüge und Jogginghosen in Kindergrößen verkauften, in allen Farben und bedruckt mit dem Symbol des Atomiums. Elaine wollte nicht.

»Oder einen Bikini?«

»Nein.«

Er zog seine Jacke aus und wickelte ihr daraus einen Rock, der Fleck war nun nicht mehr zu sehen. Elaine stampfte.

»Die haben auch Badehosen für Jungen, die lassen sich wie Unterhosen tragen.«

Das war Elaine zu viel. Sie wollte Marta anrufen, sofort. Marta solle sie abholen, mit dem Taxi, keinen Schritt mehr würde sie gehen, auch nicht zur U-Bahn-Station, »deine Schuld!«

Er hatte genug von diesem Leben, er wollte sein Kind stehen lassen und auf der Stelle ans Bottnische Meer reisen, zu den Lapplandmeisen.

Wenn er den Vögeln je begegnen würde, so war er sich sicher, dann am Fuße einer Espe, am Ufer des Kivijoki. Zwei Bachquellen gab es auf Uusimaa, die des Uudenmaanjoki, zwischen Birken und Kiefern unweit des verlassenen Walddorfs Kylä, und die des Kivijoki im felsigen Inneren der Insel. Das Wasser des Uudenmaanjoki vermischte sich am Kap Lalli mit den Fluten des Meeres, der Kivijoki mündete im Süden der kaulquappenförmigen Insel, am Ansatz der Flosse, in die Ostsee. Schaumig und eisenhaltig war das Wasser beider Bäche. Wo das Ufer flach und sumpfig war, gediehen Moltebeeren, wo es anstieg, wusste er, wuchsen Blaubeeren. Doch einzig entlang des Strandes des Kivijoki standen Espen, schöne, hohe, gerade wachsende Espen. Nach Missernten, wenn das Futter für die Tiere knapp wurde, schabten die Frauen der Insel die Rinde dieser Bäume ab und trockneten sie über Holzgestellen. Im Frühjahr, wenn die Wintervorräte aufgebraucht waren und das Gras auf den Weiden noch nicht saftig stand, wurde die Baumrinde an das Vieh verfüttert. Auch am Ufer des Uudenmaanjoki hatten einmal Espen gestanden, dort aber waren die Bäume mit ihren blankliegenden, abgeschälten Stämmen eingegangen und schließlich gefällt worden.

Ob die Lapplandmeisen von Uusimaa tatsächlich einen bestimmten Baum als Nistplatz bevorzugten, er wusste es nicht, doch in seiner Vorstellung brüteten die

Vögel vor allem in den leeren Baumhöhlen der Espen am Kivijoki. Er hatte ein klares Bild davon, wie die erste Begegnung sein würde: Das Moskitonetz nahm ihm den Atem, die Schwüle drückte aufs Herz, der Proviant war aufgebraucht und seine Filme sinnlos verschossen. Doch dann, nachdem er den ganzen Tag durch das Dickicht der Insel geirrt war, orientierungslos und erschöpft von dem Marsch über den Sumpfboden, vernahm er das Rauschen des Kivijoki. Jeder Bach floss ins Meer. Vom Meer würde er leicht zur ornithologischen Station zurückfinden. Er folgte dem Geräusch des strömenden Wassers. Eine Espe am Hang empfing ihn mit zitternden Blättern. Er näherte sich dem Baum und erblickte schließlich, in einem Felsental zwischen den Waldböschungen, das Wasser des Kivijoki. Dies wäre der Augenblick, da es über seinem Kopf erklang: Dju – dju – dju – dju – dju. Scharfe Kontraste im Abendlicht, ideale Bedingungen zum Filmen, und endlich würde er das Tonbandgerät einschalten.

III

An der Schwelle des Notausgangs hielt er inne und lauschte in die Nacht und in den Regen, ob endlich Hilfe käme, ob Feuerwehrsirenen zu hören waren oder Rettungshubschrauber, doch da war nichts. Vielleicht wusste niemand von ihrem Absturz, oder es stimmte, was Sirpa, eine der finnischen Beamtinnen, gesagt hatte: Sie waren tot und hatten es nur noch nicht verstanden.

Er öffnete die Gepäckablage über seinem Platz. Der Koffer schien keinen Schaden genommen zu haben. Einige Reihen weiter vorne, bei Sirpa und ihrer Freundin Inkeri, zu denen er umgezogen war, um den Zugang zu den Notausgängen freizumachen, überprüfte er seine Fotoausrüstung genauer. Die Kamera ruhte schwer wie ein Paket Zucker in ihrem Bett aus Schaumgummi, kein Glas war zersprungen, und auch an den Objektiven entdeckte er weder Kratzer noch Dellen.

»Auf Uusimaa wird es dich erwischen!«, beschwor Sirpa, und als sie dies sagte, wurde das Blau ihrer Augen beinahe vollständig von ihren schwarzen Pupillen verdrängt. Sie saß auf der Armlehne ihres Sitzes und beobachtete ihn schon seit einer Weile. Eine Irre, dachte er.

»Du machst ein Foto, rutschst von einem Felsen ab und brichst dir das Genick. Die Felsen auf Uusimaa sind glatt, wegen der Algen und wegen des Eises, erst im Mai schmilzt der Schnee, weißt du das?« Mit der Hand fuhr sie sich unter den Bund ihrer schwarzen Kunstleder-Leggings.

Er dachte an jenen komischen Satz, den Marta gesagt hatte, als er ihr zum ersten Mal begegnet war.

»Ich bekomme eine Blasenentzündung.«

Sie hatte neben ihm auf einem Pelzmantel gesessen, auf dem Kachelboden eines leeren, schräg abfallenden Schwimmbeckens, und gefroren. Mit angewinkelten Beinen hatte sie versucht, durch die Schuhe hindurch ihre Füße zu massieren. Auf einer Leinwand steil über ihren Köpfen stapften zwei Männer durch eine verschneite Alpenlandschaft.

Sie heiße Marta und komme aus Brüssel, »der Hauptstadt des untergehenden Königreichs Belgien«. Außerdem drehe sie Filme.

Ihm fiel auf, wie breit ihre Hüfte war und wie wunderbar tief ihre Augenlider hingen. Gemeinsame Bekannte gab es nicht. Was sie verband, war die Vorliebe für bestimmte Künstler, vor allem für Susanne Sendler und ihre 16mm-Filme. Er erzählte vom Bilderstreit der byzantinischen Kirche und den Ikonoklasten. Die Ikonoklasten der Antike hätten nur dasjenige Bild als heilig anerkannt, auf dem sie einen unmittelbaren Abdruck des Göttlichen sahen. Die Flecken und verschwommenen Farbverläufe auf dem Schweißtuch der Veronika, die sich aus dem Blut Jesu gefärbt haben sollen und ein Abdruck seines Gesichts darstellten, samt den Lücken, die seine Augenhöhlen beschrieben, waren heilig. Eine Darstellung der Maria dagegen, goldverziert auf Edelholz oder Elfenbein, galt als profan.

»Auf das Material kommt es an.«

Er wollte an jenem Abend nicht über Ikonenmalerei sprechen oder die oströmische Kirche, und doch tat er es. Und während er hoffte, dass Marta den Medienwissenschaftler, den er zitierte, nicht kannte, weil jede Nachfrage von ihrer Seite ihn bloßgestellt hätte, verstieg er sich immer weiter in eine Theorie, die womöglich haltlos war: Die digitale Welt sei eine Sünde.

»Ikonoklast«, hatte sie ihn an diesem Kinoabend in einem umfunktionierten Schwimmbad im Berliner Wedding genannt und zum Abschied seine Stirn berührt.

»Besuche mich in Brüssel, sobald meine Blasenentzündung abgeklungen ist.«

Sie sahen sich an den Wochenenden und in den Semesterferien. Ihren ersten gemeinsamen Urlaub verbrachten sie an der schwedischen Küste. Einen ganzen Sommer lang lebten sie ohne Strom und fließendes Wasser in einer kleinen Hütte umgeben von Wald. Vor dem Fenster erstreckte sich der Julihimmel, Kiefernwipfel schwankten im Wind. Wenn er an die Ferien mit Marta zurückdachte, fühlte er, wie glücklich sie gewesen waren. In diesem Sommer hatten sie beschlossen, ein Kind zu haben. Elaine kam einige Jahre später zur Welt, da lebten sie schon in Brüssel, doch in seiner Vorstellung war ihre gemeinsame Tochter in Schweden entstanden, in den absurd schmalen Betten ihrer Hütte, auf dem pieksigen, von Mücken umschwirrten Waldboden oder auf dem harten Felsen ihrer Badestelle in einer hellen Nacht.

Mit einem Schmatzen ließ Sirpa den Bund ihrer glänzenden Leggings gegen die Hüfte schnappen.

»Genickbruch, das passt zu dir. Auf Uusimaa wirst du dir das Genick brechen.«

Sie warf den Kopf zurück, ihr weißer Hals zeigte sich ihm im Licht der Leselampe über dem Sitz, die trotz des Absturzes noch immer brannte. Sirpa sieht aus wie eine Robbe, dachte er. Ihre Freundin Inkeri saß auf dem Schoß von Marco, dem Steward. Sie war zu ihm geklettert, nachdem er zum Verwalter eines Pappkartons mit Schnappsfläschchen ernannt worden war und sich mit dem Servierwagen in der gegenüberliegenden Sitzreihe verschanzt hatte. Sie hatte ihren Arm um ihn geschlungen, ihr Blick triumphierte. Dann richtete Inkeri das Wort an alle: »Wir haben kein Netz, die ganze Zeit schon, und auch keinen Funkkontakt.«

»Weil die Lotsen im Tower besoffen sind«, sagte Marco.

»Ich sehe nach.« Sirpa sprang auf und griff nach seiner Hand. »Und du kommst mit!«

Er folgte ihr den Gang entlang, in dem, abgesehen von ein paar aufgesprungenen Gepäckfächern und auf dem Teppich verstreut liegenden Suppenschalen, nichts darauf hindeutete, dass sie sich im Inneren eines abgestürzten Flugzeuges bewegten. Sirpa schob den Vorhang zum Cockpit beiseite und klopfte an die Tür. Sie war nicht verschlossen.

Auf dem Boden vor dem ausgebauten Funkgerät kauerte die Pilotin Camille neben ihrem Copiloten. Das Gerät schien zu funktionieren, doch es waren keine menschlichen Stimmen, die aus dem Lautsprecher drangen. Vielmehr klang es, als würde das Rauschen und Pfeifen am anderen Ende einen Innenraum beschreiben, die Kontrollstation eines Towers.

»Rien«, seufzte Camille und blickte zu Sirpa auf.

»*Wir können uns alles leisten, was wir brauchen.* Das waren die letzten Worte, die uns aus dem Tower des Berliner Flughafens erreicht haben. Sie streiken.«

Sirpa schüttelte den Kopf, sie glaubte der Pilotin nicht und holte ihr eigenes Telefon aus der Brusttasche ihrer Bluse. Klein und rund wie der Kern einer Avocado lag es in ihrer Hand und zuckte organisch. Doch auch Sirpa gelang es nicht, eine Verbindung herzustellen.

»Wir sind verloren«, sagte sie.

UUSIMAA

»Umgeben von Land ist das Wasser, umspült von Wasser ist der Himmel, umfasst von Himmel ist die Sonne, beherrscht von Sonne sind die Menschen, nur die Vögel hält nichts.«

Sprichwort der Uusimaaer

I

Die Anfahrt

Land tauchte auf, ich erinnere mich. Ich stand auf dem Deck der Kaamos, einer kleinen finnischen Fähre, die die Inseln der nördlichen Ostsee anfuhr, und erblickte in der Ferne einen Felsrücken. Ich sah keinen Baum, keinen Bootsschuppen, nur diesen steinernen Saum, der sich dunkel vom Bottnischen Meer absetzte und aussah wie eine graue, mit einer dicken Bleistiftmine gezogene Sichel. Über dem fernen Land ein Himmel, der von einem zweiten Horizont unterteilt war, ein gewittriges Violett und ein verhangenes Blau berührten sich entlang einer unendlichen Geraden. Möwen ließen sich von den Abendwinden treiben, im Parabelflug schnitten sie die Horizontlinien zwischen Meer und Himmel und zwischen Himmel und Himmel und trugen umso mehr zur Verwirrung bei. Unter diesem gefalteten Himmel, der hohl und flach zugleich war, fiel es mir schwer, Entfernungen und Größen einzuschätzen. Alles hätte die Erhebung vor mir sein können, ein Kontinent, ein Gebirge, eine kaum aus dem Wasser ragende Klippe. Doch es war Uusimaa, die Insel, zu der ich reiste, Uusimaa mit ihrer schmalen Halbinsel Kiviniemi im Süden, die der Insel auf Landkarten das Aussehen einer Kaulquappe verlieh. Wir näherten uns aus südlicher Richtung, der Streifen Land, der nun nach einer langen Fahrt über die glatte See vor mir auftauchte, musste also Kiviniemi sein. Und dieses Auftauchen vollzog sich nicht nur vor meinem Blick, das Auftauchen war eine geologische Tatsache. In einem fortlaufenden, morphologischen Prozess, der vor etwa zehntausend Jahren begonnen hatte, als sich die Gletscher der Eiszeit zurückzogen und Teile Lapplands, ganz Ostbottnien und Südwestfinnland von den Fluten des Yoldiameeres überspült wurden, begann das Gestein sich zu heben. Und es hob sich weiter, in einer erdgeschichtlichen Höchstgeschwindigkeit von einem Zentimeter im Jahr.

Als der römische Gelehrte Cornelius Tacitus um das Jahr 98 unserer Zeit über die *Fenni* ins Schwärmen geriet und sie als ein Volk beschrieb, das, ohne Furcht vor den Menschen, ohne Furcht vor den Göttern, erreicht hatte, was am schwierigsten war – dass sie niemanden um etwas bitten mussten[1], gab es Uusimaa noch gar nicht. Erst

1 Auf dieses Zitat war ich auf der Rückseite des *Kulturlexikon Finnlands* gestoßen, das ich mir auf dem Deck der Fähre zur Hand genommen hatte, und es ließ mich ein wenig ratlos zurück. Der Satz aus dem finnischen Kulturlexikon las sich wie aus einer Kampfschrift amerikanischer Anarchisten, die ja eher einen Flügel der extremen politischen Rechten bilden. Dabei waren mit den Fenni wohl weniger die Vorfahren der Finnen gemeint als das Volk der Samen, die abfällig auch als *Lappen* bezeichnet wurden und bis in das 21. Jahrhundert hinein Opfer der Gewalt zentralistischer Staaten waren, eine

viel später, als die abertausend finnischen Schäreninseln längst von den Wellen der Baltischen See umspült wurden, diese schönen, eisgeschliffenen Höcker aus Granit, die sich mit Wiesenblumen und Beerensträuchern, verwachsenen Kiefern und zerzausten Birken über das Wasser erhoben, erst dann, mit dem Beginn des ersten Jahrtausends, tauchte Uusimaa aus dem Meer auf. Der finnische Inselname Uusimaa, der sich aus den Worten *uusi* = neu und *maa* = Land zusammensetzt, bedeutet nichts weniger als *Neues Land* oder *Neuland.*

Als ich das erste Mal von jener Insel hörte, auf der Meisen lebten, die nicht mehr sangen, die schwiegen, ohne dass es eine wissenschaftliche Erklärung dafür gab, suchte ich Uusimaa auf einer Karte und fand die Insel nicht. Ich saß am Küchentisch meiner Brüsseler Freundin Clarissa, und der einzige Atlas, den ich zur Hand hatte, war ein Bildatlas für Kinder.[2] Auf der detail-

ethnische Minderheit, die diskriminiert wurde wegen ihrer nomadischen Lebensweise und ihrer Armut, die Cornelius Tacitus bewunderte und zugleich als steinzeitlich beschrieb.

2 In Clarissas Wohnung brannten alle Lichter, die Fenster standen offen, und das Radio war in einer Lautstärke aufgedreht, die es unmöglich machte, sich in einem normalen Tonfall zu unterhalten. Wenn wir uns etwas zu sagen hatten, schrien wir uns an. Manchmal kam Alexander, Clarissas kleiner Sohn, dazu und schrie mit. Er konnte nicht schlafen, weil wir so laut waren. Es war spät in der Nacht, Radio Belgien 1 brachte die Wiederholung einer Diskussion über die Gefährlichkeit von Mobilfunkstrahlung, der wir aus einer Erschöpfung heraus schweigend lauschten, ohne großes Interesse, als schließlich

reichen Darstellung Skandinaviens streiften Elche durch seenreiche Wälder, Nils Holgersson überflog auf einer Gans die Ostsee, in Dänemark und im schwedischen Schonen erstreckten sich Weizenfelder bis ans Meer, und vor einer norwegischen Holzstabkirche ruhte ein Apfel, der sich in seinen Proportionen kaum geringer ausnahm als die Darstellung des Königlichen Schlosses von Stockholm. Ich erkannte Åland, Gotland und Ahvenanmaa, die Hauptinsel des Ålandarchipels, und jeder Insel war ein Attribut zur Seite gestellt: ein Bootsschuppen, ein mittelalterlicher Turm, eine Kiefer. Sogar Hailuoto, die, wie ich wusste, von den größeren Inseln im Bottnischen Meer Uusimaa am nächsten lag, war eingezeichnet, doch ausgerechnet dort, wo ich Uusimaa vermutete, verdeckte der Mast eines Fischerbootes die Sicht.

von einer fernen Insel die Rede war, auf der Vögel lebten, die nicht mehr sangen. Auf der Suche nach einer Karte, schlich ich mich in Alexanders Zimmer und entdeckte zwischen den Reihen bunter Buchrücken einen Kinderatlas, *Le livre de tous les pays. Atlas poétique illustré*. Ein erstaunliches Buch, auf jeder Seite wimmelte es von kleinen, mit Nummern versehenen Farbabbildungen. In Marokko waren Zitrusfrüchte und Trauben um eine Zitadelle arrangiert, an der Küste von Burma sprang ein Perlentaucher ins Meer, und im Delta des Orinoco schlich sich ein Jaguar an einen Pfefferfresser heran. So detailverliebt und kunstvoll der Kinderatlas sich in seinen Darstellungen präsentierte, so herausfordernd war er auch in den Beschreibungen, mit seinen Hölderlin- und Baudelairezitaten, mit den Auszügen aus der Bibel und dem Kalevala. Auch Roland Barthes kam zu Wort und Mao Tse-Tung.

Orte in der Nähe von Uusimaa, und Nähe entsprach bei dem Maßstab der Karte einigen hundert Kilometern, waren Luleå in Schweden, der Bildlegende zufolge ein Umschlaghafen für Flößereiholz und Erz, und das finnische Rovaniemi, die Hauptstadt von Lappland. Einen Anspruch auf Genauigkeit erhob das Kinderbuch nicht, dennoch bedauerte ich, dass die Autoren ausgerechnet Uusimaa vergessen hatten. Gern hätte ich eine Darstellung der Insel im Stil der schönen Illustrationen gesehen. Eine Birke oder eine Beere hätten sie Uusimaa schenken können. Oder besser noch: eine kleine Lapplandmeise.

Es blieb das Problem der Ortsbestimmung. Im zweiten Buch, das ich auf meiner Suche aufschlug, einem Schulatlas von 1974, wurden sämtliche Inseln des Bottnischen Meeres als Ärgernis behandelt, als lästiges topographisches Phänomen, das man zu bewältigen versuchte, indem man einige staubkorngroße Pünktchen verstreute, die eher Druckfehlern glichen. Uusimaa in dieser verpixelten Punktmenge zu identifizieren war unmöglich. Auf einer physischen Karte des nordskandinavischen Raumes, auf die ich in einem anderen Atlas gestoßen war, hatte man sich der Darstellung der Inselwelt mit größerer Sorgfalt gewidmet, doch zu meinem Unglück wurde Uusimaa bei der Bindung der Buchseiten verschluckt. In dem nächsten Buch, das ich durchblätterte, entdeckte ich in den schmalen Spalten des Ortsregisters zwar ein *Uusimaa*, doch handelte es sich leider nicht um die Insel Uusimaa, sondern um die gleichnamige Provinz im Süden Finnlands.

Ich musste weitere Kartenwerke durchblättern[3], bis ich die Insel schließlich fand, eine kleine Kaulquappe in der nördlichen Ausbuchtung der Ostsee, bedenklich nah am Polarkreis, dessen geographische Lage mir Angst bereitete, ebenso weit von der schwedischen wie von der finnischen Festlandküste entfernt.[4]

3 Am schlimmsten war *Der Neue Atlas der Welt.* Darin hatten sich die Kartenredakteure mit der Darstellung des winterlichen Packeises begnügt. Den Finnischen und Bottnischen Meerbusen überdeckte eine schuppige Textur, und unter den Eisschollen verloren sich die Konturen der versprenkelten Schärenarchipele völlig. Dazu blickte mir auf einem Foto über dem Geleitwort der deutsche Bundeskanzler Dr. Helmut Kohl auf eine so dümmliche und zugleich boshafte Weise entgegen, dass ich das Buch, ohne weiter darin zu blättern, in die Ecke warf. Dabei wurde der Buchrücken beschädigt, und ich musste das Exemplar der Bibliothek, der ich es entliehen hatte, ersetzen.

4 Es stellte sich im Nachhinein heraus, dass ich bei meiner Suche schlichtweg Pech gehabt hatte. Auf so gut wie jeder Skandinavienkarte neueren Datums ab einem Maßstab von 1: 6 000 000 ist die Insel verzeichnet. Immer wieder waren in der politisch wechselhaften Geschichte Uusimaas jedoch Anstrengungen unternommen worden, die Insel von der Landkarte zu streichen. Im 18. Jahrhundert versuchte Schweden, das damals zu seinem Reichsgebiet gehörende Uusimaa vor Russland geheim zu halten. Als Finnland nicht mehr von Stockholm, sondern von Petersburg aus regiert wurde, bemühten sich die Militärstrategen des Zaren, die Insel aus dem Gedächtnis der westlichen Nachbarn zu löschen. Und die Uusimaaer selbst, die sich den Missionierungsversuchen

An Bord der Kaamos

Als ich am späten Nachmittag im Frühsommer 1997 an Bord der Kaamos gegangen war, hatte mich eine Schüchternheit ergriffen, die sich während der ganzen Fahrt weg von der Küste nicht legen wollte. Die Fähre, die nicht größer war als die kleinen Schiffe, die Sonntagsausflügler über den Bodensee beförderten, bot nur wenige Möglichkeiten, sich zu verstecken. Als ich mich auf die Suche machte nach einem Ort in größter Entfernung von den wenigen Passagieren, die mit mir reisten, es waren kaum mehr als eine Handvoll Menschen[5], die sich jedoch so

dreier christlicher Kirchen erwehrten, die die Kriegsschiffe der Hanse zu fürchten hatten und später das Verbot des Teerhandels umgingen und vom Schmuggel lebten, zogen es ebenso vor, das Geheimnis der Lage ihrer Insel zu bewahren. So verbreiteten sie widersprüchliche Informationen zu den Sandbänken, Untiefen und untermeerischen Klippenvorsprüngen in den umliegenden Gewässern, die bis heute versunkene Schiffwracks verborgen halten.

5 Da Anfang dieses Jahres eine Passierscheinpflicht für die Insel eingeführt worden war, handelte es sich bei den anderen Reisenden, denen ich auf der Kaamos begegnete, wohl um Angestellte der Fährgesellschaft oder Personen, die zur Forschungsstation auf Uusimaa gehörten, allen anderen war der Besuch der zu einem Vogelschutzreservat erklärten Insel nicht gestattet. Seit der Evakuierung verkehrte die Fähre nach Uusimaa nur noch wöchentlich und hauptsächlich zum Zweck der Versorgung mit Lebensmitteln. Doch als ich im streng bewachten Hafen von Oulu, an der Kaimauer un-

verteilten, dass man nirgendwo allein war, wählte ich einen Platz draußen auf dem Deck, von dem ich mich während der vierstündigen Fahrt nur einmal entfernte, um mein eingeschlafenes Bein wach zu rütteln. Auf dem Weg zurück zu meinem Platz kam mir eine rundliche Frau im Trainingsanzug entgegen, sie schwankte, trotz der ruhigen See. Ob ihr Gesichtsausdruck böse oder freundlich war, ob sie getrunken hatte, ich konnte es nicht erkennen. So befangen, wie ich war, traute ich mich nicht, zu ihr aufzusehen.

Im Café unter der Kommandobrücke sah ich durch die geöffnete Schiebetür ein Mitglied der Schiffsbesatzung eine Rohrzange am Ventil eines Bierzapfhahns anlegen, mit den nervösen Bewegungen eines Angestellten, der sich bei seiner Arbeit beobachtet fühlte. Ich hätte Softdrinks, Kaffee und einem handbemalten Pappschild nach auch Makkara kaufen können, die nicht besonders schmackhafte finnische Grillwurst, um es mir mit dem Imbiss vor dem Bajazzo bequem zu machen,

terhalb des geschlossenen Terminalgebäudes, darauf wartete, dass mein Passierschein geprüft wurde, konnte ich beobachten, wie eine ältere Frau ein in Geschenkpapier eingeschlagenes und rundherum mit bunten Signaturen beschriebenes Paket an einen noch jugendlichen Fährangestellten weitergegeben hatte, der zusammen mit mir an Bord ging. Das Geschenk sollte wohl jemanden auf der Insel erreichen. Als Dank für diesen Dienst hatte sie ihm einen handschriftlich umetikettierten Glasflachmann zugesteckt, der mit einem klaren Brand gefüllt war, in dem hellgrüne Fichtentriebe schwammen.

einem uralten, mechanischen Glücksspielautomaten, der in der Ecke des Aufenthaltsraumes stand. Aber ich wagte es nicht, die Türschwelle zu übertreten und bei dem finnischen Steward eine Bestellung aufzugeben. So kehrte ich zurück an meinen Platz auf dem Deck. Auf dem Absatz der Treppe, die zum Ruderhaus führte und deren Geländer, wie mir nun auffiel, mit bunten Luftschlagen geschmückt war, saß der Teenager, der im Hafen von Oulu mit mir an Bord gegangen war. Das Geschenk hatte er nicht mehr bei sich. Neben ihn hatte sich ein Mädchen gesetzt. Mehr wie Geschwister denn Liebenden gleich kauerten sie eng beieinander und teilten sich den Kopfhörer eines Discmans. Gerne hätte ich die beiden gefilmt, den Jungen mit dem gelockten Haar, das bis an seine hohen Wangenknochen reichte und ihm ein viel weicheres Aussehen verlieh als dem Mädchen, das sich mit dem breiten Kreuz einer Schwimmerin oder Eishockeyspielerin von mir abwandte. Vor der Kamera hätte ich den Jungen und das Mädchen nach der Zeit vor der Evakuierung befragen können, als es auf Uusimaa eine reformpädagogische Gesamtschule gab, die zweihundert Kinder besuchten, und vom Keller des Jugendhauses ein Piratensender betrieben wurde, der die Musik experimenteller Grunge- und Metal-Bands bis nach Oulu übertrug, der nächstgelegenen Großstadt. Vielleicht hätten wir uns angefreundet und einer der beiden Teenager hätte mich zu seinem leerstehenden Elternhaus geführt, einer amerikanisch anmutenden Holzvilla mit einer Veranda und einem Basketballkorb über dem Garagentor. Mir wäre der Garten der Kindheit gezeigt worden und das mit zerfetzten Postern behangene Jugendzimmer. So wären wir ins Plaudern gekommen, und ich hätte mir ihre Sicht auf all die Ereignisse angehört, die zur Evakuierung Uusimaas geführt hatten. Doch in meiner großen Schüchternheit packte ich die Kamera nicht aus und sprach sie nicht an. Dabei bestand darin der Anlass meiner Reise; das Erschaffen von Gelegenheiten und das Ins-Gespräch-Kommen mit Fremden. Ich war so lebensuntüchtig befangen, zu niemandem sagte ich auch nur ein Wort.

Die Gefahren der Sprachlosigkeit: Der Blick verklärt sich, wird schwärmerisch und sentimental oder schlägt ins Gegenteil um, wird bösartig und ungerecht.

Amerika

Bei der Einfahrt in den Hafen von Uusikaupunki fielen mir zuerst die aufgeschwemmten Kartons auf, die zu Hunderten ins Hafenbecken gestürzt waren und mit der Strömung gegen die grünen Pontons trieben. Ein Gabelstapler, der wohl eine Rolle bei dem Missgeschick gespielt hatte, war erst so kurz vor der Kaimauer zum Stehen gekommen, dass seine Gabeln über das Wasser ragten. Außerdem im Gedächtnis geblieben sind mir ein ausgebrannter Müllcontainer, die Zersplitterungen im Fensterglas eines Wächterhäuschens und das abgeknickte Ende einer Schranke, das leicht im Wind schaukelte.

Dahinter aber, jenseits des schillernden Wellblechs der verlassenen Lagerhallen, waren Birken angepflanzt mit Stämmen so weiß, wie ich sie nie zuvor gesehen hatte. Um die Zweige der Bäume waren Girlanden aus Magnetbändern von Videokassetten geschlungen, und an den Astspitzen hingen Plastiktüten in bunten Pastelltönen, was die Birken fantastisch und anthropomorph erscheinen ließ. Ich erinnerte mich, von dem karelischen Pfingstbrauch gelesen zu haben, Birken mit Frauenkleidern zu schmücken. Vielleicht, dachte ich, hat es diese Tradition auch auf Uusimaa gegeben.

Vor einem modernistischen Pavillon – später sollte ich erfahren, dass es sich um den ersten Supermarkt Skandinaviens handelte, das Geschäft der Inselgenossenschaft, in dem Selbstbedienung als Ausdruck politischer Haltung verstanden worden war – sah ich in einem sich dem Meer hin öffnenden Halbkreis Parkbänke so schön arrangiert, dass ich dort einen ganzen Sommer lang hätte sitzen wollen, die Giebel der bunten Holzhäuser im Rücken und den Blick, so stellte ich es mir vor, auf die kleinen, in den Hafen einlaufenden Fischerboote gerichtet.

Nicht die verschiedenen Stadien des Verfalls waren es, die mich in den Bann zogen, vielmehr geriet ich ins Entzücken über all die Spuren aus der Zeit, als Uusimaa, bei allen Problemen, eine von Leben erfüllte, vielleicht sogar glückliche Gemeinschaft gewesen war. Eine Lust überkam mich auf dem Deck der Kaamos, ich wollte die Hand ausstrecken und alles berühren, die Giebel der bunten Holzhäuser, das Gefieder der Seevögel, die überall nisteten, die Motorhaube des himmelblauen Ladas, der einsam auf dem Parkplatz stand. Und angezogen von dieser betörenden neuen Welt, beugte ich mich noch ein wenig weiter über die Reling, gerade so weit, dass es nicht albern wirkte vor den beiden Teenagern, die nun auch an den Rand des Schiffes getreten waren und den wenigen, vereinzelt stehenden Menschen an Land fröhliche finnische Sätze zuriefen.

Als Kind hatte ich eine gewisse Vorstellung von mir als Erwachsener. Unter den vielen Erwartungen, die sich nicht erfüllt hatten, war auch die, in Amerika an der Ostküste, in den Hamptons oder in Maine zu leben, und nun sah ich, dass diese Hafenstadt auf Uusimaa eine gewisse Ähnlichkeit mit jenem Ort aufwies, an den ich mich als Mädchen hingeträumt hatte. Ein Gedanke kam mir, der mir bedeutsam erschien, doch bevor ich ihn sprachlich erfassen konnte, begann der Kapitän mit einem Wendemanöver. Das Brummen des Schiffsmotors wechselte seine Klangfarbe, das Geräusch wurde dunkler, ein Gurgeln und Stampfen drang aus der Tiefe hinauf, das Deck begann zu vibrieren, und mein Gedanke ging unwiederbringlich verloren.

Nancy

»Welcome Susanne!« Dr. Nancy Wagner trug ein helles Sommerkleid und reichte mir einen Strauß Wiesenblumen zur Begrüßung. Sie war die Leiterin der ornithologischen Station, langjährige Vorsitzende des avifaunistischen Dachverbands der finnischen Region Ostbottnien und Gründungsmitglied der interdisziplinären Forschungsgruppe *Die Lapplandmeisen von Uusimaa*. Doch nachdem sie sich mir vorgestellt hatte und wir den schmalen, unkrautüberwucherten Plattenweg entlanggingen, der vom Hafen Uusikaupunkis zum Parkplatz hinaufführte, wo ihr blauer Lada stand, sprach sie lieber über den Chor, den sie leitete, und über den Filmclub, der auf ihre Initiative hin gegründet worden war.

»We don't work very hard up here«, sagte sie fröhlich und deponierte meine Stativtasche in dem kleinen Kofferraum. »But don't tell the government.«

Ihre Kollegen in den anderen Vogelwarten des Landes, die oft chronisch unterbesetzt seien, harrten ganze Tage auf zugigen Hochständen aus, das Fernglas immerzu in den Himmel gerichtet, der an bestimmten Tagen im Frühjahr und im Herbst von einer Millionenschar von Vögeln verdunkelt wird, wie sie sagte, von Weißwangengänsen und Singschwänen, von Seidenschwänzen und Wacholderdrosseln. Dabei kniff sie die Augen zu einer lustigen Grimasse zusammen und blickte durch die Öffnungen ihrer einen Feldstecher imitierenden Fäuste in den Himmel. Ich musste lachen und sagte ihr, dass ich mit der Arbeit eines Vogelkundlers immer eine Romantik verbunden hatte, doch Nancy verneinte dies entschieden. Normalerweise, sagte sie, sei der Alltag eines Ornithologen dem eines Soldaten in einer Feldübung sehr ähnlich. Mit Tarnnetzen ausgestattet, müssten sie das Schilf verlandender Seen durchwaten, schroffe Felsenklippen erklimmen und auf den Dachböden verlassener Scheunen herumkrauchen, nicht jedoch auf Uusimaa. Auf der Inselstation befasse sich ein internationales Team aus siebenunddreißig Doktoren und Diplombiologen, Promotionsstudenten und Zivildienstleistenden nur mit einer einzigen Art der *Paridae*, die auf Uusimaa gerade einmal fünfzig Exemplare zähle.

»Tuulikki, Pilvi, Suvi, Toivo …«, es seien so wenige Vögel, dass jedes Tier einen Vornamen besitze.

Mittsommer

An die ursprüngliche Funktion des Gebäudes erinnerte außer der Funkantenne auf dem Flachdach wenig. Die Ornithologen hatten das Haus der ehemaligen Polizeiwache bezogen, einen länglichen, zweigeschossigen Plattenbau am Rand der Hauptsiedlung. Neben der Eingangstür war eine Plakette der Europäischen Union angebracht worden und darunter ein Schild der Universität von Oulu. Das Wort *Poliisi* las ich lediglich auf den Motorhauben und Türen der schräghеckigen Saabs, mit denen die Wissenschaftler auf der Insel herumfuhren, und dort, wo früher Blaulichter montiert waren, hatten sich Rostflecken gebildet.

»Isn't it nice?« Dr. Nancy Wagner, die von mir nur Nancy genannt werden wollte, zeigte auf eines der Fenster im ersten Stock, hinter dem sich, wie sie sagte, ihr

Büro befand. Zwar konnte ich durch das spiegelnde Glas nicht in den Plattenbau hineinsehen, doch ich nahm an, dass der Raum, der dahinter lag, ebenso wie das gesamte Gebäude überproportioniert war. Nicht, dass ich Nancy ihr großes Büro missgönnt hätte, doch seltsam erschien mir, dass eine Insel wie Uusimaa, auf der niemals mehr als viertausend Menschen gelebt hatten, eine Polizeistation besaß, die eher einer Großstadt angemessen wäre. Den Grund dafür verriet mir Nancy beim Betreten des Foyers. Die alte Polizeiwache, ein hässliches Gebäude, wie sie sagte, sei in den späten sechziger Jahren niedergebrannt worden. Schnell hatte man eine Gruppe einheimischer Jugendlicher und Studenten einer marxistischen Hochschulgruppe dafür verantwortlich gemacht, weil sie während des Brandes ein Sommercamp auf der Insel organisiert hatten. Es gab Hausdurchsuchungen, Anzeigen, doch belangen konnten sie letztlich niemand.

»Das Feuer«, sagte Nancy mit einem geheimniskrämerischen Unterton, »haben wahrscheinlich diejenigen gelegt, die den größten Vorteil daraus zogen.«

»Und wer profitiert davon, dass die Lapplandmeisen nicht mehr singen?«, fragte ich. Nancy lachte und knuffte mich in den Arm.

»Wer weiß das schon.«

Meine Augen hatten sich kaum an das dämmrige Licht im Inneren der Station gewöhnt, als mich Nancy hinausführte in den Hof, in eine weitläufige, sanft von Garagen und blühenden Fliederhecken umfasste Abgeschiedenheit. Dies war der Moment, als die Sonne herauskam, zum ersten Mal an diesem Tag, der eigentlich schon fast vorbei war. Es musste gegen neun Uhr am Abend gewesen sein, als ich die Kaamos verlassen hatte, und bis zu meiner Ankunft in der Station war sicher eine Stunde verstrichen. Aber war das von Bedeutung, auf diesem Breitengrad, zu dieser Jahreszeit?

Über einer Tischtennisplatte im Garten lag ein Bettlaken ausgebreitet, und die Tafel, die so geschaffen wurde, war gedeckt mit chromblitzenden Schälchen, in denen sich Hügel aus winzigen Walderdbeeren bis über den Rand wölbten. Auch eine großzügig mit geschlagener Sahne aufgefüllte Karaffe stand dort, und ich sah Pfannkuchen, gestapelt zu fettig glänzenden Türmen. Wegen diesem Anblick und weil ich im Sonnendunst über einer Wiese, auf der Gänseblümchen blühten, einen Asiaten und eine schwarze Frau einen Welpen kraulen sah, der menschlich klingende Laute von sich gab, die sich wie ein Kichern anhörten, überkam mich das Gefühl, in ein kindliches Paradies gelangt zu sein, wie es die Zeugen Jehovas in ihren bunten Broschüren anpriesen. Doch sogleich kam mir ein Bild in den Sinn, das vielleicht treffender war: Ich war über eine Schwelle in eine Zukunft getreten, wie sie sich die Gründer utopischer Gemeinschaften ersonnen haben konnten.

Was habe ich an diesem Abend erlebt? Ich habe einen Ökoethologen, der den gleichen Bart trug wie Charles Darwin auf der berühmten Daguerreotypie, dabei beobachtet, wie er auf einem Gartenstuhl saß und mit einem Ausdruck größter Entspannung in der Nase popelte, ich habe einen Chor aus Feldornithologen und Biologiestudenten singen hören, ich war von der Hausmeisterin der Station in den Hintern gekniffen worden, und ich konnte mit erwachsenen Menschen die aufrichtige Freude über das Funkensprühen einer einzigen brennenden Wunderkerze teilen.

II

Von der Pflicht, früh aufzustehen

Pieter Boddaert war nie in Skandinavien gewesen, die Lapplandmeise sah er auf Gouachezeichnungen, auf Kohleskizzen und kolorierten Holzstichen, er kannte den Vogel aus den Beschreibungen in dem Naturlexikon *Planches enluminées*, dessen Klassifizierungsschlüssel er verfasst hatte, und es ist möglich, dass er an den Nachmittagen im Raritätenkabinett seines Freundes Albert Schlosser ein ausgestopftes Meisenexemplar in den Händen hielt. Einer lebendigen, singenden und flügelschlagenden Lapplandmeise aber war er nie begegnet, und dennoch ging der lateinische Name *Parus cinctus* auf Pieter Boddaert zurück. Als Bewunderer Linnés hatte Boddaert dessen System einer klaren Einteilung in Ordnungen, Gattungen und Arten übernommen und nachgeholt, was Linné auf seiner *Lappländischen Reise* versäumt hatte. Das Wort *Parus* bezeichnete die Familie der Meisen und *cinctus*, das lateinische Wort für Gürtel, bestimmte die Art.[6]

6 Warum Boddaert der Lapplandmeise den Namen *Parus cinctus*, also Gürtelmeise, gegeben hat, war mir ein Rätsel. Im Niederländischen, der Muttersprache Boddaerts, wurde die Lapp-

In einem der vielen Briefe, die Pieter Boddaert an sein großes Vorbild Linné nach Uppsala schickte, schrieb der Gelehrte, der als Sohn eines Dichters in den calvinistischen Niederlanden zur Welt gekommen war, von der Pflicht des Ornithologen, zeitig aufzustehen: »Er muss früh hinaus aufs Feld und einsam wandern, gegen Ende der Nacht singen Vögel, die sonst schweigen.«

Auf Uusimaa gab es keine Nacht, die Abenddämmerung wechselte unmerklich in das Morgengrauen über, und der Vogel, den ich sehen wollte, blieb stumm, zu jeder Tagesstunde, zu jeder Jahreszeit. So sah ich in meiner ersten Nacht auf Uusimaa, die nach der Johannisfeier im Garten eigentlich schon ein Morgen war, keinen vernünftigen Grund, dem Rat Pieter Boddaerts zu folgen

landmeise seit dem neunzehnten Jahrhundert *Bruinkoopmees* genannt, also Braunkopfmeise oder Braunschopfmeise, und in den meisten Sprachen war die Region Lappland im Namen des Vogels enthalten: *Mèsange lapone*, *Lapintiainen*, *Lappmes*, *Carbonero lapòn*, *Chapim da laponia*. Im Russischen, im Japanischen und auch im Italienischen war es die Region Sibirien. Eine Sonderstellung nahm das Englische ein, wo die Meisenart sowohl als *Siberian tit* als auch unter dem Namen *Gray-headed chickadee* bekannt war. Ich wandte mich mit einer E-Mail an den Zoologiehistoriker Ernesto Lopez von der Universität Juneau in Alaska: »Dear Mr. Lopez, why did Pieter Boddaert give the Gray-headed chickadee the Latin name *Parus cinctus*? What does the bird have to do with a belt?« Seine Antwort erreichte mich schon am nächsten Tag, und sie fiel knapper aus, als ich es erwartet hatte: »Dear Susanne Sendler, I don't know.«

und legte mich zu Bett. Doch als ich nach kaum zwei Stunden Schlaf von einer Unruhe auf dem Flur geweckt wurde, fuhr ich hellwach hoch. Ich hörte das Klacken von Badeschlappen, im Duschraum schlug immer wieder eine Tür gegen ein Heizungsrohr, das den metallischen Klang bis in mein Zimmer trug. Minzige Shampoodämpfe breiteten sich aus, so aufdringlich, dass ich sie schmecken konnte, und aus dem Speisesaal, der sich unter meinem Zimmer befand, vernahm ich den Hall hektisch beiseitegeschobener Stühle. Einen Moment lang war ich umgeben von Stille, ich schloss die Augen, doch bevor es mir gelang, wieder in den Schlaf zu finden, stieg jemand mit schweren Schritten die Treppe hinauf, polternd wie der Wirt im Laientheater, um sich vor meiner Zimmertür in einem englisch-finnischen Sprachengemisch über eine vergessene Nagelschere zu erhitzen. Dieser Lärm auf dem Korridor klang so nah, dass ich ihn persönlich nehmen musste und mein Bett schließlich verließ.

Es war keine Untertreibung, als Nancy gesagt hatte, dass auf der Station nur wenig gearbeitet werde. Am Vormittag, wenn der Servierwagen mit der kleinen Zwischenmahlzeit aus belegten Broten und halbierten grünen Bananen aus der Küche geschoben wurde, war für die meisten Ornithologen das Ende eines gewöhnlichen Arbeitstages bereits erreicht. Einige traten ihre Schicht am Nachmittag an, es gab auch ein Team, das erst am Abend hinausfuhr, und schließlich wurde jeden Morgen eine neue Gruppe bestimmt, die sich um die Zubereitung des Essens und den Abwasch zu kümmern hatte.

Doch länger als drei Stunden war niemand mit seiner Aufgabe beschäftigt.[7] Ungeachtet dessen standen die Biologen in der Woche, die ich auf Uusimaa verbrachte, zu einer Stunde auf, zu der auch Arbeiter einer Fabrik

7 Ich möchte die Arbeitsbedingungen auf Uusimaa nicht beschönigen. Wissenschaftler, die nicht Festangestellte einer staatlichen Institution oder eines Unternehmens sind, arbeiten projektbezogen, so wie freischaffende Künstler oder Saisonkräfte. Aber auch Biologen haben Kinder, Ehepartner, pflegebedürftige Eltern und Freunde, von denen sie sich nicht ohne weiteres auf Monate trennen können. Viele, mit denen ich gesprochen habe, wussten nicht, von welchem Geld sie nach dem Auslaufen ihrer Verträge leben sollten, und vermissten ihre Familien. Ken Samuelson, der in dem Zimmer neben meinem wohnte und mich am ersten Morgen auf Uusimaa mit seinen polternden Schritten geweckt hatte, war Diabetiker und mit 56 Jahren von seiner Universität in Frührente geschickt worden. Das Geld vom Staat reichte kaum aus, um die Zinsen des Kredits zu bedienen, den er für den Kauf seiner kleinen Eigentumswohnung aufgenommen hatte. Er hasste die Feldornithologie, die ihm zu kleinlich war, die Winter im Norden hielt er nur mit einer Tageslichtlampe aus, und die Lapplandmeise empfand er als ganz und gar uninteressanten Vogel. Auf Uusimaa arbeitete er nur deshalb, weil er es sich nicht leisten konnte, den angebotenen Vertrag abzulehnen. Seine Frau, die in einer Halbtagsstelle in der Verwaltung einer Kirchengemeinde beschäftigt war, hatte er in Helsinki zurücklassen müssen. Und Nancy, die Leiterin der Station, lebte in den Sommermonaten von ihrem kleinen Sohn getrennt, der bei ihrem geschiedenen Mann in Berlin wohnte. Nur im Winter, wenn es, wie sie sagte, ohnehin keine Arbeit auf der Insel gebe, konnte sie ihr Kind sehen.

ihre Frühschicht antreten würden. Als ich etwas ratlos und mit dem Gefühl einer nie wieder aus den Knochen weichenden Erschöpfung in den Speisesaal trat, las ich 5:45 auf der Anzeige der Wanduhr, und die Menschen, mit denen ich am Abend im Garten gefeiert hatte, waren längst auf ihre Posten verschwunden. Nur an einem Tisch wurde noch gegessen. Zwei Männer mit langem, vom Duschen noch glänzend nassem Haar winkten mich zu sich. Sie hießen Teemu und Jöns, ihr Spezialgebiet war die Ornithogeographie. Vogelgeographen wie sie, erklärten sie mir in einer geradezu kränkenden Umständlichkeit, würden das Vorkommen und die Verteilung von Vogelarten untersuchen. Wenn ich wolle, könne ich sie begleiten, auf eine Fahrt in das Innere der Insel, zu einer Bachquelle, wo ich der Lapplandmeise sicher begegnen würde. Nur vorher, sagten sie und zeigten erst auf meine Sandalen und dann auf ihre Füße, die in hohen, von der Sohle bis zum Schaft mit einer Messskala versehenen Gummistiefeln steckten, vorher müsse ich mir andere Schuhe besorgen. Außerdem bräuchte ich eine vernünftige Jacke aus einem regenabweisenden Material, die am besten so aussehen sollte wie die über ihren Stuhllehnen hängenden Tarnfleckenparkas, ausgestattet mit vielen Taschen, Gurtschlaufen und Klettverschlüssen. In meiner weinroten Jeansjacke würde ich die Vögel bloß verscheuchen.

Ich sah die beiden paramilitärisch durch das Unterholz kriechen und dachte daran, wie Nancy mich am Abend zuvor in einem Sommerkleid abgeholt hatte. Wäre ich ein Vogel im Wald, ich würde Nancy vertrauen und die Flucht ergreifen vor diesen hässlich kostümierten Kriegern in ihren Fantasieuniformen. Wenn auch Tiere im Besitz einer ästhetischen Wahrnehmung sind, dachte ich, mussten die Vögel mit der Farbenpracht ihrer Federn, der kunstfertigen Konstruktion ihrer Nester, der Kühnheit ihrer Flugmanöver und der fein nuancierten Komposition ihres Gesanges als Schöngeister bezeichnet werden.

Tiere mögen es, umworben zu werden, sie schätzen Höflichkeit, davon war ich überzeugt. Bei der Begegnung zwischen Vogel und Mensch handelt es sich um ein Ereignis, das beide Seiten in Aufregung versetzt. Der Ornithologe, so glaubte ich, sollte dafür keine Kriegsmontur wählen, sondern seine schönsten Kleider. Die Amsel, die von der Spitze eines Baumes ihr Lied vorträgt, will gesehen und gehört werden. Wie unnötig und falsch ist es, sich vor einem solchen Vogel zu verstecken, um ihn aus dem Hinterhalt zu beobachten.[8] Das sich Anschleichen und Tarnen, stammt es nicht aus den dunkleren Kapiteln der Ornithologie, aus einer Zeit, in der Zoologen sich mit ihrem Jagdinstinkt brüsteten, als das Taxidermieren, das Ausstopfen erlegter Tiere, zum

8 Stattdessen musste ich an eine Schilderung Henry David Thoreaus denken, an seine Begegnung mit einem Spatzen im Garten, der sich auf seiner Schulter niedergelassen hatte, während er Heu einholte. Der Vogel verweilte dort nur für einen kurzen Moment, und doch fühlte sich Thoreau durch diese vertrauensvolle Geste geschmückt und höher ausgezeichnet *als ein Offizier durch irgendwelche Epaulette, die man ihm hätte verleihen können.*

Handwerkszeug gehörte und Kaltblütigkeit eine Sekundärtugend der Wissenschaft war?[9]

»Meine Gummistiefel habe ich vergessen«, sagte ich, und es entsprach der Wahrheit.

»Dann ab in die Materialkammer, da finden wir etwas Schönes für dich«, sagte Jöns, der sich in der Vorfreude darüber, mich einkleiden zu dürfen, die Hände rieb. Teemu dagegen gab ein affektiertes Stöhnen ab und schlug so heftig auf den Tisch, dass seine Müslischale in ein schwungvolles Scheppern versetzt wurde.

»Aber schnell, hopp hopp!«, mahnte er, »wir sind hier nicht beim Kostümfilm.«

Ich wollte die Lapplandmeisen sehen, jedoch nicht in Begleitung dieser Männer.

»Ich bin mit Nancy verabredet«, sagte ich, und dieses Mal log ich.

9 Die Meeresbiologie nahm sich da nicht aus. Als Kind sah ich Jacques-Yves Cousteau und die Besatzung seiner Calypso im Fernsehen. In einem Korallenriff brachten die braungebrannten Männer Dynamit zur Detonation. Die untermeerische Explosion zerfetzte die Luftblasen der Fische, alles Leben erlosch und trieb an die Oberfläche, ein albtraumhaft schillerndes Bild. Ich erinnere mich an einen riesigen Kugelfisch, der in Todesangst nach Luft rang und schließlich von einem Mann mit einer Harpune zerstochen wurde wie ein Ballon. Das Wasser strömte aus ihm heraus, der Fisch wurde kleiner und kleiner, und im Sand zurück blieb eine Maske mit menschlichen Zügen.

Der Eisschuh

Nach einigen Stunden auf meinem Zimmer, in denen ich versuchte, mir Notizen zu machen und in die Arbeit zu kommen, stattdessen jedoch gedankenlos auf dem Bett herumlag und eine zweite Dusche nahm, beschloss ich, mich auf der einstigen Polizeistation umzusehen. Auf einer Schautafel der Vogelwelt Uusimaas, die ich im Foyer entdeckte, suchte ich die Lapplandmeise und fand sie schließlich, ein kleiner, flaumig gefiederter Vogel in einem dichtgedrängten Durcheinander aus schwarzäugigen Regenpfeifern, sich aufschwingenden Kranichen und einem ein Schneehuhn bedrohlich umkreisenden Habicht, als Nancy mir von hinten auf die Schulter tippte.

»Langweilst du dich schon?«, fragte sie und gähnte. Es war bald Mittag, und so verwuschelt wie ihr Haar aussah, machte sie den Eindruck, als sei sie eben erst aus dem Bett gestiegen. Ich verneinte und schüttelte den Kopf. Gemeinsam betrachteten wir die Meise, die erstaunlich unscheinbar aussah im Vergleich zu den anderen Vögeln. Ein flauschiges Bällchen, dem ein verschwindend winziger Schnabel anhaftete und zierliche Läufe, die sich in knospenhafte Zehenkrallen verästelten, so dünn wie der Strich eines einzigen Pinselhaars. Das braune Köpfchen und die weißen, aufgeplusterten Wangen fühlten sich sicher sehr weich an. Mit ihrem schütteren Flaum wirkte die Meise wie ein Jungvogel, der noch nicht vollständig entwickelt war. Zugleich erinnerte das Federkleid in den Farben Beige und Grau, Braun und Weiß auf eine eigentümliche Weise an die Uniformiertheit eines Pensionärs. Einzig der nachlässig hingetupfte schwarze Fleck auf der hellen Brust verlieh dem Vogel Eigenwilligkeit und Stolz.

»Die Meise ist ein bisschen hässlich«, sagte Nancy nach einer Weile, in der sich unsere Gedanken unausgesprochen ausgetauscht zu haben schienen, »doch diese Darstellung wird ihr nicht ganz gerecht. Es liegt etwas in ihrem Blick.« Dann fragte sie mich, ob ich ihr Büro sehen wolle.

Wir stiegen hinauf in den ersten Stock, am Ende des Gangs öffnete sie eine Tür, die mit zwei Schlössern verriegelt war. Als wir eintraten, klingelte ein Telefon. Nancy nahm den Hörer ab und bedeutete mir, gegenüber eines Wandteppichs auf einer Bank Platz zu nehmen, die in dem klassenzimmergroßen und doch spärlich möblierten Büro, das vollgestopft war mit Umzugskartons, als Postablage diente. Ich drängte einige der ungeöffneten Briefumschläge beiseite, setzte mich auf die freigeschobene Kante und betrachtete das Motiv des Gobelins an der Wand, während Nancy telefonierte. Zu sehen war eine Menge aus Frauen, Männern und Kindern, die Steine gegen den Himmel schleuderten. Trotz der Schemenhaftigkeit der Darstellung war die Verzweiflung der Menschen offensichtlich, die Figuren waren nackt und ausgezehrt. Hinter einer Wolkenmauer über dem Horizont, unerreichbar für ihren Protest, schwebten Himmelsgestalten, die auf die Menschen herabblickten. In die Gesichter der Götter waren weiße Fäden eingewebt, die Zahnreihen darstellten. Es war unmissverständlich, die Götter belustigten sich.[10]

Ich sprach Nancy an, als sie den Hörer beiseitegelegt hatte.

»Dieser Teppich ist eine Bootsrye. Auf Seereisen diente sie als Decke und als Mantel. Das Objekt stammt aus der Wikingerzeit«, erklärte sie unbeeindruckt von dem hohen Alter, das sie der Textilie zuschrieb.

»Aus der Wikingerzeit?«

10 In dem Buch *Beschreibung der Völker des Nordens*, das Olaus Magnus, der letzte katholische Bischof Schwedens, zur Zeit der Reformation im römischen Exil niederschrieb – vergeblich hatte ich sein Werk nach Hinweisen auf Uusimaa durchsucht –, erzählt ein Kapitel vom Aufstand gegen die Götter, einem heidnischen Brauch der Bestrafung verweigerter oder versäumter Hilfe. Wenn die Götter großes Unglück zuließen, wenn sie in kriegerischen Gefechten oder während der Erntezeit ihren Beistand verweigerten, sollen die aufgebrachten Bewohner des Nordens versucht haben, die Götter *mit mancherley Waffen, die sie inn Himmel auffhüben und abschossen, mit Drauworten und Schrecken dahin [zu] zwingen, daß sie thuen müssten, was sie wölten*. Illustriert war dieser Text mit einem Holzschnitt. Männer in ritterlichen Rüstungen richteten ihre Lanzen wider den Himmel, gegen die in das Bild hineinflutenden Wolken, die die jammervollen Gesichter der abgestraften Götter in sich trugen. An diesen Holzschnitt musste ich denken, als ich den Wandteppich betrachtete. Doch im Gegensatz zu den Engelswesen, die im Buch von Olaus Magnus mit einem Ausdruck absoluter Hilflosigkeit dargestellt waren, glichen die Gottheiten auf dem Wandteppich fürchterlichen Dämonen.

Ich wollte Nancy keinen Vorwurf machen wegen ihres Umgangs mit Kulturgütern, aber es interessierte mich doch, wie eine tausendjährige Bootsrye an die Wand einer Polizeistation kam. Nancy lächelte und erzählte mir, ihr Vorgänger, der Polizeichef, habe die Bootsrye aufhängen lassen.

»Mehr kann ich dazu nicht sagen.«

Ich fragte sie, was es mit der gewebten Darstellung auf sich habe, Götter, die so grausam waren, sich über das Leid der Menschen zu amüsieren, und Menschen, die diese Götter bekämpften, das sei doch bemerkenswert. Nancy nickte und musterte mich mit einem prüfenden Blick.

»Der Polizeichef hat das genauso gesehen wie du, und der hat sich in seiner Freizeit mit paranormalen Phänomenen beschäftigt.« Sie deutete verschwörerisch auf die leere Wand hinter ihrem Schreibtisch, auf der sich eine helle Gitterstruktur unscharf von dem gelb angelaufenen Anstrich absetzte. »Die Regale, die hier einmal standen, waren bestückt mit ziemlich merkwürdiger Literatur. Der Polizeichef muss in der Szene auf der Bootsrye so etwas wie einen Hinweis auf einen Besuch außerirdischer Lebensformen gesehen haben.« Einige Bücher hatte Nancy zur Belustigung, wie sie sagte, aufgehoben. Mit einem amüsierten Gesicht las sie mir die Titel zweier Bände vor, die sie unter einem Papierhaufen auf ihrem Schreibtisch hervorkramte: »*Gods from Outer Space*, *The Message of the Stones*. Und so jemandem«, fügte sie hinzu, »wurde eine Polizeistation anvertraut.«

Nancy dagegen betrachtete die Sache nüchterner,

»mit den Füßen auf dem Boden der Tatsachen«, wie sie betonte. Eine gegenständliche Darstellung aus einer Zeit, in der meist nur eine begrenzte Auswahl traditioneller Muster verwendet wurde, kam auch ihr ungewöhnlich vor, doch das Motiv der gegen Götter rebellierenden Heiden sei im skandinavischen Raum gemeinhin bekannt.

»Warum hat er den Teppich hier zurückgelassen?«

»Ich denke mal«, sagte Nancy, »dass der alte Mann seinen Irrtum schließlich eingesehen hat.« Sie beugte sich über den Schreibtisch dem Wandteppich entgegen, so als gäbe es etwas am unteren Rand der Textilie zu entdecken, ein Geheimnis, und während sie das tat, hatte sie Ähnlichkeit mit einer Maus, die ein Stück Käse wittert.

»Wie hoch schätzt du den Wert ein?«, fragte Nancy schließlich und blickte mich mit funkelnden Augen an.

»Zehntausend Mark.«

»Finnische oder Deutsche Mark?«

»Deutsche Mark.«

Nancy bebte.

»Ich zeige dir noch etwas!«, sagte sie, und mit der Geste einer Straßenhändlerin, die verbotene Ware aus den Innentaschen ihres Mantel zum Verkauf anbietet, öffnete sie die oberste Schublade ihres Schreibtischs. Darin lag ein Paket, das in braun angelaufenem Zeitungspapier eingewickelt war.

»Was ist das?«, fragte ich. Nancy winkte mich heran.

»Sieh nach.«

Mir gefiel Nancy, ich mochte ihre Stimme, ihr Gesicht war schön, und ich mochte die Hektik in ihren Bewegungen. In diesem Augenblick jedoch traute ich ihr keinen Meter weit. Dort in der Schublade hätte eine Pistole liegen können, die ich berühren sollte, damit meine Fingerabdrücke auf die Tatwaffe gelangten, mit der jemand umgebracht worden war, vielleicht der Polizeichef. Oder es verbarg sich etwas Widerliches darin, ein abgetrennter Finger, der Kadaver einer Maus, oder, und davor graute mir am meisten, es befand sich darin etwas Außerirdisches.

»Ich fürchte mich«, sagte ich nach einem Zögern. Nancy lachte und packte den Gegenstand aus.

Das Ding, das auf Nancys Hand lag, war aus stark korrodiertem Eisen und hatte einen Zustand des Verwitterns erreicht, der es schwermachte, ihm eine Funktion zuzuschreiben, am ehesten ähnelte es einer versteinerten Koralle.

»Was soll das sein?«, fragte ich.

»Ein Eisschuh«, antwortete Nancy.

»Aus der Wikingerzeit?«

Nancy hob die Augenbrauen und machte ein zufriedenes Gesicht, dabei trat ein altkluger Zug an ihr zum Vorschein. »Dieser Eisschuh ist hier gefunden worden, auf dieser Insel. Einer Radiokohlenstoffdatierung zufolge stammt der Schuh aus der Zeit um 500. Uusimaa aber tauchte erst um 1000 nach Christus aus dem Meer auf, wie du vielleicht weißt.«

»Dann ist die Insel älter, oder die Berechnungen stimmen nicht.«

»Falsch!«, erwiderte Nancy. »Uusimaa ist etwa tausend Jahre alt, dieses Artefakt jedoch ist fünf Jahrhunderte älter. Das alles ist bewiesen. Nun ist der Eisschuh aber auf Uusimaa gefunden worden«, wiederholte sie und hielt erwartungsvoll inne. »Ich frage dich, wie geht das zusammen?«

Ich war ratlos: »Jemand hat den Schuh hierhergebracht, vergessen, verloren.«

»Nein«, widersprach Nancy unter heftigem Kopfschütteln, »das Sediment der Fundstelle, es ist ein kleines Areal, zwei Spatenlängen breit und nicht besonders tief, besitzt eine völlig andere Zusammensetzung als das Inselgestein.« Ich musste zugeben, es war merkwürdig. Für Nancy, die nur darauf gewartet zu haben schien, mir eine Erklärung für den artefaktischen Eisschuh vortragen zu dürfen, und nun aufgeregt auf ihrem Bürosessel herumrutschte, handelte es sich bei dem Fund um eine Sensation, den Beweis für den Wahrheitsgehalt einer Legende, die vom Untergang einer Insel erzählte, die sich vor Urzeiten an der Stelle befunden haben sollte, wo sich heute Uusimaa aus dem Meer erhob.

»Ich habe etwas, das dich interessieren wird.« Ohne sich umzudrehen, stieß Nancy sich in einer blitzschnellen Bewegung von der Schreibtischkante ab und schoss auf den Rollen ihres Sessels rückwärts auf das Fenster hinter ihr zu, unter dem Umzugskartons gestapelt standen. Der Karton, den sie öffnete, war mit *Saksa* beschriftet, dem finnischen Wort für Deutsch, und enthielt, soweit ich es erkennen konnte, Werbematerial.

»Hier«, sagte sie und reichte mir eine Broschüre. »Das Tourismusbüro von Uusikaupunki hat diese Broschüre im Jahr der Evakuierung drucken lassen, in einer Auflage von 10 000 Stück und übersetzt in sieben Sprachen.

Darin kannst du die Legende nachlesen, auch über die Fundstelle des Eisschuhs findest du etwas. Warte!« Sie zog mir die Broschüre wieder aus den Händen und durchblätterte die hochglänzenden Seiten. »Hier, lies das!«

Wieder klingelte das Telefon. Sie wartete einen Moment und erklärte mir mit einem Ausdruck des Bedauerns, der wohl professionell wirken sollte, dass sie das Gespräch nun leider annehmen müsse. Die Stimme, die ich am anderen Ende der Leitung vernahm, klang wie die eines Kindes.

Ich markierte mir die Seite, die Nancy aufgeschlagen hatte, und ließ sie allein.

Das versunkene Land

Von dem ersten Tag nach meiner Ankunft auf Uusimaa ist mir das Fremdheitsgefühl in Erinnerung geblieben, das ich empfand, als ich beim Verlassen der Polizeistation die Innentasche meiner Jacke nach der Broschüre abtastete und ich mir vorkam wie eine Kommissarin in einem Kriminalfilm, die sich auf dem Weg zum Tatort ihrer Dienstwaffe vergewissert. An Wohnhäusern vorbei, deren Fenster im Erdgeschoss mit angeschweißten Metallplatten geharnischt waren, jedes Haus war aus dem gleichen sandhellen Backstein erbaut, ging ich über einen mit großen quadratischen Platten ausgelegten

Gehweg, auf dem noch immer der Rollsplitt des Winters unter den Sohlen knirschte, der Isokatu, der einstigen Geschäftsstraße Uusikaupunkis entgegen. Kein Gebäude überragte die zwei Geschosse seines Nachbarn. Auf einem sonnengebleichten Werbeplakat an der Fassade eines Supermarktes war ein Geschäftsmann abgebildet, der in seinem Cabrio im Stau stand und sich nicht durch einen wütend hupenden Taxifahrer im Rückspiegel aus der Ruhe bringen ließ, dank einer Rolle Kaubonbons, die er in seiner Hand hielt wie den Funkzünder einer Bombe. In wuchtigen Betonkübeln, die in regelmäßigen Abständen eine Reihe bildeten, blühte Zierkohl, und das äthiopische Restaurant *Haile Selassie* musste in dem kleinen Ausschank, der jetzt verbarrikadiert war, während der Sommermonate Eis verkauft haben, als auf Uusimaa noch Menschen lebten, die die nicht besonders lange Promenade entlanggeschlendert waren.

Die Ladentür des staatlichen Alkoholgeschäfts war vergittert, ebenso wie das Eingangsportal der einzigen Bankfiliale der Insel. Es war unwahrscheinlich, dass im Inneren des Bankgebäudes Geld zurückgelassen worden war, und doch drängte sich mir dieser Gedanke auf. Mit dem Blick suchte ich nach einem Brecheisen oder irgendeinem anderen Gegenstand, den ich zumindest in meiner Vorstellung zum Aufbiegen der Gitterverstrebungen hätte nutzen können. Ich fand nichts und ging weiter.

Das letzte Geschäft, das sich auf der gegenüberliegenden Straßenseite befand, bevor die Häuserzeile von einer Baulücke unterbrochen wurde, war eine Videothek, *Tommis Videoverse*. Weil die Tür aus den Angeln gehoben war, sie lehnte funktionslos an dem mit dunkler Klebefolie abgetönten Schaufenster, warf ich einen Blick hinein in das Innere des Ladens. Regale waren umgestürzt, auf dem fleckigen Teppichboden lagen Kassettenhüllen und Videofilme, die mit den Knäuel schwarzer Magnetbänder zu einem so großen Haufen verwickelt waren, dass ich mir einen Weg hätte freiräumen müssen, um zur Ladentheke zu gelangen und einen der durcheinandergewirbelten Lotteriescheine aufzulesen, die durch eine eingedrückte Glaswand sogar in das Innere der Popcornmaschine geraten waren.

Die Baulücke neben der Videothek war eine kleine, mit Beifuß und Rainfarn überwucherte Grünanlage. Ein schmaler Treppenpfad führte zu dem Ort hinunter, den ich vom Deck der Fähre aus gesehen hatte, zu der zum Sitzen einladenden Gruppierung von Parkbänken und den seltsam geschmückten Birken, die im Wind flirrten. Und dahinter, eingerahmt von dem modernistischen Pavillon und den Lagerhallen am Hafen, öffnete sich der Blick auf das Meer, über dessen Wasseroberfläche schwarze Wellen mit der Strömung nach Süden zogen. Wenn am Abend zuvor ein Mensch an jener Stelle gestanden hätte, an der ich mich nun befand, so hätte ich ihn bei der Anfahrt auf Uusimaa in den Farben seiner Kleidung aufleuchten sehen. Es war diese Umkehrung des Blickes, die in mir eine den Boden unter den Füßen wegreißende Verunsicherung auslöste – ich war vom Meer umgeben. Die banalste Erkenntnis, die man auf einer Insel gewinnen konnte, sie erschien mir ungeheuerlich.

Ich holte die Broschüre hervor, die mir Nancy mitgegeben hatte, und versuchte, meine Position auf dem Ausschnitt des Hafens zu bestimmen, der auf dem Umschlag abgebildet war, gleich so, als handelte es sich bei dem Foto um eine Landkarte. Wie selbstverständlich war ich davon ausgegangen, dass sich der Fotograf für ebendenselben Blick über die Bucht interessiert haben musste, der sich mir nun darbot, und es kam zu einer Irritation, bis ich verstand, dass das Bild weiter unterhalb des Hangs aufgenommen worden war. Nichts von dem, was mir an der Insel und seinem Hafen gefiel, nichts von der Wirklichkeit dieses Vormittags fand ich auf dem Bild wieder. Womöglich hatten die Lagerhallen nicht in seine Vorstellung von einem Yachthafenidyll gepasst, oder er hatte darauf bestanden, gegen die Sonne zu fotografieren. Auf der Aufnahme hing sie tief im Westen und strahlte durch die Masten der vielen Segelyachten und Fischerboote. Die Fotografie auf dem Umschlag der Broschüre vermittelte jenen Eindruck von weltläufiger Austauschbarkeit, die sicher notwendig war, um das Vertrauen der Reisenden für die Inselgemeinde zu gewinnen, die wegen ihrer hohen Arbeitslosigkeit und den vielen Alkoholabhängigen als das Armenhaus Finnlands verschrien war.[11]

11 Im Jahr 1996, als die Meisen das Singen aufgaben, war jeder dritte Uusimaaer ohne Arbeit, nachdem der wichtigste Arbeitgeber der Insel, eine Werft für kleinere Trawler, von einem Großkonzern übernommen und schließlich zerschlagen worden war. Die wenigen bezahlten Stellen, die geblieben waren,

Im Abendhimmel über den Masten stand in einer schräg gestellten Serifenschrift *Den Horizont genießen*, und dieses Motto tauchte auch auf den folgenden Seiten wieder auf, so im Vorwort, das Uusimaa als Reiseziel empfahl, das zu jeder Zeit einen Besuch wert sei. Eine Aufnahme auf der gegenüberliegenden Seite zeigte die Insel im Winter. In der Unendlichkeit des Schnees verloren sich die Spuren eines einsam gleitenden Skilangläufers. Auf den Bildern darunter war der Sommer ausgebrochen: Ein Elch döste im sonnenbeschienenen Gras, im Hintergrund die Einfriedung einer Koppel, auf der das wilde Tier lebte wie eine Kuh auf der Weide. Zwei junge Frauen paddelten in ihren Kajaks um die Wette, und ein blonder Junge hielt einen Hecht ins Bild, der das Sonnenlicht reflektierte und unscharf war wie eine Geisterfotografie.

Das erste Kapitel, das ich überflog, lieferte *Wissenswertes* über Uusimaa. Mit Hilfe eines Klimadiagrammes wurde der Beweis angetreten, dass Uusimaa während des Sommerhalbjahres mit der geringsten Niederschlagsmenge und der regional höchsten Zahl an Sonnenstunden eine *Insel des guten Wetters* sei, zur Freude eines hübschen, nasengepiercten Mädchens, das ihre silbergerahmte Sonnenbrille in die dicht am Kopf entlang geflochtenen Zopfreihen geschoben hatte.

gehörten zum öffentlichen Sektor und wurden von Oulu oder direkt von Helsinki aus finanziert. So gesehen, war die Evakuierung der Insel ein Segen für den Staat, die Einsparungen waren enorm.

Auf Uusimaa, las ich, lebten im Jahr 1995 genau 3872 Menschen, die Insel war sechsundvierzig Quadratkilometer groß, und die höchste Erhebung lag einundsiebzig Meter über dem Meeresspiegel. Jedes Jahr würden neuntausend Menschen die Insel besuchen, die in drei Hotels und neun Pensionen, auf einem Campingplatz und in den zahlreichen, zwischen Kiefern und Felsen am Meeresufer gelegenen Sommerhütten ihre Ferien verbringen konnten. Auf einer Ansicht der Hauptstraße, die ich wegen der vielen Autos kaum wiedererkannte, schielten die Mitglieder einer Großfamilie mit offenen Mündern in die Kamera. In ihren Shorts und wegen der Rucksäcke, die sie trugen, ließen sie keinen Zweifel daran aufkommen, dass sie als Touristen auf die Insel gekommen waren. Der Fotograf musste sich auf der anderen Straßenseite, vielleicht vor dem Supermarkt, postiert haben, um, wie eine Bildunterschrift verriet, das *schillernde Leben während der Hochsaison* einzufangen, die in diesen Breiten ja schon mit dem Beginn des Augusts ihr Ende nahm.

Wie zu lesen war, musste sich damals bereits eine Feldstation zur Beobachtung von Vögeln auf der Insel befunden haben, eine Warte der Universität von Oulu, die als Ausflugsziel empfohlen wurde, ebenso wie eine Sternwarte. Doch auf keiner der Seiten, die ich durchblätterte, war die Rede von den Lapplandmeisen, die in dem Jahr, als die Broschüre herausgegeben wurde, schon nicht mehr gesungen hatten. Stattdessen wurde ein ganzes Kapitel den Robben gewidmet, die die Küste in so großer Zahl bevölkert hatten, dass man aus den im

Winter verendeten Tieren, deren Kadaver das schmelzende Eis im Frühjahr freigab, einen Tran gepresst hatte. Dieser Robbentran sei nicht jedermanns Sache, doch von den Uusimaaern geschätzt als wirkungsvolles Mittel gegen allerlei Krankheiten wie den Folgen von winterlichem Sonnenmangel.

Nur ein einziges Mal begegnete ich auf Uusimaa tatsächlich einem Exemplar dieser Meeressäuger, die von dem Beifang der Fischer gelebt hatten und mit der Evakuierung der Bevölkerung und der Errichtung einer Fischereiverbotszone von der Inselküste verschwunden waren.[12] Damals konnte man den Tran im Souvenirladen am Hafen kaufen, wo auch die Tonskulpturen einer Lokalkünstlerin ausgestellt wurden, deren Arbeit sich der Artikel *Kreativität, Tradition, Schönheit*[13] widmete. Auf

12 Es war schon gegen Ende meines Aufenthaltes, als ich im Hafen von Uusikaupunki vor mir eine Robbe auf der Kaimauer liegen sah. Die Robbe döste im Sommerlicht, den Kopf auf den warmen Stein abgelegt. Kaum dass ich mich näherte, krümmte sie sich hoch und fiel rückwärts in das Wasser, das sich ruhig um den Robbenleib schloss. All dies vollzog sich in Sekunden, und die Begegnung war so flüchtig, dass ich, zweifelte jemand rhetorisch geschickt die Existenz dieser Tiere an, eher seinen Worten als meiner trugbildhaften Beobachtung trauen würde.

13 In demselben Artikel las ich auch von der Schamanin Irina Bondarenka, die von dem Verkauf ihrer Meditations-CDs lebte und Traumreisen anbot. Das Foto zeigte sie mit einem geschäftstüchtigen Lächeln im Gesicht auf eine Schamanentrommel schlagen. Außerdem erfuhr ich von der Arbeit des

einer Fotografie neben der Textspalte war die Keramikerin abgebildet, eine junge Frau, die mit dem Enthusiasmus einer Kunsthochschulabsolventin eine Robbe aus Keramik in den Armen hielt.

Auf der folgenden Doppelseite, die auch ein Kochrezept enthielt, sah ich ein *gekreuzigtes Felchen,* das über dem Feuer gegrillt wurde. Der Fisch war auf ein Kiefernholzbrett genagelt und sah sehr ansprechend aus neben dem Leipäjuusto-Laib, einem ostbottnischen Brotkäse, der auf dem Grill zum Schmelzen gebracht wurde. Dazu wurde eine orangefarbene Moltebeerenmarmelade gereicht. Auf einer Anzeige darunter erkannte ich das äthiopische Restaurant wieder, das ich bei meinem Spaziergang über die Isokatu gesehen hatte. Zehn Prozent Rabatt auf alle Speisen erhielt man im *Ravintola Haile Selassie* bei Vorlage der Broschüre. Dafür bürgte ein eleganter toque-tragender Koch, der eine mit frittiertem Gemüse und verschiedenen Pasten belegte Platte zur Kamera hin neigte.

Schließlich blätterte ich zu der Seite, die ich mir auf Nancys Rat hin mit einem Knick markiert hatte, und las ein Märchen von zwei Brüdern, die mit ihrem Boot auf

Theatermachers Jimmie Schmoranz, der jeden Sommer nach Uusimaa reiste, um mit Laienschauspielern Stücke zu inszenieren. Zuletzt hatte sich seine Truppe mit Bertold Brechts *Mutter Courage* auseinandergesetzt. Jimmie Schmoranz hatte sich in einem schwarzen Rollkragen inmitten seiner trümmersteinfarbenen Schauspieler fotografieren lassen, die ihren Regisseur freundschaftlich umarmten.

jene Insel zusteuerten, die sich vor Jahrtausenden, so die Legende, im Bottnischen Meer befunden haben soll, an der Stelle, wo heute Uusimaa liegt.

Ein langer, entbehrungsreicher Tag lag hinter den Fischerjungen, die sich in ihrem Boot der Insel näherten. Ihre Netze waren leer, nicht die kleinste Flunder hatten sie dem Meeresgrund entlocken können, so trauten sie sich nicht nach Hause. Lieber wollten sie am nächsten Morgen noch einmal ihr Glück versuchen. Sie gingen an Land und bereiteten sich ein Nachtlager. Es war Sommer, die Sonne schien noch zu später Stunde, doch wärmte sie nicht. Weil die beiden hungrig waren, froren sie umso mehr. Sie hatten nichts bei sich, um ein Feuer zu entfachen, kein Fell und keine Decke, unter die sie hätten kriechen können. Da begann der ältere der beiden Brüder zu singen. »Sonne, Sonne, was bist du klein, Sonne, Sonne, wärmst nicht, nein.« Der Jüngere, dem der Gesang unheimlich war, bat seinen Bruder aufzuhören, jedoch in seiner Erschöpfung und weil auch er auf die Sonne zornig war, die ihnen keine Wärme schenkte, ließ er den großen Bruder gewähren.

»Sonne, Sonne, was bist du klein, Sonne, Sonne, wärmst nicht, nein.« In diesem Moment stürzte die Sonne vom Himmel, und die Temperaturen sanken. Raureif legte sich auf das Inselgras, den Kindern wurde kälter, und der Mond ging auf. Wieder sang der ältere der beiden Jungen ein Spottlied, und auch dieses Mal ließ er sich nicht von seinem Vorhaben abbringen.

»Kleiner Mond, kleiner Mond ...« Nun stürzte auch der Mond hinab, das stille Wasser in der Bucht begann sich mit Eiskristallen zu überziehen, und am Himmel gingen Sterne auf. Auch für

die Sterne erdachte sich der Junge ein Lied. Und sosehr ihn sein kleiner Bruder auch anflehte, er sang weiter.

»Sterne, Sterne, ihr seid klein …« Da fielen die Himmelskörper als Sternschnuppen hinab, und ein eisiger Nordwind umwehte das Lager, der die Lippen der Jungen vereiste. Ihre Glieder schmerzten, und der ältere der Brüder versank in den Schlaf.

Finsternis umhüllte den kleinen Jungen, der nun alleine war. Dunstige Lichter loderten am Horizont, ein fernes Glühen, das Polarlicht stieg auf. Vielleicht, dachte der Junge, ließ sich das Unglück, das sein Bruder heraufbeschworen hatte, noch abwenden.

»Nordlicht, Nordlicht, du bist groß …« stimmte er an, doch weiter kam er nicht. Blitze schlugen ein in die Erde, die zu beben begann und sich aufbäumte wie ein erwachendes Ungeheuer. Aus den Rissen und Sprüngen im Felsen schoss Lava empor und ergoss sich in die aufwallende See. Dampfende Meeresfluten überspülten die Insel, die für immer versank.

Zwischen den Spalten des Märchentextes waren zwei Fotos abgedruckt. Das erste Bild zeigte einen Geologen, der mit einer, wie mir schien, völlig unangebrachten Betroffenheit vor einem gartenbeetgroßen Areal kniete. Es war der Fundort des Eisschuhs, den Nancy aus ihrer Schreibtischschublade hervorgeholt hatte. Auf dem anderen Bild war das Artefakt selbst zu sehen. Es lag in einem Schaukasten des Heimatmuseums hinter Glas, auf dem sich das Blitzlicht der Kamera spiegelte.

III

Das Dorf der Mücken

Bei einem meiner Spaziergänge, die ich in den nächsten Tagen unternahm, folgte ich der Hauptstraße nach Norden. Weil ich allein unterwegs war, es gab ja keinen Verkehr, konnte ich die Straße in ihrer ganzen Breite einnehmen. Ich ging in Schlangenlinien, zählte, wie oft ich den Mittelstreifen übertrat, und als mich das langweilte, begann ich zu rennen. Ich lief einer Kiefer entgegen oder wählte mir eine zerzauste Fichte zum Ziel. Es roch nach Wasser. Diesem Geruch, der über die Marschwiesen herangeweht wurde, rannte ich hinterher.

Drachenwurz und Knöterich, Sumpfhaarstrang und Weiderich, Braunwurz, Zweizahn, Herzgespann. Sie alle, so hatte ich gelesen, waren auf Uusimaa verbreitet. Vielleicht sah ich sie am Straßenrand blühen oder an den Ufern der kleinen Sümpfe wachsen, wirklich bestimmen konnte ich nur den Löwenzahn, der auf den unbestellten Ackerflächen alles überblühte und den bröseligen Asphalt der Straße wie in einem Klischeebild aus dem Kinderfernsehen durchstieß. Unter einer langen Reihe bunter Briefkästen am Eingang des Ortes Kylä legte ich mich ins Gras und ließ mich von Mücken umschwirren, während ich darauf wartete, dass sich mein Puls beruhigte. Die Mücken landeten auf meiner Stirn und im Nacken und bohrten ihre Stechrüssel durch meine Socken. Sie waren nicht wählerisch, schon ein Fingerknöchel genügte ihnen oder ein Ellenbogen.

Das Dorf Kylä hatte vor der Evakuierung dreißig Einwohner gezählt, in den Sommermonaten waren noch einige Familien dazugekommen, die hier Ferienhäuser besaßen. Nun jedoch waren die Menschen verschwunden und mit ihnen auch ihre Hühner und Kaninchen, Kühe und Hunde. Geblieben waren nur die Mücken, für die das Leben in diesem Ort schwer geworden sein musste. Vielleicht lag es an meiner Erschöpfung, zwischen Uusikaupunki und Kylä lagen sieben Kilometer, die ich ohne Pause zurückgelegt hatte, doch als ich zwischen den hohen Halmen Abkühlung suchte von der Junisonne und mich in das weiche Gras bettete, da gönnte ich den Mücken, die unersättlich waren, mein Blut.

Kein Grashalm regte sich, so still stand die Luft. Fast wäre ich eingeschlafen, bis mich eine Mücke auf so schmerzhafte Weise in die Unterlippe stach, dass ich mich aufrichtete und aus Wut drei ihrer Artgenossen tötete, die sich an meiner Wade zu schaffen gemacht hatten. Eine Mücke war bereits vollgesogen und hinterließ einen Blutfleck auf meiner Socke. Die anschwellende Lippe befühlend, sah ich mich um. Der Weiler Kylä, den ich erkunden wollte, schien nur aus einer einzigen Straße zu bestehen, von der hängende Stromleitungen in ein

Dickicht blühfauler Apfelbäume, Fliederhecken und Holunderbüsche führten. Häuser waren keine zu erkennen, alles, was ich sah, waren Mücken, überall dort, wo das Sonnenlicht ins Unterholz fiel. Es wäre besser gewesen umzukehren, doch irgendwo verborgen in diesem Grün, das mir golden und violett erschien und rätselhaft bis zur Unlösbarkeit, hatte Erkki Mäkelä gelebt, der um neunzehnhundert geborene Zwei-Meter-Riese, der sich als einziger Bewohner Uusimaas gegen die Evakuierung der Insel gestellt hatte.

Die Strategie, die Mäkelä für seinen Kampf gewählt hatte, war einfach und unmissverständlich gewesen. Er hatte sich mit einem geladenen Jagdgewehr im Dachstuhl seines Hauses verschanzt und auf jeden geschossen, der sich seinem Grundstück näherte: auf Polizisten und Psychologen, selbst auf Verwandte, die aus Helsinki, aus Tampere und sogar aus Schweden angereist waren, um ihn von der Vergeblichkeit seines Vorhabens zu überzeugen. Eine seiner Jagdpatronen zertrümmerte die Kniescheibe seiner Nichte, und Urho, der heldenhafte Schäferhundrüde der Polizei, den man in einem Akt der Menschlichkeit, mit Wasserflaschen und Energieriegeln beladen, zu der Veranda seines Hauses vorgeschickt hatte, war von dem Alten aus nächster Nähe erschossen worden.

Am 1. Mai 1996 begann die Evakuierung, gegen die sich Mäkelä zur Wehr gesetzt hatte, am Tag der Arbeit, der in Finnland weniger ein Fest der Gewerkschaften ist als ein Anlass, sich zu betrinken, eine Burschenschaftsmütze aufzusetzen und eine Kneipenschlägerei anzuzetteln. Die Redaktionen der Zeitungen waren an diesem Tag geschlossen oder arbeiteten bloß mit der Hälfte des Personals. Das Staatsfernsehen hatte diese Gelegenheit genutzt und am Abend einen Beitrag gesendet, der in seinem tendenziösen Pathos, dem denunziatorischen Unterton an alte Wochenschauberichte erinnerte.

Ein weinendes Mädchen bekam von einer Freiwilligen, die sich um die Kinderbetreuung kümmerte, ein *fröhlicheres Gesicht* übergeschminkt, während die Eltern ihren Hausstand in Kartons packten. Ein Hund, der, eingesperrt in seiner Transportbox, längst mit allem abgeschlossen hatte, wurde von dem Kommentator dazu aufgefordert, sich über den großen Garten zu freuen, den Frauchen und Herrchen vom Staat auf dem Festland erhalten würden. Umzugskartons wanderten von Hand zu Hand wie die Ziegel der Trümmerfrauen. Ein schwergewichtiger Rekrut, der mit *Engagement bei der Sache* war, wurde beim Verladen eines Containers gezeigt, seine Augenringe waren so tief wie der Abdruck einer Schwimmbrille, seine Bewegungen zeitlupenhaft. Um den Anschein journalistischer Ausgewogenheit zu wahren, kam ein Familienvater zu Wort, der unzufrieden war mit der Arbeit der Behörden. Als er die ersten Sätze sprach, kam zu den Untertiteln für die schwedischsprachige Minderheit, die die gesamte Sendung begleiteten, eine zweite Untertitelung auf Finnisch hinzu, so als verständigte sich der Mann in einer fremden Sprache, der ein Helsinkier nicht folgen konnte. Sein Anliegen wurde herabgesetzt zur verschrobenen Weltsicht eines dialektsprechenden Hinterwäldlers.[14]

Die Umweltministerin, die vor Ort war und mit hochgekrempelten Ärmeln Stellung bezogen hatte, erinnerte sich an ihre Eltern, die nach dem verlorenen Winterkrieg vor der Roten Armee aus Karelien fliehen mussten und in Ostbottnien eine neue Heimat fanden. Aber diesmal sei der Feind ein innerer. »Der Feind«, sagte sie, »das sind wir. Wir, die Finnen, die ihre eigene Natur ausbeuten, wir, die Finnen, die degeneriert sind! Degeneriert wie die Lapplandmeisen, die nicht mehr singen.« Die Evakuierung, die dank des *Sisu*[15] der tüchtigen Einsatzkräfte ausge-

14 Für die etwa dreihunderttausend Finnlandschweden, die einen Anteil von sechs Prozent an der Bevölkerung ausmachen, sind Nachrichtensendungen im finnischen Fernsehen meist schwedisch untertitelt. Das Finnlandschwedischsein jedoch ist eher eine soziale Kategorie, die traditionell die Zugehörigkeit zur Oberschicht betont, obwohl auch viele Fischer und Bauern, die seit Jahrhunderten auf den Schären im Süden leben, Schwedisch als ihre Muttersprache angeben. Verwirrend ist es, einen Hollywoodfilm im Original zu sehen, bei dem am unteren Bildrand Untertitel in zwei Sprachen mitlaufen, wie ich es bei einem Filmabend auf Uusimaa erlebt habe.

15 Sisu, wie mir die Hausmeisterin der ornithologischen Station auf Uusimaa erklärte, ist so etwas wie ein nationales Attribut der Finnen, das die Eigenschaft zum Ausdruck bringt, mit besonderer Unnachgiebigkeit und Härte, Ausdauer und mentaler Stärke an der Verwirklichung eines Planes, am Erringen eines Sieges festzuhalten. Eine Eigenheit, wie sie mir trocken darlegte, die sich die Finnen ausgedacht hätten, um von ihrer Bedeutungslosigkeit abzulenken.

zeichnet laufe, könne früher als geplant abgeschlossen werden, mit einer Ersparnis von zehn Millionen, die nicht in die Staatskasse zurückflössen, sondern Teil eines neuen Tierschutzfonds werden sollten, mit dessen Hilfe man das Rätsel der schweigenden Meisen lösen würde.

Über Erkki Mäkelä berichtete das Fernsehen nicht. Es waren die Lokalzeitungen Ostbottniens, in denen ich von seinem Widerstand las. Mäkelä war Veteran des Finnischen Bürgerkriegs, der ausbrach, als Finnland gegen Ende des Ersten Weltkriegs überraschend die Unabhängigkeit von Russland erlangte. Während der vier Monate andauernden Kämpfe, die im Mai 1918 schließlich von den Truppen der Weißen, den Bürgerlichen, gewonnen wurden, verloren dreißigtausend Menschen ihr Leben, ein Prozent der damaligen Bevölkerung Finnlands. Mäkelä hatte auf der Seite einer sozialdemokratisch-kommunistischen Koalition dafür gekämpft, seine Insel und die Revolution gegen die Truppen der Weißen zu verteidigen, viele Hunderte Kilometer entfernt von der eigentlichen Frontlinie des Bürgerkriegs. Ihr Kampf war aussichtslos, denn das Bottnische Meer war ein *weißes* Meer und Ostbottnien das Kernland der Bürgerlichen. Die Töchter von Einödbauern, eine Handvoll Fischer und Soldaten der aufgelösten Armee des Russischen Reichs, Arbeiter, die aus Oulu geflohen waren, Burjaten, Tataren und ukrainische Juden schossen auf zwangsrekrutierte Knechte und entlassene Offiziere des Zaren, auf Junkersöhne und finnlandschwedische Studenten, die ihren soldatischen Schliff und auch die Kanonenboote, mit denen sie auf der Insel anlandeten, der deutschen Reichswehr zu verdanken hatten. Ein ungleiches Duell, noch bevor die Revolutionäre ihre russischen Infanteriegewehre aus dem neunzehnten Jahrhundert nachladen konnten, ihre Mosin-Nagants mit aufgepflocktem Bajonett, mussten sie in Deckung gehen vor den Salven deutscher Maschinengewehre oder wurden von den explodierenden Geschossen eines Kanonenbootes in die Höhe geschleudert.

Das Scheitern der Linken von 1918 war Mäkelä eine bittere Lektion. Als seine Genossinnen und Genossen die Revolution ausriefen, hatten sie es versäumt, einen Blick in die Waffenlager zu werfen. Mäkelä, las ich in dem finnischen Interview, das ich mir mit Hilfe eines Wörterbuches übersetzte, besaß kein Maschinengewehr und keine Handgranaten, doch in seinem Haus stapelten sich bis unter die Decke Kartons mit Patronenhülsen. Der Einsatzleiter, der mit einer kleinen Gruppe Polizisten für die Räumung Kyläs zuständig war, wusste nichts von diesem Vorrat und unterschätzte die körperliche Verfassung des Fünfundneunzigjährigen. Seine Taktik war es, den Alten so lange in den Wald schießen zu lassen, bis ihm die Munition ausging oder ihm vor Müdigkeit die Augen zufielen, eine polizeistrategische Entscheidung, die sich als außerordentlich riskant herausstellte. Mäkelä irrte sich niemals in der Richtung, aus der er das Geräusch eines sich anschleichenden Polizisten vernahm, er registrierte jedes Knacksen in den Zweigen der Bäume, hinter denen sich Scharfschützen postiert hatten, er brauchte keinen Schlaf. Niemand hatte ihn während der Belagerung trinken, geschweige denn etwas essen gesehen, auf Verhandlungen ließ er sich nicht ein, drei Tage und drei Nächte lang. Dann gab Mäkelä auf. Dem Einsatzleiter, der dem entkräfteten und dehydrierten Mäkelä mit ausgestreckter Hand zu seiner Vernunftentscheidung gratulieren wollte, entgegnete der Alte, er habe bloß aufgegeben, um noch genug Speichel im Mund zu behalten. Doch als Mäkelä die Lippen spitzte, brachte er kaum mehr als eine kleine, weißlich schäumende Blase zustande, die auf seinen Lippen zerplatzte.[16]

16 Ich besuchte Mäkelä auf meiner Rückreise von Uusimaa in einem Altersheim in Oulu, das den wegen Widerstand gegen die Staatsgewalt und Tierquälerei verurteilten und schließlich zu einer Bewährungsstrafe begnadigten Siebenundneunzigjährigen aufgenommen hatte, zusammen mit all den anderen alten Uusimaaern, denen man ein Leben ohne fremde Hilfe nicht mehr zutraute. Das Seniorenheim lag in einem neuen Wohngebiet am Stadtrand, umgeben von Einfamilienhäusern, die der Staat den evakuierten Familien Uusimaas errichtet hatte. Auf dem Gelände der Wohnanlage waren keine Bäume gepflanzt und keine Wege angelegt worden, nur ein schütter wachsender Rasen. Die sonnigen Nachmittage verbrachten die Bewohner auf Möbeln, die aussahen wie Bistrostühle in einer Einkaufspassage.

Ein alter Mann saß in eine Decke gehüllt, die seine langen ausgestreckten Beine nur bis zu den Knien bedeckte. Als Mäkelä mich sah, lächelte er und hob die Hand. Seine Geste wirkte indianisch.

Er bot mir den freien Stuhl zu seiner Rechten an. Zu seiner Linken saß ein Pfleger, der sich bereit erklärt hatte, unser Gespräch zu übersetzen.

»Ich möchte einen Film drehen, über Uusimaa und die Lapplandmeisen«, sagte ich und wiederholte, was ich mit der Heimleitung besprochen hatte.
»Geht es nicht um mich?«, übersetzte der Pfleger.
»Nur indirekt«, sagte ich. »Aber Sie sind für den Film sehr wichtig.«
Mäkelä musterte mich mit einem suchenden Blick und besprach sich mit dem Pfleger
»Er möchte wissen, wo Ihre Kamera ist?«
»Ich werde wiederkommen, mit einer Kamera und einem Team, wenn Sie nichts dagegen haben.« Ich hatte nur einen Fotoapparat dabei, meine Filmausrüstung hatte ich im Hotel gelassen.
»Und jetzt?«, fragte Mäkelä.
»Jetzt reden wir.«
»Über was?«
»Über Uusimaa und die Lapplandmeisen.«
Mäkelä schnaufte. »Darüber würde ich lieber schweigen.«
Ich sagte, dass er genau das machen könne, die Aussage verweigern, nur vor der Kamera, die ich bald mitbringen wolle.
Mäkelä lächelte.
»Nein, ich erzähle dir alles. Aber ich weiß nicht viel.«
Wenn Mäkelä die Namen der Toten aufzählte, nahm seine Stimme den hellen Klang des Wiedersehens an. »Orlokki«, sagte er und meinte seine Schwester, Orlokki hatte er im Badehaus zur Welt kommen sehen, ihre Arme waren dünn wie Gestrüpp, die Ohren standen ab, sie war das schönste Mädchen der Welt. An Sulo erinnerte er sich, an Taisto und an Daniel, seine Schulfreunde, die nach der gescheiterten Revolution das Karelienfieber gepackt hatte. Sie hatten die Insel verlassen, um in der neuen Sowjetrepublik in Russisch-Karelien den Sozialismus aufzubauen. Nie wieder hatte er von ihnen gehört.

Bilder seiner Flucht vor den Weißen, nach der Niederschlagung ihres Aufstands: Spitzbergen, die Kohlemine von Longyearbyen, Grubeneinstürze, Zwölf-Stunden-Schichten, Staubexplosionen, bei der schlimmsten kamen sechsundzwanzig Kumpel ums Leben, und das Heimweh, das er erst stillen konnte, als die Amnestie kam für die Roten, wie man die unterlegene Partei des Bürgerkriegs nannte und er zurückkehren konnte.
Uusimaa in den zwanziger Jahren, sie gründeten eine Fischereigenossenschaft, legten ihr Geld zusammen, schafften sich ein Schleppnetz an. Doch das Netz war unbrauchbar, die kleinen Härchen an den Maschen reflektierten das Licht der Sonne. Kein Fisch war so dumm, in eine solche Falle zu geraten. Er sei es gewesen, der vorschlug, die Härchen abzubrennen. Da ging das Netz in Flammen auf. Heute lachte er, doch damals hatte man ihn aus der Genossenschaft werfen wollen. Pläne und die Hoffnung, dass es besser werden würde auf der Welt. Die Genossenschaft warf Gewinn ab. Ein Kindergarten wurde gebaut, ein Geschäft eröffnet. Ein weiteres Feuer beendete ihr Experiment, ein viel größeres Feuer, das ihren Fischereibetrieb zerstörte. Es war von den Schlägern der *Lapua*-Bewegung gelegt worden, Finnlands Schwarzhemden, den nördlichsten Bewunderern Mussolinis. Doch es sei nicht schlimm gewesen, sein Vater starb im selben Jahr, er erbte den Hof, zwei Kühe und Hühner.
Nach acht Monaten Winter kam der Frühling. Das Meer war noch zugefroren, doch an den Rändern begann es zu schmelzen, die Dünung am Ufer zermalmte das Eis. Das Meer rauschte, zum ersten Mal im Jahr, die Boote wurden hergerichtet, und über dem Land lag der Dunst von Teer und von Farbe. Manchmal, besonders nach längerem Schweigen, bereitete es dem Pfleger Mühe, die komplizierte Erzählung wiederzugeben. Dann schimpfte Mäkelä über die Kargheit der Über-

setzung, sah mich an und sagte auf Deutsch: »Der lügt!« Schließlich wollten wir über die Lapplandmeisen sprechen. Doch nach der letzten Übersetzung schien Mäkelä den Pfleger mit einem Wort gekränkt zu haben, das mir auch später keiner der beiden erklären wollte. Der Pfleger erhob sich und ging ins Haus. Mäkelä spitzte die Lippen, nicht, um zu spucken wie vor seiner Festnahme, diesmal zwitscherte er das Lied der Lapplandmeise.

IV

Am Ufer des Kivijoki

An den ersten Tagen im Mai, wenn die Schollen des aufbrechenden Packeises an die Strände gespült werden, in den Nächten herrscht Frost und an den schattigen Nordflanken der Inselfelsen hält sich noch Schnee, sammelt die Lapplandmeise Büschel von Moos, die sie von Felsen und Baumstämmen rupft, und sucht den Waldboden nach Tierhaaren ab. Sie kriecht in die verlassene Behausung eines Dreizehenspechtes oder zimmert sich an einem windstillen Ort eine Höhle in das morsche Holz eines alten Baumes. Im Dämmerlicht legt das Weibchen meist sechs, manchmal bis zu zehn spindelförmige, mit Punkten besprenkelte Eier, die von weißer Farbe sein können oder hellrot sind wie dünnes Blut. Während der zwei Wochen andauernden Brutphase wird das Weibchen von ihrem Meisenmann mit Kiefernsamen, Wacholderbeeren und Schmetterlingsraupen gefüttert, die sie schon im vergangenen Herbst in kleinen, zwischen Büschen angelegten Vorratskammern gehortet haben, gut getarnt hinter einem Rindenstück oder trockenem Laub. Wenn die Küken schlüpfen, dies geschieht Anfang Juni, der im Norden zugleich ein Monat des Frühlings und des Sommers ist, übernehmen die Eltern gemeinsam die Versorgung während der etwa zwanzig Tage langen Kindheit der Vögel. Um das Johannisfest herum starten die Jungen erste Flugversuche, sie verlassen das Nest, flattern der Mitternachtssonne entgegen und kehren nie wieder zurück.

Ich begegnete der Lapplandmeise am Nachmittag meines fünften Tages auf Uusimaa, am Ufer des Baches Kivijoki im Inneren der Insel.

Das Wasser des Kivijoki war undurchdringlich und ölig, nur am äußersten Rand des Ufers konnte man den Rostton des Bodens heraufschimmern sehen. Es war so dunkel, dass alles Helle, die gelblichen Gräser, die zartgrüne Rentierflechte und das weiße Holz der ausgewaschenen Wurzeln, umso mehr zu leuchten schien.

Nun im Sommer floss der Bach träge. An manchen Stellen staute sich das Wasser jedoch für einen Moment vor einem Stein, bis es sich in einem Miniaturkatarakt seinen Weg durch das Bachbett bahnte. Für Ameisen und Mistkäfer, für Wanzen und Mäuse entstand ein reißender Strom, der sich nur entlang der gefallenen Kiefern und Espen überqueren ließ. Ich habe das Wasser des Kivijoki getrunken, sein Geschmack war bitter.

Ich erinnere mich, ich saß auf einem dicht mit Moos bewachsenen Felsen, der rau und weich zugleich war. Wenn ich das Moos mit der Hand berührte, fühlte es sich an, als streifte ich das Fell eines Tieres, die speckige Wolle eines Schafs. Durch das Pflanzenpolster ließ sich das Gestein mit seinen kleinen Zerklüftungen und Spalten ertasten wie hervorstehende Rippen. Gedankenverloren begann ich, den Felsen zu streicheln. Mir war, als machte ich, auf dem Stein sitzend, Bekanntschaft mit einem zutraulichen Bock, der es still genoss, gekrault zu werden.

Auf meinem Felsenbock war ich umgeben von jungen Espen, die ihre Zweige in Richtung Süden ausbreiteten, die Nordseite der Bäume blieb nahezu kahl. Wenn ein Wind aufkam und die vielen hundert Blätter zu schaukeln begannen, dachte ich an kleine Hände, die mir zuwinkten. Das Geräusch, das dabei entstand, klang wie ein fernes Applaudieren und übertönte das Plätschern des Baches.[17] Auch Teemu und Jöns, die in einiger Entfernung Absperrbänder aufgewickelt hatten, waren nicht mehr zu hören. Die Sonne trat heraus, Licht durchstrahlte das Laub, und jedes Blatt, das fein gezackt war, wie die Tortenspitzdeckchen einer Konditorei, schillerte kleegrün und blendend weiß.

In diesem Moment, der mich vergessen ließ, warum ich hier war, erblickte ich auf einem Espenzweig eine kleine zerzauste Gestalt. Wind fuhr ihr durch das flaumige Gefieder, sie trotzte einer Böe, ich erkannte die Anstrengung in ihrem Vogelblick. Etwas Widerständiges,

17 Im Finnischen gibt es ein Wort für das Geräusch des Windes in einer Kiefer und ein anderes für das Geräusch des Windes in einer Birke. *Humista, Kahista.* Auf Uusimaa lernte ich das schwere Rauschen der Kiefern, das gelegentlich von dem Ächzen eines morschen Astes begleitet wird, von dem feinen Knistern des Birkenlaubs zu unterscheiden, und bis heute im Gedächtnis geblieben ist mir der Applaus der Espen.

Partisanenhaftes lag darin. Die Lapplandmeise sperrte den Schnabel auf, dabei erinnerte sie mich an einen heiseren Menschen, der nach Worten ringt, dann schloss sie den Schnabel wieder und öffnete ihn erneut. Dieses Verhalten wiederholte sie einige Male, und es erschien mir, als ob diese Geste an mich gerichtet sei und der Vogel versuchte, mir etwas mitzuteilen. Und kaum dass sich der Gedanke festigte, dass das Schweigen der Meisen möglicherweise auch gewollt sein konnte und ein Ausdruck des Protests war, flog die Meise davon, sprunghaft, so als wäre die Luft ein elastischer Widerstand aus Gummi, an dem sie abfederte.[18] Der Aluminiumring an ihrer Kralle funkelte auf, dann verlor ich die Meise in dem Grün der Bäume.

18 Immer wieder habe ich in den Gesprächen, die ich auf Uusimaa führte, versucht, das Thema auf das Rätsel der schweigenden Meisen zu lenken. Ich war angetan von den verschiedenen Erklärungsmodellen für dieses Phänomen, doch nur selten stieß meine Mythomanie auf Gegenliebe. Auf der Station herrschte eine regelrechte Unlust am Fabulieren, nicht wenige reagierten gereizt und wiesen meine Frage ab mit Sätzen wie: »Das wissen wir nicht« oder »Das ist nicht Teil unserer Forschung«. »Aber«, fragte ich daraufhin, »habt ihr denn keine eigene Meinung dazu?«
Oft hörte ich dann: »Wir sind Wissenschaftler, wir interessieren uns nicht für Meinungen.« Doch auch über ihre wissenschaftliche Arbeit äußerten sich viele ungern, am wohlsten fühlten sie sich, wenn wir über das Essen sprachen oder über das Wetter. Trotzdem konnte ich eine kleine Sammlung mit Thesen anlegen, die ich auf Uusimaa zu hören bekam.

Später an diesem Nachmittag rief mich Teemu zu sich, auf der hohlen Handfläche eine Lapplandmeise haltend, die ich wiedererkannte wie einen Menschen, dem man Blicke austauschend gegenübergesessen hat und den man dann am nächsten Tag auf der Straße entgegenkommen sieht. Ich kenne diese Meise, dachte ich.

Teemu zog an der Kralle des Vogels und besah den Ring. Laut nannte er einen Code aus Zahlen und Buchstaben, den Jöns auf einem Block notierte und der ihn veranlasste, den Vogel nach kurzem Überlegen Tuuli zu rufen.

»Ist Tuuli der Name einer Frau, oder heißen in Finnland nur Männer so?«, fragte ich.

Teemu lachte.

»Tuuli is a girl's name, but this Tuuli here is a little sir.«

Tuuli wurde auf einer Waage gewogen, die Ähnlichkeit mit einem kleinen Katapult hatte. Das Gewicht von zwölf Gramm war durchschnittlich, die Körperlänge der Meise, die bei etwas mehr als dreizehn Zentimetern lag, war es auch. Nur seine Flügel waren ein wenig zu kurz. Vielleicht, überlegte ich im Stillen, erklärte sich dadurch auch sein merkwürdiges Flugverhalten. Doch um Tuuli weitere Untersuchungen zu ersparen, behielt ich diesen Gedanken für mich. Ohne jeden Zweifel gefiel ihm nicht, was Teemu und Jöns mit ihm machten. Seine Brust bebte von den Schlägen des kleinen Meisenherzens. Ein lautes Geräusch, ein Antippen mit dem Finger, so schien es mir, würde genügen, um Tuuli in den Tod zu jagen. Während des gesamten Vorgangs hielt die Meise den Schnabel geschlossen, wie ein Gefangener, der jede Aussage verweigert. Ich wandte meinen Blick ab von Tuuli, aus Scham, weil ich die beiden Männer kannte, die ihn quälten.

Teemu ging in die Hocke, schwang die übereinandergefalteten Hände in einem Bogen zwischen seine Beine und schleuderte Tuuli in die Höhe. Tuuli flatterte auf, stieg höher und höher. Mit den beiden Männern am Boden blickte ich der Meise nach.

»Ich verstehe nicht, warum wir die Lapplandmeisen von Uusimaa nicht als eigene Art klassifizieren«, sagte Jöns und kratzte sich in seiner Ratlosigkeit am Hinterkopf. »So wie die Hudsonmeise. Keine andere Meise fliegt so hoch, außerdem schweigen sie. Ich kann mir nicht erklären, warum die Gensequenzanalyse nicht eine einzige Abweichung ergeben hat.«

Noch einmal flatterte der Meisenhahn zurück und schwebte über unseren Köpfen, als wollte er sich davon überzeugen, dass wir noch immer am Bachufer standen und ihn nicht verfolgten, dann verschwand Tuuli über den Espenkronen am Kivijoki.

Kellervögel

Vogelgezwitscher aus dem Keller. Ich lehnte am Treppengeländer im Foyer und lauschte dem Gesang, der durch eine geöffnete Tür am Ende des langen Korridors zu mir nach oben drang. Der Gesang schwoll an, je näher ich der Tür kam, und auch der Geruch von Kohl, den ich beim Hinabsteigen der Kellertreppe vernahm, wurde intensiver. Auf der Schwelle der Tür blieb ich stehen und wartete, bis Mariza, eine Biologin, die ich bei der Mittsommerfeier kennengelernt hatte, von ihrem Computerbildschirm aufsah.

Tadashi, ihr Freund, der bei ihr saß, lächelte und stellte die Porzellanschale ab, aus der er gegessen hatte, Weißkohlstreifen in einer rötlichen Soße. Unter dem Schreibtisch, auf einem Strickpullover, seufzte Marizas Welpe im Schlaf.

»Darf ich hereinkommen?«, fragte ich.

Tadashi, der nur japanisch sprach, nickte und gab Mariza einen auffordernden Klaps auf die Schulter. »Komm rein«, sagte sie, ohne mich anzusehen, und konzentrierte sich weiter auf ihre Arbeit.

Aus Vogelbestimmungsbüchern kannte ich die Lautumschreibungen des Lapplandmeisengesangs. Ich hatte sie schon oft gelesen und wusste, der Gesang klang wie *tjütt-tjütt, tjerr, piv piv* und *tjip tjip tio tjep tijep*. Es gelang mir auch, diese Transkriptionen den Lauten zuzuordnen, die aus den Boxen schallten. Dennoch, die Melodiefolgen der Aufnahme klangen eher elektrisch als mit Buchstabenlauten verwandt, und ich wunderte mich, wie ungenau und anspruchslos die phonetischen Beschreibungen waren. Ob das Stimmenrepertoire der Meisen treffender mit *tit tit* oder *piv piv* wiedergegeben wurde, wie ich es in unterschiedlichen Vogelführern oft abweichend gelesen hatte, ich konnte es nicht sagen, und auch die den Lautumschreibungen beiseitegestellten Adjektive *krächzend*, *meckernd* oder *wuchtelnd* erschienen mir vor dem Hintergrund der Aufnahmen als hilflose Versuche der Erfassung einer ästhetischen Welt, vor dessen Fremdartigkeit man kapitulierte und der man sich vielleicht besser mit Bildern und Geschichten annähern sollte.

Was hörte ich? Ich hörte die Schwingungen in den Membranen der *Syrinx*, des Vogelstimmkopfs, der nach einer zur Schilfflöte verhexten Nymphe benannt war. Ich hörte die Reibung der Luft in den Knorpeln und Knochenringen. Ich hörte den Enthusiasmus des Tieres und auch die Angst, die Erschöpfung. Und ich hörte die Atempausen zwischen den Lauten, auch das Innehalten war geräuschvoll.

Mariza klickte mit der Computermaus einige Male, bis sich auf dem Bildschirm ein neues Fenster öffnete. Zu sehen war ein Gebirgszug aus mäandernden Linien, die sich in ständiger Bewegung hoben und niedersanken. Nach einem weiteren Klick erstarrte das Liniengebilde und vollzog eine Drehung um eine innere Achse, der ich nicht folgen konnte. Die Reliefdarstellung löste sich in aberhundert Querschnitte auf, in Farben von Hellrosa bis Violett. Auch der Luftraum war in Schichten eingeteilt, in Ebenen aus bläulichen Pastelltönen.

»Vögel binden sich nicht an Intervalle«, erklärte mir Mariza. Die von der Lapplandmeise hervorgebrachten Töne, die sie hier untersuchten, mochten für unsere Ohren vielleicht identisch klingen. Bei genauerer Analyse wichen die Tonfolgen jedoch voneinander ab, um den

Bruchteil eines Halbtonintervalls. »Dafür stehen die kleinen Linien hier.«

Der Gesang werde aber auch von anderen Faktoren beeinflusst, von der Klangfarbe zum Beispiel, fuhr sie fort und huschte mit dem Mauscursor über einige Berggipfel. Tadashi, der zu wissen schien, worauf Mariza hinauswollte, tippte mit dem Bügel seiner Brille auf eine fliederfarbene Wolke, die sich im Zentrum des Bildschirms auftürmte.

»Unser Modell erfasst außerdem den Tonfall, das Timbre, den Bau und die Länge der Strophen. Und«, ergänzte Mariza im Austausch geheimnisvoller Blicke mit Tadashi, »wir sind dabei, die Stimmungsschwankungen des Vogels darzustellen, auch Einflüsse wie das Wetter wollen wir berücksichtigen.«

Tadashi verließ seinen Platz und kam mit einem Schreibblock zurück. Die Seiten waren bekritzelt mit Punkten und Strichen, einem kompliziert erscheinenden semiotischen System.

»Tadashi stenografiert die Gefühle der Meisen«, erklärte Mariza[19] und drückte dem erstaunten Tadashi einen Kuss auf die Stirn.

19 Tadashi hatte eine interessante These zu den Lapplandmeisen entwickelt. Der Gesang der Vögel, wie Mariza mir erklärte, war seiner Ansicht nach nicht bloß ein gezwitschertes Kommunizieren durch die Wiedergabe beziehungsloser, melodischer Motive. Diese Deutung erschien ihm unglaubwürdig und vereinfacht, denn wozu all die Mühe? Um das Rätsel zu lösen, musste man das Singen der Lapplandmeise in einem größeren zeitlichen Kontext untersuchen. Tadashi

Als ich mich verabschiedete, hob das Hündchen den Kopf und blickte mich schlaftrunken an, dann sank es zurück und schloss seine Augen.[20]

glaubte, dass der Gesang ein Zehntausende Jahre andauerndes Musikstück fortführte. Darauf würden die wiederkehrenden Gesangsmuster in seinen Aufzeichnungen hindeuten. Im Mittelteil, wo wir uns nun befanden, wies das Lied eine längere Pause auf, die sehr wichtig war für die Dramaturgie des Stücks. Die Generation der um 1995 geschlüpften Meisen, ihre Kinder, Enkel und Urenkel folgten einer Notation, die nun das höchste Maß an Disziplin und Präzision von ihnen abverlangte: Die Vögel sollten schweigen.

20 Am nächsten Tag, ich wollte den beiden einen weiteren Besuch abstatten, irrte ich mich in der Tür. Ich hatte mich wieder von dem Vogelgesang leiten lassen, der durch den Kellerflur hallte, und betrat einen Laborraum, in dessen Mitte eine Voliere errichtet war. Rötliches Licht aus einer Wärmelampe an dem kuppelförmigen Dach des Käfigs überstrahlte ein künstliches Nest aus Papierstreifen, in dem drei kirschgroße, gepunktete Eier lagen. Aus einem Lautsprecher, der auf der Höhe des Geleges angebracht war, schallte das Zwitschern der Lapplandmeise auf die ungeschlüpften Küken. In dem Gefühl, einen verbotenen Ort betreten zu haben, schloss ich die Tür wieder und entfernte mich. Ich schritt den Kellerkorridor ab, hinter einem Treppenansatz bog ich in einen schmalen Gang ein und folgte dem Verlauf silberner Rohre an der Decke.

Keiner der Kellerräume war beschriftet. Hinter welcher Tür in diesem unterirdischen Korridorsystem das Tonlabor von Mariza und Tadashi lag, ich konnte es nicht sagen. Plötzlich fand ich mich an einem anderen Ende des Kellergangs wieder, das Licht ging aus, und in der nachtschwarzen Finsternis, die mich umgab, sah ich die eigene Hand vor Augen nicht. In einem Anflug von Panik tastete ich mich an der Wand entlang auf der Suche nach einem Lichtschalter, doch was ich zu fassen bekam, fühlte sich kalt und metallisch an. Entfernt von mir vernahm ich das Geräusch von Schritten, die sich näherten, und starr vor Angst spürte ich, wie etwas Pelziges meine nackten Fesseln streifte. In diesem Moment flackerten die Deckenstrahler wieder auf, und ich sah mich vor der Tür einer Arrestzelle stehen, an den Füßen Marizas blonder Welpe, der freundlich mit der Zunge schmatzte.

V

Die Badenden von Uusimaa

An manchen Tagen im Sommer soll die Temperatur des Meeres vor Kiviniemi, der Halbinsel im Süden Uusimaas, auf über zwanzig Grad ansteigen, hatte ich in der Informationsbroschüre gelesen. Die wenigen Aufnahmen von Badeszenen, auf die ich beim Blättern gestoßen war, zeichneten ein anderes Bild. Dort waren Frauen und Männer abgebildet, die sich mit kurzen, hektisch wirkenden Schwimmbewegungen ins Meer gestürzt hatten, die Münder zu kleinen Schreien aufgerissen oder zu einem Lachen, das die Kälte vertreiben sollte. Ich sah auch Kinder im Wasser, bis zur Hüfte hatten sie sich hineingewagt, mit zusammengebissenen Zähnen und dunkel angelaufenen Lippen. Die triefenden Nasen wischten sie sich an ihren marmorierten Unterarmen ab, während die Eltern am Strand mit einem Handtuch auf sie warteten.

Die Uusimaaer mussten nach Kiviniemi gekommen sein, um sich zu sonnen und vom Süden zu träumen, einem Süden, der, von der Badestelle aus gesehen, wohl schon der Schärengarten vor Stockholm und Helsinki war, und wie afrikanisch fern in den Süden gerückt mussten ihnen erst die Ostseestrände Polens erschienen sein. Ganze Sommertage hatten sie auf Kiviniemi verbracht. Sie hatten ihr Essen hier zubereitet, davon legten Holzkohlestücke und Konservendosen mit weggewaschenen Etiketten Zeugnis ab, die ich in dem lichten Wald am Felsenufer fand. Außerdem entdeckte ich hinter den Büschen, kaum abseits des Wanderwegs, der in Schlangenlinien um die Klippen führte, verwittertes Toilettenpapier, und auch eine Babywindel lag dort, ausgespült vom Regen.

Langsam rutschte ich über einen Stein auf das Wasser zu und erschauderte. Das Meer war eisig. An diesem kühlen Tag, an dem der Unterschied zwischen Wasser und Luft nicht so stark zu spüren war, würde mir der Einstieg leichter fallen, hatte ich gehofft. Doch kaum dass mich das Wasser mit seiner Kälte umschloss, wollte ich auch schon wieder raus. Bloß weil ich den Ausstieg fürchtete, der Stein, über den ich ins Meer geglitten war, fiel steil nach unten ab und war mit Algen überwachsen, machte ich einen tiefen Atemzug und tauchte unter. Ich schwamm auf eine kleine Felseninsel zu, die aus dem Wasser ragte. Die kleine Schäre, die weich geschwungen war und in der Mitte zu einer Senke abfiel, erinnerte an einen fetten Fisch oder den Rücken eines Schweinswals, am deutlichsten aber ähnelte sie einem üppigen Hinterteil. Und als wäre dies nicht obszön genug, spross aus der Vertiefung des Gesteins, aus den weiblich gerundeten Backen, eine Erle empor. Diesen herzförmigen Felsen, aus dessen Mitte ein Baum wuchs, musste ich schon einmal gesehen haben, auf einem Gemälde oder in einem Film. Ich näherte mich.

Der Baum, der kaum die Höhe eines Strauchs erreichte, wuchs verästelt wie eine uralte Eiche, die Zweige waren mit einer weißlichen Flechte überzogen. Gerne hätte ich den Felsen bestiegen, die Insel erobert, so wie es die Uusimaaer sicher auch getan hatten, als sie hier geschwommen waren, doch die Kälte machte es mir unmöglich.

Wieder an Land, zog ich den Badeanzug aus und trocknete mich ab. Trotzdem überkamen mich immer wieder Kälteschauer. Ich fror an den Ohren, und es war seltsam, am meisten schmerzte die Kälte an meiner Unterlippe, in die mich in Kylä eine Mücke gestochen hatte. Ich richtete mich auf und hing das Handtuch zum Trocknen in die Zweige einer jungen Kiefer, als mir plötzlich wieder einfiel, woher ich den kleinen, nur von einem einzigen Baum bewachsenen Schärenhöcker zu kennen glaubte. Ein ähnlicher Felsen zierte die Speisekarte eines japanischen Restaurants, das in einer Straße in Westberlin lag, in der ich lange Zeit gelebt hatte. Immer hatte ich mich über diese zweideutige Inselform amüsiert. Aus der Senke des Felsens wuchs ein Bonsai gegen eine rote Sonne, auf der Zeichnung strahlte sie über dem Wasser. Es war ein Landschaftsbild, das ich mir seltsamerweise leicht an die vor mir liegende finnische Küste denken konnte. Nur die Sonne fehlte, es war ein verhangener, windstiller Tag. Vor diesem Grau flog ein Flugzeug, und das Tosen seiner Triebwerke war das einzige ernstzunehmende Geräusch, das zu hören war. Ich fragte mich, welche Stadt die Maschine, die nach Nordosten vorbeizog, in dieser Richtung noch anfliegen konnte. Murmansk an der Barentssee vielleicht. Wahrscheinlicher war jedoch, dass das Flugzeug noch weiter wollte und bis nach Asien flog, das mir von hier aus gar nicht mehr so weit entfernt erschien. Die Route würde über die Nordrussische Tiefebene führen, über die Siedlungen des asiatischen Volks der Nenzen, die von Uusimaa nicht viel weiter weg liegen als die skandinavischen Hauptstädte im Süden, entlang der Küste der Beringsee, in die der Jenissei fließt, über das Nickelwerk von Norilsk und die Mündungsdeltas der Chatanga, der Lena und der vielen anderen sibirischen Ströme, die schon in Asien liegen, über der Mandschurei, wo das Flugzeug seine Höhe verringern würde, langsam sank und schließlich aufsetzte, auf einer Landebahn in Seoul, Tokio oder Peking. Die Zugvögel, die hier auf Uusimaa ihren Sommer verbrachten, fliegen nicht auch sie über den Winter nach Asien? Sosehr ich auch fror und mir vorkam wie der nördlichste Mensch der Welt, so wenig wünschte ich mich nun in den Süden, ich wollte in Asien sein. Und Uusimaa kam mir subarktisch, nordskandinavisch und fernöstlich zugleich vor.

Ich saß am Ufer des Meeres und hoffte, dass mir bald wieder warm werden würde. Doch nach einer Viertelstunde, in der ich so heftig und geräuschvoll zitterte, dass es mir nicht mehr gelang, den Kugelschreiber zu führen, mit dem ich mir Notizen machte, gab ich es auf. Ich beschloss, auf die Polizeistation zurückzukehren und mich, in eine Wolldecke gehüllt, in dem gut beheizten Gemeinschaftsraum der Ornithologen zu wärmen. Gebeugt über eine Schüssel voll dampfender Suppe würde ich wieder zu Kräften kommen. Mit dieser Vorstellung, die so plastisch war, dass ich glaubte, auf meinen Wangen die Wärme von salzigen Speisedämpfen zu spüren, die mein Gesicht beschlugen – die Aromen von Lorbeer, Petersilie und Rindermarkknochen –, machte ich mich auf den Weg zurück in die Stadt.

Von dem Rückweg über den Süden der Insel, der die Küste entlangführte, habe ich wenig im Gedächtnis behalten, außer dass ich überrascht war, wie plötzlich ich auf der Isokatu stand und einen Augenblick später die Tür zur Polizeistation öffnete.

Verschwörungen

Im Inneren des Gebäudes roch es nicht nach Suppe. Vor dem Fernseher im Gemeinschaftsraum sah ich einige späte Esser dünne Spaghetti in einer braunen Soße aufwickeln. Ich überlegte, ob ich in die Küche gehen sollte, um mir eine Portion zu holen, doch entkräftet, wie ich war, versank ich in einem der Korbstühle.

»Möchten Sie etwas essen?«, fragte Karin Nygård, eine schwedische Verhaltensbiologin, mit der ich bisher nur wenige Worte gewechselt hatte. Ich öffnete meine Augen, die ich für einige Sekunden geschlossen haben musste, und blickte auf einen üppig gefüllten Teller. »Ich habe Ihnen eine Portion gerettet. Wir essen hier alle sehr schnell.«

So freundlich wie Karin Nygård mich ansah, hatte sie etwas von einer lieben Tante, und wie bei einer alten Verwandten war ihre Brille auf die Nasenspitze vorgerutscht, sogar ihr Pullover war bekleckert. Nachdem sie die Brille mit ihrem weggespreizten kleinen Teetassen-Finger wieder hochgeschoben hatte und sie mein nasses Haar bemerkte, wich ihr Lächeln einer sorgenvollen Miene.

»Waren Sie etwa schwimmen?«

Weil ich den Mund voll hatte, die Nudeln waren zwar verkocht, aber die Thunfischsoße schmeckte wunderbar, nach Zimt und nach Wärme, nickte ich zur Antwort. Karin Nygård fuhr erschrocken hoch, als hätte ich ihr von einer völlig abwegigen Dummheit berichtet, dabei sah sie sehr eigenartig aus, ein wenig verrückt, und ich fragte mich, was diese der Loglady aus der Fernsehserie Twin Peaks erstaunlich ähnliche Frau wohl über das Verschwinden des Meisengesangs zu sagen hatte.

Karin Nygård befühlte meine Stirn, die im Moment der Berührung aufzuglühen schien. Nachdem sie mich ein wenig ausgeschimpft hatte, ausgerechnet bei diesem Wetter einen Schwimmausflug unternommen zu haben[21], sprachen wir über die Meisen.

21 Wie ich später erfuhr, hatte ich mit meinem Schwimmausflug vor Kiviniemi wirklich eine Dummheit begangen. Die Uusimaaer waren wohl vor allem zur Erfrischung nach dem Saunagang ins Wasser gesprungen. Nach alter Tradition hatten sie sich im Wald am Ufer des Meeres aus Holzstangen und Stoffplanen provisorische Schwitzhütten errichtet, die sie über heißen, im offenen Feuer zum Glühen gebrachten Steinen aufbauten.

»Wenn Sie mich nach meiner Meinung als Wissenschaftlerin fragen«, sagte Karin und hüllte sich für einige Sekunden in Schweigen, »so würde ich Ihnen erklären, dass das Verhalten der Lapplandmeisen auf dieser Insel absolut natürlich ist. Ein Meisenhahn signalisiert durch sein stummes Nichtwerben, dass er es leid ist, um die Gunst einer Henne zu singen. Das Schweigen steigert seine Attraktivität, und dadurch erhält er einen entscheidenden Distinktionsvorteil gegenüber lauteren und aufdringlich buhlenden Artgenossen. Dieses erfolgreiche Balzverhalten wird an die Nachkommen weitergegeben, bald schweigt die gesamte Inselpopulation, ein evolutionärer Fortschritt, wenn man so will. Doch wenn Sie meine persönliche Meinung hören möchten«, sagte sie und sah sich um, dabei beugte sie sich weit zu mir herüber und begann, dicht an meinem Ohr im Flüsterton zu sprechen, »so sehe ich eines ganz klar: In wenigen Jahren erreichen wir das Jahr 2000, und niemand weiß, was dann passieren wird. Ich befürchte, die Menschheit wird das Millenium nicht mehr erleben dürfen, und die Meise zeigt uns mit ihrem Verhalten, dass es zu Ende geht.« Und wie um ihre gewagte These zu untermauern, fügte sie hinzu: »Ich bin hier nicht die Einzige, die das so sieht.« Mit einem Blick deutete sie auf Teemu und Jöns, die am Nachbartisch vor den ausgeschütteten Stäbchen eines Mikadospiels saßen. Die jungen Männer starrten auf das fragile Gebilde, als ließe sich aus der Konstellation die Zukunft ablesen.

Als ich aufgegessen hatte, schickte sie mich mit der unnachgiebigen Strenge einer besorgten Tante schließlich auf mein Zimmer, wo ich mir etwas Wärmendes überziehen solle. Ohne zu widersprechen, folgte ich ihrem Befehl.

Nach einer heißen Dusche, die ich länger als gewöhnlich auskostete, weil ich in dem großen Gemeinschaftsbad zu dieser Nachmittagsstunde alleine war, kehrte ich in den Aufenthaltsraum zurück. Karin Nygård war verschwunden. Ihren Platz hatte die Hausmeisterin der Station eingenommen, ich sah sie konzentriert einen Joghurtbecher auskratzen. Ich setzte mich zu Teemu und Jöns, die noch immer in ihr Spiel vertieft waren und mich erst bemerkten, als ich einen Kommentar zu einem geschickten Zug abgab. Die Stäbe waren zu einer zeltförmig aufragenden Holzkonstruktion gegeneinander gelehnt, die Männer verharrten in Denkerposen.

»Über die Nygård hat hier jeder seine eigene Meinung«, sagte Jöns, ohne seinen Blick von dem Geschicklichkeitsspiel zu lösen, »aber die Frau ist nun einmal die Beste auf ihrem Fachgebiet, da kann man sagen, was man will.«

»Unbedingt«, pflichtete Teemu ihm bei, mit einer sehr viel tieferen Stimme, als ich es von ihm gewohnt war, und klopfte zustimmend auf die Tischplatte. Dadurch verrutschten einige Mikadostäbchen, streng genommen hätte das Spiel abgebrochen werden müssen.

»Doch was ist mit der Nato?«, warf Jöns in den Raum, die Antwort gab er selbst: »Die Nato hat hier mit irgendwelchen biochemischen Waffen experimentiert, so viel ist klar. Das Ziel?«, fragte er und blickte erst zu Teemu und schließlich zu mir auf, »Finnland in ihr Militärbündnis zu pressen. Opfer sind die stummgeschalteten Meisen und die armen Menschen, die gezwungen wurden, ihre Heimat zu verlassen. Eine Riesensauerei.«

Das Schlusswort markierte Teemu mit einem erneuten Klopfen auf den Tisch, diesmal begleitet durch ein Stampfen mit dem Fuß, das ihr Mikadogerüst endgültig zum Einsturz brachte.

Aus der anderen Ecke des Raumes drang ein prustendes Lachen zu uns vor. Es kam von der Hausmeisterin, die nun das Wort erhob.

»Das kann doch nicht euer Ernst sein?«

»Natürlich«, erwiderte Jöns und warf sein langes Haar in den Nacken. »Werden wir jetzt Nato-Mitglied oder nicht?«

»Du liebe Güte, die Nato. Wenn überhaupt, dann hat Finnland die Chemie selbst eingesetzt. Das ist Innenpolitik!«, rief die alte Frau, die einen unakkuraten Pony trug, der aussah wie mit einer Bastelschere geschnitten. Dann hielt sie ihren saubergeleckten Löffel in die Höhe, der im Licht der Halogenstrahler an der Zimmerdecke aufglänzte.

»All diese Umweltbewegungen«, sprach sie weiter, das Besteck wie einen Taktstock schwingend, »haben die Aufgabe, die Macht der Gewerkschaften zu brechen. Es wird nur noch über den Schutz des Meeres und der Wälder gesprochen. Anstelle des Kampfes gegen die Ausbeutung der Arbeiter soll der Einsatz für den Tierschutz treten.

Für den Staat ist es leichter, einige tausend Futterkugeln zu verteilen, als für anständige Löhne zu sorgen und endlich die Macht der Banken und Konzerne zu brechen.« Sie holte Luft und fuhr fort. »Apropos Konzerne: Was ist denn mit Nokia? Nokia hat das Mobilfunknetz hier oben kräftig ausbauen lassen und riesige Antennen errichtet«, sie machte eine ausladende Geste, »und plötzlich hören Vögel auf zu singen. Da soll es keinen Zusammenhang geben?«

Einen Augenblick lang schien es den Männern die Sprache verschlagen zu haben. Es war Jöns, der das Gespräch wiederaufnahm, kleinlaut und ein wenig niedergeschlagen: »Ja, wie gesagt, es gibt verschiedene Theorien. So genau weiß das niemand.«[22]

22 Eine andere These, die ich auf Uusimaa zu hören bekam, benannte Inzest als Ursache. Die Lapplandmeisen der Insel lebten isolierter als Darwins Finken. In einem Umkreis von mehreren hundert Kilometern existierte nur diese eine Population. »Wir müssen uns die Lapplandmeisen von Uusimaa als Dorftrottel vorstellen, als degenerierte Kretins.« *Pernille Jaspers, dänische Genforscherin.*
Weitere Thesen waren:

- »Die Meisen singen nicht mehr, weil sie erkannt haben, wie hässlich ihr Gezwitscher im Vergleich zum Gesang von uns Menschen ist.« *Meri Karita, Doktorandin und Sopransolistin des Inselchors, am ersten Abend im Garten.*
- »Schuld sind die Russen mit ihrer maroden Industrie. Der Wind weht die stinkenden Giftwolken über die Grenze.« *Studentin, die angab zu wissen, wovon sie spreche, da sie im Nordosten des Landes aufgewachsen sei, während des Frühstücks.*

- »Eine Seuche wird wohl der Grund sein. Die Krankheit muss bestimmte Regionen im Gehirn der Meisen beschädigt haben, die für den Gesang zuständig sind.« *Mikrobiologe, auf dem Weg zum Waschraum.*
- »Ich glaube an eine Depression. Dieses öde, gottverlassene Land macht doch jeden schwermütig.« *Ken Samuelson, den ich alleine im Gemeinschaftsraum antraf.*
- »Es ist falsch, zu behaupten, die Meisen würden nicht mehr singen. Sie kommunizieren noch immer, jedoch in einer anderen, uns unbekannten Frequenz. Diese aufzuspüren ist uns vorerst technisch nicht möglich.« *Mariza, beim Zähneputzen am Morgen.*
- »Die Meisen singen nicht, weil sie keine Lust mehr dazu haben. Balz, Lockruf, Warnruf. Es ist ein Fehler, ihren Gesang ausschließlich funktional zu bewerten. Die Lust ist es, die sie antreibt. Wenn den Meisen danach ist, werden sie schon wieder singen.« *Nancy, bei einer Begegnung auf dem Flur.*

VI

Ein Nachmittag mit Nancy

Wir befanden uns auf dem Rückweg von der Feldstation im Osten der Insel, wo Nancy und ich eine Anhängerladung Tarnnetze und Richtmikrofone abgeliefert hatten, als Nancy plötzlich von einer nervösen Anspannung ergriffen zu sein schien, einer Gereiztheit, die sie dazu verleitete, jeden Gang ihres Ladas auszufahren und in einer immer höheren Geschwindigkeit der Stadt entgegenzurasen. Wir fuhren so schnell in dem rostigen Auto, dass es der Lärm des Motors und das Klappern des leeren Anhängers unmöglich machten, ein Gespräch zu führen. Einen Unfall würden wir in diesem Wagen nicht überleben, dachte ich, noch dazu auf einer Straße, die seit über einem Jahr nicht mehr gewartet worden war. Ich sah Frostrisse, Schlaglöcher, abgerissene Äste. Um mich zu beruhigen, versuchte ich an die Unterhaltung anzuknüpfen, die wir auf der Hinfahrt geführt hatten, über das Aurora-Projekt, das vorsah, die gesamte Insel durch die Anbringung Hunderter Mikrofone in ein Tonstudio zu verwandeln, mit denen jeder Laut aufgezeichnet werden sollte. Doch Nancy, die mit krausgezogener Stirn einzig die Straße wahrzunehmen schien, antwortete mir nicht.

An dem flachen, niedrig bewaldeten Osten der Insel rauschten wir vorbei, an Laternen, die in so dichtem Abstand aufeinanderfolgten wie auf einer belgischen Autobahn, nirgendwo ein Haus, während sich im Himmel eine Form der Bewölkung verdichtete, die ich nie zuvor gesehen hatte und deren meteorologische Bedeutung sich mir nicht erschloss. Die Wolken bildeten ein Wabenmuster von beunruhigend vollkommener Geschlossenheit. Besorgt hielt ich den Griff der Autotür umklammert und fürchtete, unter diesem bedrohlichen Wabenhimmel zu verunglücken. Hinter einem verlassenen Traktor, abgestellt an der LKW-Zapfsäule einer Tankstelle, tauchte ein länglicher Flachbau aus hellem Klinker am Straßenrand auf. Eine Abfahrt führte zu einem leeren Parkplatzgelände. Nancy bremste scharf und brachte das Auto vor einer Fichte zum Stehen, einem Halteplatz für Rollstuhlfahrer. Auf dem Fensterglas des Backsteingebäudes, das ich zunächst für eine Behörde gehalten hatte, waren Abdrücke in Farbe getauchter kleiner Hände zu sehen. Es musste sich um den Inselkindergarten handeln.

Bis zu diesem Zeitpunkt ahnte ich nichts von Nancys Vorhaben, vielleicht hatte sie während der Autofahrt davon gesprochen und ich hatte es nicht mitbekommen, so wie auch sie meine Fragen in dem lauten Wagen überhört zu haben schien. Nancy drehte den Zündschlüssel um und lehnte sich zurück in den Sitz.

»Hier wären wir«, sagte sie, sah in den Rückspiegel und warf sich selbst ein Entschlossenheit zum Ausdruck bringendes Lächeln zu. Dann blickte sie mich an. Ich nickte, ohne zu wissen, worauf ich mich einließ.

»Soll ich mitkommen?«, fragte ich und sah Nancy aus dem Wagen steigen.

»Das wäre nett.«

Wir gingen auf das Gebäude zu. Nancy rüttelte an der Klinke der Eingangstür, es war abgeschlossen. Sie trat einige Schritte zurück, lief los und rammte mit der Schulter gegen das Türbrett, doch es half nichts. Nach kurzem Überlegen zog Nancy ihren linken Stiefel aus, hüpfte einbeinig auf ein Fenster im Erdgeschoss zu, wo sie damit begann, auf einen winzigen und sehr grünen Abdruck einer Kinderhand einzuhämmern. Das Glas zersplitterte, doch entlang der unteren Kante des Rahmens ragten große Scherben heraus, so konnte sie unmöglich einsteigen.

»Ist deine Jacke neu?«, fragte sie unter schwerem Schnaufen.

Ich zögerte. »Eigentlich nicht, aber ich mag sie gern.«

»Kann ich sie trotzdem haben?«, bat sie mich und machte ein kummervolles Gesicht. Schließlich zog ich meine Jeansjacke aus.

»Alvar Aalto, der berühmte finnische Architekt«, hörte ich ihre Stimme aus dem Inneren des Kindergartens hallen, »alle reden nur von ihm, aber weißt du, wer wirklich Talent besaß?«

»Nein«, rief ich von draußen hinein.

»Aino Aalto, seine Frau.«

Ich kletterte Nancy hinterher in einen großen Saal, der aussah, als könnten hier schon morgen wieder Kinder spielen. Nur lüften sollte man, es roch schlecht, nach

Staub und Mittagsschlaf. Niedrige Tische mit winzigen Stühlen standen dort, sie reichten mir kaum über das Knie, ich hatte vergessen, wie klein Kinder waren. Keine Kinder, dachte ich, es gibt keine Kinder mehr auf Uusimaa. In den wenigen Tagen, die seit meiner Ankunft auf der Insel verstrichen waren, hatte ich mich schon daran gewöhnt. Nancy schnappte sich einen Stuhl, der so leicht war, dass sie ihn mir ohne Anstrengung vor die Nase halten konnte.

»Gepresstes und gebogenes Birkensperrholz«, bemerkte sie ehrfurchtsvoll, »ein typischer Alvar-Aalto-Stuhl, nur in Klein, möchte man meinen. Aber nein! Diesen Zwergenstuhl hat Aino Aalto entworfen. Hinter jedem großen Mann steht eine Frau, die er bestehlen kann«, verkündete Nancy und freute sich, dass sie es nun war, die Ainos Möbel stahl. Sie schnappte sich einen zweiten, dritten und vierten Stuhl wie ein Zirkusclown, der eine Akrobatiknummer aufführt, und ging, einen finnischen Singsang trällernd, zum Fenster.

»Was machst du bloß?«, rief ich ihr hinterher.

»Ich rette Kunstwerke.«

Fast alle Möbelstücke in dem schönen Kindergarten mussten aus den zwanziger Jahren stammen, der Gründungszeit der Tagesstätte. Nur die Wandschränke aus rotem Furnier mit den lilafarbenen Plastikknäufen an den Schubfächern waren es wohl nicht. Dennoch fiel es mir schwer, den zurückgelassenen Möbeln ein Alter zuzuschreiben. Die Spuren der Kinder, die Buntstiftkritzeleien, Scherenkerben und Saftglasringe auf den Einrichtungsgegenständen konnten siebzig Jahre alt sein oder an dem letzten Apriltag vor der Evakuierung hinterlassen worden sein.

Ich half Nancy beim Hinaustragen der Holzmöbel. Am liebsten, sagte Nancy, hätte sie auch das Wandrelief abgerissen, das die Längsseite des Kindergartenraumes schmückte, ein Fries aus ineinander übergehenden Tierkörpern, Pflanzenteilen und Menschenfiguren. Doch die holzgeschnitzten Platten ließen sich nicht abmontieren. Bald war der Hänger des Ladas schwer beladen, dabei hatten wir längst nicht alles geplündert.

»Den Rest holen wir mit der nächsten Fuhre«, kündigte Nancy an, als sie den Motor startete.

Kurz vor der Abzweigung zur Polizeistation riss Nancy das Lenkrad in eine andere Richtung und steuerte auf den Hafen zu. Vor einer Lagerhalle kamen wir zum Stehen.

»Ich bringe die Sachen schnell unter, auf der Station ist ja kaum Platz«, sagte sie und wuchtete mit einem Gewitterdonnern das Schiebetor beiseite. In der Mitte der Halle stapelte sich ein Berg aus Bücherkisten und Möbeln, die mit Laken überdeckt waren. Einige Stehlampen ragten heraus, ich sah Computermonitore, Kaffeemaschinen und einen Schaukasten mit Ammoniten und anderen versteinerten Fossilien. Der Schaukasten und die Bildschirme waren beklebt mit dem Emblem der Kommune, und ich vermutete, dass auch die anderen Gegenstände aus öffentlicher Hand stammten. Es gab keinen Zweifel, Dr. Nancy Wagner war eine Hehlerin.

Nach unserer Rückkehr von der Lagerhalle am Hafen glühten mir vom schweren Tragen die Hände, unter den Nägeln pulsierte eine Wärme wie bei einer Entzündung, und der Staub, mit dem ich überdeckt war, juckte in meinen Augen. Ich war so erschöpft, dass ich beschloss, früh schlafen zu gehen. Ich verstopfte mir die Ohren mit den Fetzen einer Papierserviette und trank von einem warmen Kakao, den ich mir auf den Nachttisch gestellt hatte. Nur das Zimmer ließ sich an diesem taghellen Abend nicht verdunkeln. Das Sonnenlicht war durch den Bettbezug, den ich als Vorhang in das angekippte Fenster geklemmt hatte, bloß rötlicher geworden. Von meinem Bett aus sah ich, wie es durch das Karomuster des Leinenstoffs sickerte. Ich hatte es gemütlich, ich lag gut, kein Gelächter, kein Eurodance, der aus übersteuerten Musikanlagen schallte, und auch von Marizas Welpen, der den Tag verschlief und sich am Abend amüsieren wollte, vernahm ich keinen Mucks. Ich schien allein zu sein auf dem oberen Gang.

Bevor ich in den Schlaf fallen würde, wollte ich die Ruhe nutzen und die schöne, deutschsprachige Dünndruckausgabe des *Kalevala* zur Hand nehmen, die ich nach Finnland mitgenommen hatte. Auf dem türkisen Einband war ein Holzschnitt des Helden Väinämöinen abgebildet, der mit einer bärentatzengleichen Hand über die Saiten einer Kantele strich. Es könne sich lohnen, das Buch nach Textstellen zu durchsuchen, an denen der Sänger mit dem schwer aussprechbaren Namen der Meise begegnet, dachte ich. Vielleicht spielte die Lapplandmeise sogar eine außerordentliche Rolle in der mythischen Frühgeschichte der Finnen. Ich las die erste Zeile des ersten Gesangs, »Mich verlangt in meinem Sinne, mich bewegen die Gedanken«, weiter kam ich nicht. Aus der Ferne drang ein Rufen zu mir, und ich hörte, wie an Türen geklopft wurde, schließlich auch an meine.

»Film Klubi, Film Klubi!« Ich pulte mir die Ohren wieder frei.

Ken Samuelson, der das Zimmer neben meinem bewohnte, hatte seinen Rauschebart durch die nun einen Spalt weit geöffnete Tür geschoben. Als er mich im Bett liegen sah, senkte er die Stimme und wiederholte in dem Ton eines Pfadfinderführers, weshalb er hier war.

»Aufstehen Susanne, heute ist Filmclub.«

»Ohne mich«, rief ich ihm zu und hielt das Buch, in dem ich las, in die Höhe. Am liebsten hätte ich es ihm an den Kopf geschleudert, so störend empfand ich seinen Besuch.

Er schielte auf den Titel.

»Das Kalevala? Da vergeudest du aber deine Zeit, das Kalevala kann man nicht ernst nehmen, zusammengestückeltes Schamanengebrabbel, nichts darin ergibt einen Sinn. Das Werk eines wahnsinnigen Fenomanen.«

»Kommt die Lapplandmeise darin vor?«

Ken musste lachen, so abwegig erschien ihm meine Frage. »Die Biene wird erwähnt. In dem Buch ist sie ein

Vogel, und die Jungfrau Maria wird von einer Preiselbeere geschwängert. Außerdem werden Söhne zerstückelt und von ihren Müttern wieder zusammengeflickt. Im Ernst, komm lieber runter.«

Ich stieß einen Seufzer aus, der in Kens Ohren wahrscheinlich harmlos klang, dabei war ich ernsthaft verzweifelt. Schon bald würde ich wieder abreisen, doch bis auf ein paar Notizen hatte ich nichts, keine Aufnahmen, bloß Erinnerungen. Es gab die Idee für einen Anfang, aber dieser war so sehr der Gegenwart auf Uusimaa verhaftet, dass er sich unmöglich in ein Drehbuch übertragen ließ. Ich wusste, ich musste schöpferisch vorgehen, ich musste die Brechung des Lichts im Wasser schätzen und im richtigen Moment zuschnappen. Das Authentische, das ein Filmemacher einzufangen versucht, wenn er seine Kamera aufstellt, um etwas festzuhalten, das ihm aussagekräftig erscheint, es hinkt der Realität schon im Moment der Aufnahme hinterher und verkommt so zu einem normativen Zerrbild der Wirklichkeit, einer Vorvergangenheit, die einen Blick auf die Welt wiederzugeben behauptet, dem etwas Grausames anhaftet, weil dieser Blick alles Elend, jede Not zu einem legitimen Teil der Welt erklärt. Dies war eine Art des dokumentarischen Filmens, die ich nicht bedienen wollte. Andererseits, wie sonst sollte ich die Insel zeigen, ohne dass man sie für ein Phantom halten würde wie *Antilla*, *Bacalao*, die Insel *Podesta*, *Atlantis* oder *Thule*. Uusimaa existierte, ich war hier, ich lag in einem weichen Bett und blätterte im *Kalevala*, das mir ein bärtiger Ornithologe gerade madig machte, vielleicht zu Recht, vielleicht machte ich es mir zu einfach. Ich richtete mich auf und versuchte, das Buch zu verbergen, so peinlich war mir die Lektüre geworden.

»Was seht ihr euch an?«, fragte ich Ken Samuelson.

»Ich weiß es nicht, wir entscheiden demokratisch. Die Abstimmung läuft gerade. Vielleicht kannst du das Schlimmste verhindern, es geht sehr emotional zur Sache.«

Ich sagte, dass ich mich jeder Wahl beugen würde, und versprach ihm, gleich zu folgen.

»Wie du meinst«, säuselte Ken und schloss die Tür hinter sich.

Bienen sind Vögel, das leuchtet mir ein, dachte ich und stellte mir vor, wie es sich anfühlen musste, über den Flaum eines Bienenkörpers zu streichen, über eine pelzige Hummel. In einem Anflug magischen Denkens, angetrieben von dem Wunsch, in diesem rätselhaften Buch die Lapplandmeise aufzuspüren, ja vielleicht sogar eine Antwort auf das Schweigen der Vögel zu finden, durchblätterte ich die bibeldünnen Seiten des Finnenepos. Auf Seite 67 las ich:

Kyllikki, mein kleines Herzblatt, meine süße kleine Beere,
Sei nur ohne alle Sorge! Niemals will ich schlecht dich halten:
Auf dem Schoße, wenn ich esse, an den Händen, wenn ich gehe,
mir zur Seite, wenn ich stehe, neben mir, wenn ich mich lege!

Wie schön die Stelle ist, dachte ich. Aber was hatte dieser Liebesschwur mit meinem Filmprojekt, mit den Lapplandmeisen und mit Uusimaa zu tun? Ich wusste es nicht, und so schlug ich das Buch wieder zu und zog mich an.

Der Filmclub

In seiner Verzweiflung zerrte der junge Doktorand so leidvoll an seinem Pullover, dass es aussah, als versuchte er, sich selbst am Kragen aus dem Korbsessel herauszuziehen. Um sich Gehör zu verschaffen, schlug er sich gegen die Stirn und klagte, eine haareraufende Geste machend, dass er diese ewigen Debatten nicht mehr ertrage, diesen Hass. Applaus erhielt er von zwei Studienkollegen, die sogleich die Hände sinken ließen, weil unter der Mehrheit im Raum ein Gelächter ausbrach. Doch von welcher Mehrheit konnte die Rede sein, die etwas mehr als ein Dutzend Frauen und Männer der ornithologischen Station, die zusammengekommen waren, um im Gemeinschaftsraum Filme zu sehen, trugen schon seit einer Stunde einen zermürbenden Streit über die Zusammenstellung des Kinoprogramms aus, der Freundschaften zerriss und Liebespaare auf die Probe stellte.

Während Tadashi mit der Hilfe seiner Freundin Mariza, die für ihn aus dem Japanischen übersetzte, ein leidenschaftlich ausschweifendes Plädoyer für das Genre des Westerns vorgetragen hatte, war es die Hausmeisterin gewesen, die sich ein affektiertes Gähnen nicht verkneifen konnte. Und nun tuschelte Mariza ausgerechnet mit ihr. Tadashi war nur der Welpe geblieben, der auf seinem Schoß kauerte und ihm trostspendend die Hand leckte.

Jöns pflichtete der jungen Praktikantin überraschend bei, die er in einer früheren Wortmeldung mit *dumme Bohne* angesprochen hatte. Seine Parteinahme kränkte Teemu so sehr, dass er mit seinem Stuhl an das andere Ende des Raumes umzog, wo er sich mit einem Popcornautomaten beschäftigte, der einen Butterduft verbreitete. Doch wie schon oft an diesem Abend ließ sich nicht unterscheiden, was Zuspruch war und wann es sich bei einer Äußerung um eine geschickt verpackte Spitze handelte, die ihr Gift erst noch entfalten sollte. Die Situation hatte einen Grad der Angespanntheit erreicht, in der es selbstmörderisch war, für jemanden Partei zu ergreifen. Und inmitten dieser zerstrittenen Atmosphäre saß Ken Samuelson, der sich in bedrücktes Schweigen hüllte und mit einem von jeder Lebensfreude verlassenen Blick auf die Maschen der Auslegware starrte, seit er mit einem Schlichtungsversuch gescheitert war und Karin Nygård, für die er eigentlich einstehen wollte, ihn mit einem Becher beworfen und sich auf ihr Zimmer zurückgezogen hatte. Ich hoffte, er hatte ein schlechtes Gewissen, mir die Bettlektüre verdorben zu haben, und doch tat er mir schrecklich leid.

Einzig und allein Nancy hatte sich unbeschadet aus

allem heraushalten können, ihre Position war olympisch, feldherrisch. Vor ihr lagen Videokassetten ausgebreitet, die sie mit ihren Füßen durchwühlte.

»Wenn das hier so weitergeht«, erhob Nancy schließlich das Wort, »fällt der Filmclub heute aus. Und das ausgerechnet an diesem besonderen Abend, da Teemu sich so viel Mühe gegeben hat, unsere neue Popcornmaschine zu reparieren.« Nancy wies auf den Popcornautomaten, der neben der Garderobe an den Strom angeschlossen war, und sog mit genießerischen Gesten Luft durch die Nase ein, die sie sich mit der Hand zufächelte. Teemu errötete. Diese Maschine, nun erkannte ich sie, stammte aus der Videothek.

»Alle Vorschläge, die unterbreitet wurden, sind indiskutabel«, sprach Nancy weiter.

»Wer sagt das?«, rief jemand in den Raum.

»Liebe Freunde«, verkündete sie, ohne sich nach dem Zwischenrufenden umzusehen, »wir alle lieben das Kino!« Stattdessen blickte sie nun ausgerechnet in meine Richtung. »Jedoch finde ich, unser Gast sollte entscheiden.«

Ein zustimmendes Murmeln ging durch den Raum. Der Entscheidung einer Expertin wollte man nichts entgegensetzen. Es war furchtbar.

Ich überflog die Beschriftungen der Kassettenhüllen auf dem Boden, die meisten Filme sagten mir nichts, bei einem Titel blieb ich hängen.

»Jurassic Park habe ich nie gesehen. Vielleicht sehen wir uns Jurassic Park an«, schlug ich schließlich vor.

»Wirklich?« Enttäuschung klang aus Nancys Stimme,

offenbar hatte sie sich von mir eine raffiniertere Wahl erhofft. Auch die anderen schienen nicht begeistert zu sein. Ken Samuelson pfiff durch die Zähne, um mir zu zeigen, was er von meinem Vorschlag hielt. Natürlich, dem prosaischen Biologen musste es schwerfallen, einen Film zu akzeptieren, der von Dinosauriern handelte, die aus dem Blut im Magen einer in Bernstein konservierten Mücke geklont wurden.

»Also gut«, seufzte Nancy, »Jurassic Park.« Mit dem Fuß zog sie die Kassette zu sich heran und schob den Videofilm in den Rekorder.

VII

Waldeinsamkeit

Von allen Feldstationen, die ich auf der Insel gesehen hatte, war mir die Hütte im Norden, am Kap Lalli, die liebste. Sie lag verborgen auf einer Waldlichtung, dicht umschlossen von engstehenden Weiden, durch die ein schmaler, wie mit einer Machete in das Gehölz hineingeschlagener Pfad führte. Das Spitzdach, das von weitem an einen riesigen Tannenzapfen erinnerte, war mit Schindeln aus Bruchstücken von Baumrinde gedeckt und hatte den gleichen silbrig patinierten Farbton wie die Außenwände, die aus dem Holz alter Scheunen gezimmert zu sein schienen. Vor nicht allzu langer Zeit musste der Schornstein ausgebessert worden sein, der Putz war noch weiß, und auch des Trockentoilettenhäuschens mit seinem gewellten Dach aus Hartplastik und den neuen Kupferscharnieren an der Tür hatte man sich angenommen. Die Hütte selbst jedoch erschien mir uralt, hundertjährig und märchenhaft. Im dämmrigen Inneren hatte man einen Tisch vor das einzige Fenster gerückt, von dem aus die Forscher, wenn sie über ihren Messwerten brüteten, durch die Stämme der Weiden hindurch die Farbe des Meeres schimmern sehen konnten. In einer Ecke waren zusammengefaltete Campingliegen abgestellt, es waren fünf, und ich fragte mich, ob sie alle, zum Schlafen ausgeklappt, in dem kleinen Raum Platz fanden. Heiße Getränke und ein warmes Mittagessen wurden auf einem Propangasherd in der schmalen Küchenzeile zubereitet. An einer Besenkammertür, unterhalb eines Rasierspiegels, waren Haken angebracht, die mit Namen versehen waren. Daran hingen Mäntel aus leuchtend gelbem Ölzeug, das die hintere Ecke des Raumes ein wenig erhellte. Im Inneren der Kammer wurden ornithologische Messinstrumente aufbewahrt, ich sah einen Setzkasten mit verschieden geformten kleinen Vogelpfeifen, aber auch ein Boulespiel, Plastikkegel und einen schmutzigen Sonnenschirm.

Es führte keine direkte Straße zum Kap Lalli, man erreichte das Häuschen, das sie auf der Station nur Mökki, Sommerhütte, nannten, am besten über das Wasser. Mühsamer war es ohne Boot. Dann fuhr man die Ringstraße entlang nach Norden, vorbei an einem verlassenen Milchbauerngehöft, und parkte auf einer Weide vor einer viele Meter hohen Antenne. Es war eine Mobilfunksendeanlage, die, wie mir Nancy erklärte, erst vor wenigen Jahren errichtet worden war. Von dort aus schlug man sich eine Weile zu Fuß durch, über einen versandeten Feldweg, der schließlich in den schmalen Pfad überging, der durch den Weidendschungel zur Feldstation führte.

Nancy hatte mich zu dieser Hütte mitgenommen, um ihr dabei zu helfen, die Daten ihrer Kollegen zu verifizieren. Nachdem sie die Küchenschränke aufgerissen und einen Blick auf die Konservendosen, Zuckerpakete und Tütensuppen geworfen hatte, holte sie einige ornithologische Instrumente aus der Besenkammer und führte mir vor, wie ich damit umgehen sollte. Dann gingen wir hinaus in den Wald.

Während Nancy Notizen machte, stellte ich eine Messlatte neben einer Weide auf und hielt ein kariertes Brett wie einen Spiegel vor einen niedrigen Busch. Gemeinsam krochen wir durch widerspenstiges Unterholz, zählten die abgestorbenen Weidenruten am Boden und legten ein Maßband um den Stamm einer Weide.

In jeder Spalte unterschieden sich unsere Messergebnisse deutlich von den Zahlen der eng beschriebenen Tabelle auf Nancys Klemmbrett, die Angaben zur Berechnung der Belaubung und Diversität des Weidenwalds enthielt. Verunsichert über das Abweichen der Werte fragte ich mich, ob wir mit unseren Messungen zu ungenau vorgingen. Nancy jedoch war so zufrieden, dass sie die Arbeit, die uns kaum länger als eine halbe Stunde in Anspruch genommen hatte, mit einem freundschaftlichen Klopfen auf meine Schulter für beendet erklärte und mich auf die Veranda zu einer Tasse Pulverkaffee einlud.

Die Sonne schien warm, der Kaffee war klumpig und hinterließ einen mineralischen Beigeschmack, als wäre er mit erhitztem Sprudel zubereitet worden. Nancy begann zu erzählen.

Mit einer Mattheit wie nach einer spät in die Nacht hinein geführten Diskussion sprach sie zunächst über Darwin, dem sie recht gab, ja, die am besten Angepassten setzten sich durch. Gleichzeitig herrsche aber auch eine große Unlust unter den Lebewesen, sich anzupassen. Es komme vor, erklärte Nancy betroffen, dass Tiere, die sich den Veränderungen der Umwelt allzu schnell fügten, von ihren Artgenossen als Opportunisten geächtet wurden. Im nächsten Augenblick jedoch ergriff sie Partei für Lamarck, der so kühn gewesen sei, den freien Willen als bestimmendes Element der Evolution hervorzuheben. Ihre Ansichten wechselten so rasch, dass ich kaum damit hinterherkam, ihr zuzustimmen. Sie dozierte nicht, und vor allem deshalb war es eine Freude, ihr zu lauschen. An einem Punkt des Gesprächs aber richtete sie ihre Augen mit einem ernsten Blick auf mich und nannte die ihrer Meinung nach bestimmenden Prinzipien in der Natur: Faulheit, Bescheidenheit und ein an Selbstvergessenheit grenzender Altruismus. Dabei musste ich an das Werk *Gegenseitige Hilfe in der Tier- und Menschenwelt* denken und brachte den russischen Fürsten Kropotkin ins Gespräch ein, für den Nancy wohl gewisse Sympathien hegte, auch wenn ihr, wie sie sagte, der anarchistische Vordenker in seinen Beispielen nicht weit genug gehe.

»Ich spreche nicht von Pelikanen, die sich ihre Beute teilen«, fuhr sie fort, und in ihrer Stimme schwang Empörung mit, »nein, ich spreche von Verhaltensweisen, die ich mit eigenen Augen während meiner Forschungslaufbahn beobachtet habe. Ich habe ein Jaguarweibchen gesehen, das ein Faultierjunges stillte, und einen Storch, der vor der Linse meines Fernglases einer auf dem Rücken strampelnden Schildkröte auf die Beine half.« Nancy rieb sich die Augen. »Ich spreche von fakultativen Symbiosen, von Pilzen, die nicht ohne Algen, und Algen, die nicht ohne Pilze existieren können. Verstehst du, was ich meine?«

Sie gähnte. Der Kaffee schien auf Nancy eine schläfrig machende Wirkung zu haben. Mit zugefallenen Augen fügte sie hinzu: »Ich spreche von Liebe und Kooperation, die die Grenzen von Gattungen und Arten überwinden.«

»Bist du müde?«, fragte ich. Für einen Moment schien es, als wäre sie weggenickt.

»Ja, wir haben viel geschafft. Ich gönne mir ein kleines Schläfchen, wenn es dir nichts ausmacht.«

Ohne ihre Gedanken zu Ende zu führen, erhob sie sich und verschwand im Inneren der Hütte, ich hörte sie rumpeln. Bald darauf kehrte sie mit einer Campingliege zurück, die sie auf der Veranda aufstellte.

»Ist es wirklich in Ordnung, wenn ich mich hinlege?«, fragte sie.

»Ja, sehr«, sagte ich und sah zu, wie Nancy sich auf das Metallgestell legte, ungeduldig, wie es müde Menschen sind, ohne eine Matratze unter sich auszubreiten.

Nancys Atem war ruhig. Wenn sie sich umwendete, war ein leises Quietschen der metallischen Federn zu hören, die meiste Zeit jedoch lag sie unbeweglich und still da. Ich lehnte an einem Verandabalken, betrachtete das Meer hinter den Weiden und umfasste das mit feinen Laubsägearbeiten verzierte Geländer, als eine Fliege auf meinem Daumen landete. In stummfilmhaften Bewegungen krabbelte sie über meinen Nagel, bis sie haltmachte auf meinem Handrücken. Sie spreizte ihre Flügel, die in ihrer feinen Aufteilung an Kirchenfenster erinnerten, und rieb die haarigen Beine hastig wie ein Tellerwäscher gegeneinander. Während sie sich mir so zeigte, ja vielleicht sogar absichtsvoll inszenierte, dachte ich an die chronofotografischen Aufnahmen lebendiger Insekten, an die flatternden und krabbelnden Bienen und Mücken, Libellen und Spinnen, die Étienne-Jules Marey mit dem Aufkommen der Fototechnik mittels seiner fotografischen Flinte schoss oder auf Glasplatten zappeln ließ, und glaubte zu verstehen, warum seine kurzen Naturfilmsequenzen, die er aus einem rein wissenschaftlichen Interesse produziert hatte und die doch so einen Sog erzeugten, eine Vorreiterrolle einnahmen in der Entwicklung des Bewegtbilds.

Später lief ich durch den Wald bis ans Meer. Am Ufer sah ich eine Schwanenfamilie eine Kurve nehmen, die einen Umweg bedeutete, um vor meinen Augen in aller Eleganz die Oberfläche des Wassers zu schneiden. Als sie davongeschwommen waren, zog ein Libellenpaar mit einer waghalsigen Darbietung meine Aufmerksamkeit auf sich. Ich sah, wie die Libellen sich für den Liebesakt im Flug vereinten, die Hinterteile magnetisch aneinander haftend, um sich kurz darauf gegen den Kolben einer Schilfpflanze zu werfen. Wie in hintereinandergeschnittenen Sequenzen erschien nun eine Möwe in meinem Blickfeld und umflatterte einem Kolibri gleich die pulsierenden Wellenringe, die ein nach Luft schnappender Fisch auf der Wasseroberfläche ausgelöst hatte. Die Möwe stürzte herab, ich hörte helle Glucksgeräusche, wie sie Menschen vor Vergnügen ausstießen, die sich an einem heißen Tag in einem kühlen Waldsee erfrischten. Dann erhob sich die Möwe wieder in einer blitzschnellen, eine Quadratwurzelkurve beschreibenden Bewegung. Sie berührte kaum das Wasser, sie fing keinen Fisch, ihre ganze Freude galt allein dem Gelingen ihres komplizierten Flugmanövers. Diese Freude war hysterisch, und im Gackern riss der Seevogel seinen Kopf immer wieder in meine Richtung, als wollte er sagen: »Hast du das gesehen? Unglaublich!«

All diese Abläufe vollzogen sich wie nach präzise ausgearbeiteten Plansequenzen eines pedantischen Drehbuchs. Die Möwe im Sturzflug, für einige Sekunden oder Minuten versank ich in ihrer Betrachtung. Dann verschaffte mir etwas Neues Ablenkung, eine vom Wind gebeugte Weide am Wasser oder das hölzerne Hämmern eines Spechtes. Niemals war ich überfordert, nie gelangweilt, jeder Eindruck ließ sich verarbeiten und verknüpfen. Der Duft des Windes, die Geräusche des Meeres, Vogelgesang, den es eigentlich nicht gab, denn jeder Vogel sang sein Lied allein, manchmal erhielt er Antwort, und nur selten stimmten mehrere Vögel gleichzeitig ein. Die Natur, so schien es mir, wollte ins Bild, sie war konkret und flüchtig zugleich wie eine Wolke oder, besser noch, wie ein Bild in einem Film.

Bevor ich nach Uusimaa gereist war, hatte mir schon der Gedanke, einen Naturfilm zu drehen, Angst bereitet. Das Wetter mit seinen Kapriolen, den Nebelfronten, die das Kameraobjektiv beschlugen, den Wolkenbrüchen, die das Filmteam mit der kostbaren Technik in die Flucht trieben, der ständige Wechsel des Lichts, der ein mühsam eingerichtetes Bild in Sekundenschnelle zerstörte, die Tiere, die sich mir entzogen oder, schlimmer noch, die mich bedrohten, die giftig waren oder beißwütig, die sich durch keinen Vertrag und nicht durch ökonomischen Zwang an die Arbeit binden ließen, die taub waren gegenüber meinen Appellen an die Freundschaft und jedes Karriereversprechen mit einem Knurren oder Krächzen als Lüge entlarvten, all dies war mir als so unberechenbar erschienen, dass ich an die praktischen Probleme des Naturfilms, die Erreichbarkeit entlegener Orte und die Störanfälligkeit des technischen Apparats, nicht zu denken wagte.

Doch die Natur, wie sie sich mir hier am Kap Lalli zeigte, war geordnet und aufgeräumt bis zur Spießigkeit, sie war verlässlich. Die Arbeitsbedingungen des Films, die ich so sehr hasste, weil sie die Simulation eines totalitären Ausnahmezustands einforderten, in dem Schlafens- und Essenszeiten nicht eingehalten werden konnten und kein Raum war für Experimente, denn jedes Bild kostete Anstrengungen und Geld, kamen mir hier am Strand, am Waldrand, weitaus angenehmer vor als im Filmstudio. Meine schlimmste Befürchtung, ich würde an der Unordnung der Wildnis scheitern, sie löste sich auf. Das Chaos, so verstand ich auf Uusimaa, war eine Erfindung der Menschen oder besser des Kapitalismus.

Mit diesen Erinnerungen im Kopf kehrte ich am Tag vor meiner Abreise auf das Inselkap im Norden Uusimaas zurück, zu der kleinen Hütte im Wald. Den Wagen, den ich mir von Nancy geliehen hatte, stellte ich dort ab, wo auch sie bei unserem ersten Besuch geparkt hatte, gegenüber des Sendemastes. Ich hatte Kamera und Stativ dabei, als ich den Pfad entlangwanderte, um das zu tun, was ich bisher während meines Aufenthalts auf der Insel vermieden hatte, ich wollte filmen.[23]

Schon der Weg zur Hütte, durch den immerfeuchten Morast stapfend, war mühsamer, als ich ihn in Erinnerung hatte. Die Tasche mit dem Stativ, das schwer über meiner Schulter hing, verfing sich in den Gerten der

23 Lange war ich entschlossen gewesen, ohne Filmmaterial zurückzukehren, um mit der Erinnerung an Uusimaa ein Drehbuch zu verfassen. Auf keinen Fall wollte ich mir von der Kamera im Vorfeld diktieren lassen, was möglich war und was nicht.

Was ich hasste: belanglose Bilder, entstanden aus Pragmatismus, Lustlosigkeit und faulem Fleiß, die lediglich dazu bestimmt waren, das Produktionskapital widerzuspiegeln. Bilder, denen jede Dringlichkeit fehlte, die sich einer ebenso dringlichkeitsfernen Dramaturgie beugten. Hässliche Produktionsbedingungen für das schöne Bild. Fahrende Autos, Statisten, die Ödnis gesperrter Straßen.

Bisher hatte ich vor allem mit Menschen gearbeitet, die meine Freunde waren, und Filme in vertrauten Räumen gedreht. Dieses Mal wollte ich mich essayistisch annähern und die Technik, die so viel Aufmerksamkeit einforderte und so viel entschied im Film, erst einmal beiseiteschieben. Doch als sich der Tag meiner Abreise näherte, bekam ich es mit der Angst zu tun. Ich befürchtete, zu Hause nicht mehr imstande zu sein, mir das Erlebte und Gedachte zu vergegenwärtigen. Selbst die Notizen, die ich auf Uusimaa angefertigt hatte, lasen sich schon kurz nach ihrer Niederschrift wirr und unverständlich. So entschied ich mich, wenigstens ein Staubkorn von dem einzufangen, was ich am Kap Lalli gesehen hatte.

Weiden, immer wieder riss es mich um und ich stolperte. Die Anstrengung des Tragens machte mich so fahrig und unkonzentriert, dass ich schließlich über einen Wurzelstock fiel und die Kamera zu Boden stürzte. In der Überzeugung, sie beschädigt zu haben, wagte ich es nicht, sie aus dem Futteral zu heben. Ich ging einfach weiter, den Tränen nahe und das Schlimmste befürchtend.

Die dumpfe Diesigkeit des Lichtes in diesem Weidenwald, sein dichtes Gewebe aus Stämmen, Ästen und belaubten Zweigen, das den Blick nur selten auf kleine Fetzen des Himmels freigab, machte mich halb wahnsinnig. Mir fehlte der Himmel, mir fehlten die Wolken. Dazu diese Feuchtigkeit, die der sumpfige, von Baumwurzeln verwurmte Boden ausdünstete, es verschlug mir den Atem. Sobald ich das Meer sah, das hinter den Weiden lag, verließ ich den schmalen Weg und schlitterte die lehmgelbe Böschung hinunter zum Ufer.

Erst am Strand, als ich den Kiesel unter meinen Sohlen spürte, atmete ich auf. Die flachgeschliffenen Steine lagen wie in Mehl gewendet da und reflektierten das grell-graue Licht so hell, dass ich dem Strandläufer, der in einiger Entfernung an einem Fetzen Seetang zurrte, nur mit zu Schlitzen geschlossenen Augen folgen konnte. Vor dem angespülten Schaumrand zurückweichend, hüpfte der Vogel mit der Pflanze im Schnabel am Ufer entlang, bis er aufflatterte und sich einige Meter weit über das milchige Wasser treiben ließ.

Mit der Strömung um das Kap Lalli war jede Menge Treibholz an Land getragen worden. Ich brachte die

Filmausrüstung zu einem blankgeschälten Stamm, der mir als Sitzbank dienen sollte, hier öffnete ich den Kamerakoffer. Auf den ersten Blick schien die Kamera keinen Schaden genommen zu haben.

Um sicherzugehen, befestigte ich sie auf dem Stativ und machte eine Aufnahme vom Meer. Das Sichtfenster war unbeschädigt, der Handgriff mit dem eingeschraubten Akku saß fest. Ich lauschte dem Rattern des Filmbandes, das gleichmäßig und vertraut klang, und suchte den Horizont ab. Für den Bruchteil einer Sekunde bekam ich einen Flügelschlag des Strandläufers vor die Linse, doch kaum, dass ich die Schärfe nachgezogen hatte, war von dem Vogel nichts mehr zu sehen. Ich schwenkte nach links und wieder zurück, doch vor mir lag nur der gerade Horizont. Ich blickte auf.

Der Strandläufer umkreiste mich, er flog so dicht über meinem Kopf, dass ich seinen Vogelbauch mit der ausgestreckten Hand hätte berühren können, eine Nähe, die es unmöglich machte, das Tier scharf zu bekommen. Abgesehen davon hätte ich aus der Hand filmen müssen. Vier Minuten Material waren durchgelaufen, und ich hatte nur diese eine Filmrolle bei mir. Also stoppte ich die Kamera. Mit dem Verstummen des Kameraratterns verlor der Strandläufer jedes Interesse an mir. Er sank herab und rannte seines Weges, mit gehetzten Trippelschritten immer die Küstenlinie entlang bis zum Kap, wo er hinter einer Biegung verschwand.

Mit dem Teleobjektiv unternahm ich einen neuen Versuch. Ich schwenkte die Böschung hinauf zu dem Saum des Weidenwaldes und filmte das silbrige Flimmern der Blätter in den Baumkronen. Mein Blick sank tiefer und schob sich so dicht an Grashalmen, Rainfarnstengeln und bemoosten Wurzelvorsprüngen vorbei, dass ich mir vorzustellen begann, mein Schauen würde das Geräusch brechender Zweige erzeugen. Ich filmte am Gestrüpp des Waldbodens entlang, das sich von einer anlandigen Böe gekrümmt vom Meer und von mir abwandte, bis ich die Kamera schließlich vor einem dickbäuchigen Pilz zur Ruhe kommen ließ, der mich mit seinem tintenblauen Hut und seinen weißen, an Papierseiten erinnernden Lamellen in den Bann zog. Dieses Wesen, von dem ich nicht viel wusste, außer dass es weder Pflanze noch Tier war, ruhte auf einem Mooshügel wie eine animistische Gottheit und schien in dem Moment des Betrachtens eine Wärme auszustrahlen, die bis hinunter an den Strand reichte, wo ich stand und schon bald die ersten zehn Minuten meines Materials verschossen hatte.

Während ich meine Ausrüstung wieder einpackte, zog sich der Himmel zu. In meiner Erinnerung hatte Nancy das Klappbett wieder in die Hütte geräumt, doch seltsamerweise sah ich die Liege noch immer auf der Veranda stehen, als ich die Lichtung betrat. Und nicht nur in diesem Punkt hatte ich mich getäuscht. In dem Astloch über dem Türrahmen, wo ich den Schlüssel erwartet hatte, ertastete ich nichts außer klebrigem Harz. Ich überlegte, an welcher Stelle der Schlüssel versteckt liegen konnte, lief um das Haus und sah unter einem Wurzelstumpf nach, der von erkaltetem Kerzenwachs überzogen war, doch auch dort fand ich ihn nicht.

Ich kam nicht in die Märchenhütte hinein. Doch die Frustration über die verschlossene Tür entschwand, als mir einfiel, dass im Rucksack noch Proviant auf mich wartete. Ich richtete das Kopfende der Liege auf. Der Schwarztee in der Thermoskanne war noch heiß, und die Roggenpirogge gefüllt mit Ei und Reis, die ich in gefrorenem Zustand eingepackt hatte, war aufgetaut und duftete nach Dill – eine köstliche Kombination. Es hätte schlimmer kommen können, dachte ich, und blickte in das Wolkengrau über den Bäumen. Falls es nun regnen würde, ich säße unter dem gemütlichsten Verandadach der Welt.

VIII

Chorprobe

Es war an meinem letzten Abend, als sie noch einmal im Garten zusammenkamen, die zehn Frauen und Männer des Chors der ornithologischen Station. Ich sah, wie sie auf den Füßen wippten, die Arme in die Höhe warfen und *Hui* riefen und *Ach* und *Oi, Oi, Oi.* Sie wanderten im Kreis, berührten einander an der Schulter, an der Hüfte, am Rücken. Manche flüsterten in ein Selbstgespräch versunken, ein Mädchen schüttelte unentwegt den Kopf. Sie lösten sich voneinander, gingen in die Beuge, streckten sich in die Höhe. Ein Mann lachte hysterisch, warf den Kopf in den Nacken und gurgelte seine eigene Speichelflüssigkeit. Zwei Frauen, die sich gegenüberstanden, gähnten einander an. Wieder riefen sie *Hui* und *Ach* und *Oi, Oi, Oi.* Minuten vergingen, in denen sie diese seltsam ungerichteten Bewegungen vollführten, bis die verstreute Gruppe auf ein Zeichen von Nancy zu einer Reihe zusammenfand wie ein Schwarm fliegender Stare, die sich im gleichen Abstand zueinander auf einer Stromleitung niederließen. Nancy nickte, und Ken trat vor. Er holte Luft und begann mit einer Stimme zu singen, die so breit und laut war wie ein Schrei. Bald fielen auch die anderen ein und machten es ihrem Vorsänger nach. Die Stimmen übertönten einander aufjaulenden Feuerwerkskörpern gleich, die in den Himmel stiegen und herabstürzten.

Nancy machte einen Knicks, und der Gesang, der nicht aus Wörtern oder Silben bestand, nur aus einer Reihe von Vokalen, *A – I – O – U*, wurde harmonischer, schöner und schöner, bis, angefacht von einer wedelnden Handbewegung der Chorleiterin, scharfe Laute hineinstachen in das Stimmengebilde. Wieder war es Ken, der alle übertönte, doch auch eine junge Frau trat heraus und zerteilte das Singen der anderen mit ihrer nadelspitzen Sopranstimme, die erst klar war wie ein Licht und sich bald auffächerte zu einem mehrstimmigen Sirren.

Nancy nahm meine Hand und führte mich zu der Gruppe. Ich wusste nicht, was zu tun war, aber die junge Frau mit den vielen Stimmen, die sich wieder zu den anderen eingereiht hatte, zwinkerte mir aufmunternd zu. So begann auch ich zu singen, anfangs nur zaghaft, weil ich mich ein wenig schämte und ich die Ekstase der anderen zwar nachempfinden konnte, sie aber nicht wirklich teilte. Das müsste ich filmen, dachte ich, und während ich überlegte, wo ich die Kamera aufstellen würde, fiel mir auf, wie feucht die Zähne im Mund der Sopransängerin waren. In ihrem nassen Glanz erinnerten sie an perlmuttschimmernde Muscheln. Eine kleine, dunkle Zungenspitze drang heraus und fuhr über die Zahnreihen. Eine Nacktschnecke oder ein Blutegel, der in der roten Kehle der Sängerin haust, dachte ich, und bei diesem Gedanken fasste ich mir an den Hals. Etwas bewegte sich in meiner Luftröhre, ich spürte das Aufhüpfen meines Kehlkopfes, er schien auf die doppelte Größe angeschwollen zu sein. In einer kurzen Schrecksekunde fürchtete ich, mir wüchse ein Adamsapfel. Mit der Hand an der Kehle blickte ich zu Nancy, die mich mit ihren guten Augen ansah und mir einen Gedanken zuschob, der mich warm erfüllte: Alles war in Ordnung, alles folgte aufeinander.

Allmählich schwand meine Zurückhaltung, und eine unaussprechlich süße Glückserwartung, die Ahnung einer fernen, schönen Zukunft, ergriff mich, einer Zukunft, mit der ich wie das Glied einer Kette verbunden war. Schüttelte ich mich, bebte das Ende.[24]

24 Nach der Probe wollte ich mich bei Nancy darüber erkundigen, was das für ein Gesang war, der mich so seltsam ergriffen hatte. Die wenigen Einzelheiten, die ich von ihr in Erfahrung bringen konnte, beantworteten meine Frage kaum. Das Lied sei von den alten Uusimaaern gesungen worden. Die Inselbewohner hätten eine regelrechte Kultur des Klageliedes geschaffen, indem sie ihre eigene Not in die Erzählungen der lappländischen Mythen hineinwoben. Außerdem stünde das Lied in der Tradition des *Joiks* der Sami. Ein Joik, erklärte sie mir, ohne auf das Lied im Speziellen einzugehen, sei eine Art Gesang, bei dem man nicht über etwas singe, sondern versuche, singend etwas zu erschaffen, einen Menschen, eine Insel, einen Vogel. Der Unterschied: Joiks seien Solodarbietungen, sie aber würden zusammen singen, wie die alten Uusimaaer es praktiziert hätten. Ich wollte von ihr wissen, was es sei, das sie während der Chorproben erschufen, doch Nancy tat meine Frage wie eine Beiläufigkeit ab: Singen mache Spaß und stärke das Gemeinschaftsgefühl. Eine reichlich banale Erkenntnis, wie ich fand.

IX

Rückfahrt

Eine Böe erfasste Nancys Kleid und wirbelte den Sand hinter der Kaimauer auf, wo sie stand und mir zum Abschied winkte. Der Stoff ihres Kleides legte sich an ihren Körper und umschloss ihre Schenkel wie Hosenbeine. Nancy strich sich eine flatternde Strähne hinter das Ohr, sie zurrte an ihrem Kleid, fuhr sich wieder ins Haar. In diesem Augenblick, so schien es mir, betrachtete ich Nancy zum ersten Mal.

Hinter der Allee aus Birken und den Häuserblöcken der Isokatu sah ich die Spitze einer Funkantenne in den Himmel emporragen. Die Antenne berührte die tief ziehenden Wolkenlagen, oder es war umgekehrt, und sie hing herab aus einer Wolke und wies hinunter auf die Stelle, an der ich die Polizeistation vermutete, mehr war vom Hafen aus nicht zu erkennen. Erst als die Kaamos Fahrt aufnahm und sich aus dem Hafenbecken herausmanövrierte, erblickte ich die oberste Fensterreihe des Gebäudes, das so fremd und unvertraut auf mich wirkte, ich konnte nicht glauben, dass dort Menschen lebten, die ich kannte.

Nancy winkte ein letztes Mal und schwebte als flatternde Silhouette zurück zum Parkplatz. Von der Seite schlugen Wellen gegen den Bug, dann veränderte sich die Strömung, der Widerstand kam von vorn, das Schiff wippte und stampfte, und Uusikaupunki nahm mehr und mehr die Gestalt einer Spielzeugstadt aus bunten Bauklötzen an.

Ich spürte die Nähe eines Menschen im Nacken und blickte von dem Sichtfenster meiner Kamera auf, mit der ich die Abfahrt von Uusimaa gefilmt hatte. Hinter mir stand der Teenager, den ich auf der Hinfahrt beobachtet hatte. Damals war der Junge in Begleitung eines Mädchens gewesen, jetzt war er allein. Er sah verfroren aus, er trug keine Jacke, nur ein T-Shirt mit dem verwaschenen Konterfei Nelson Mandelas. Seine Augen tränten im Wind.

Wenn ich wolle, sagte der Junge, der Matti hieß, dann könne ich mit auf die Kommandobrücke kommen. Sein Vater, der Kapitän der Kaamos, habe ihn geschickt, mich zu fragen, ob ich nicht lieber oben bei ihnen filmen wolle, im Ruderhaus.

»Dort ist es viel ruhiger als hier auf dem Deck, und die Sicht ist besser.«

In diesem Moment wurde das Schiff von Vibrationen erfasst. Erschrocken griff ich nach dem zitternden Stativ und umfasste die Kamera mit beiden Händen.

»Kommen Sie«, sagte er und zeigte auf die Treppe am anderen Ende des Decks. Ich folgte Matti, der mit schnellen Schritten vorauseilte.

Auf der Kommandobrücke war der Seegang tatsächlich kaum zu spüren. Eine wohlige Wärme empfing mich in dem kleinen Steuerhaus, in dem ein Mann stand, der mit einem Fernglas auf die See blickte und sich mit einer einstudiert wirkenden Drehung zu uns umwandte. *Aulis Lindros*, las ich auf einem Schild auf seiner Brust, *Kapteeni*. Der Kapitän wich meinem Blick aus und reichte mir seine Hand, die mir sehr schmal erschien. Als er das Wort ergriff, fiel es ihm schwer, gegen die Stimmen anzukommen, die aus dem Funkgerät rauschten.

»Ich habe Sie gesehen«, sagte Aulis Lindros und wiederholte es noch ein wenig lauter: »Ich habe Sie unten auf dem Deck gesehen.«

Er machte einen müden Eindruck in dem grünen Licht, das der Schirm des Navigationscomputers abstrahlte. Auf der Armatur unter der Fensterfront lag ein sich wellender Pappteller mit den Resten eines Tortenstücks. Draußen blies der Wind den Gischtschaum bis zu dem verandaförmigen Vorbau der Brücke hinauf, eine leere Bierdose kullerte gegen das Schanzkleid, wohl mit einem Scheppern, das hier drinnen nicht zu hören war.

»Sie drehen mit einer Beaulieu«, sagte er nach einem Moment des Schweigens und fügte mit noch leiserer Stimme hinzu: »Ein sehr elegantes Gerät.«

»Sie kennen sich aus?«, fragte ich und nahm auf einem festgeschraubten Drehstuhl Platz.

»Ein wenig. Ich hörte, die Beaulieu sei sehr leicht.«

»Das stimmt«, antwortete ich und öffnete den Kamerakoffer. »Wollen Sie sie einmal halten?«

Matti übernahm das Ruder für seinen Vater, der die Kamera mit großer Behutsamkeit entgegennahm und wie ein lebendiges Tier zwischen den Händen hielt. Er blickte durch das Sichtfenster.

»Haben Sie schöne Aufnahmen machen können?«

»Eigentlich schon«, antwortete ich und lehnte mich zurück. Dabei spürte ich ein Piksen im Rücken. »Aber viel gedreht habe ich nicht.«

Er sah auf das Zählwerk und nickte: »Das liegt am Sommer.«

Ich befühlte das Innenfutter meiner Jacke. Etwas, es fühlte sich wie eine Scherbe an, steckte im Jeansstoff. »Meinen Sie, die Helligkeit ist das Problem?«

»Im Sommer gibt es keine Konzentration, die Leute werden dumm von der Sonne.« Ich musste lachen. »Sie müssen im Winter wiederkommen«, fuhr er fort.

»Dann ist es wahrscheinlich sehr dunkel hier oben im Norden.«

»Nur für einige Wochen«, erwiderte er, »vor allem ist es still. Alle schweigen.«

»Wie die Lapplandmeisen?«

Er riss seine Augen auf. Sie waren auf eine Art blau, die man einfach bemerken musste, selbst wenn man für gewöhnlich nicht auf Augenfarben achtete.

»Wenn Sie bei ruhigem Wetter allein unterwegs sind, hören Sie nichts außer dem Knirschen der Fußtritte im Schnee. Sie hören sich selbst und die Gedanken sprechen.« Ich glaubte ihm, und doch musste ich an die vielsagenden Slogans aus der Broschüre des Tourismusbüros denken.

»Steuert die Kaamos Uusimaa zu dieser Jahreszeit noch an?«, fragte ich.

»Nein, dann fährt die Nordlandstar. Von Uusikaupunki führt eine Eisstraße bis zur Fahrrinne, die wir freibrechen.«

»Dann könnte ich im Winter zu Fuß über das Meer laufen?«

»Das schon, aber etwas länger als einen Tag würden Sie schon brauchen. Vor der Räumung Uusimaas haben die Insulaner oft entlang der Fahrrinne gefischt, es wimmelte von Menschen. Grauenvoll war es in der Neujahrsnacht, Sie müssen sich das vorstellen: Ein Schiff von der Größe eines zwölfstöckigen Gebäudes fährt mit nur einem Meter Abstand an einer Horde Betrunkener vorbei, die sich einen Spaß daraus machen, Feuerwerkskörper gegen den Schiffsrumpf zu knallen. Jedes Mal hatte ich fürchterliche Angst, die Menschen in die Tiefe zu reißen.«

»Also ist im Winter alles anders, die Sonne geht nicht auf, Uusimaa ist keine Insel, und Sie steuern einen Eisbrecher«, sagte ich. Aulis Lindros nickte.

»Wissen Sie, wie sich die Menschen vor Jahrhunderten auf den Inseln hier oben verteidigten, als sich ihre Feinde im Winter nicht auf Schiffen näherten, sondern auf Pferdeschlitten über die geschlossene Eisdecke kamen?«

Ich schüttelte den Kopf.

»Sie zogen Gräben in das Eis wie um eine Festung. Männer, Frauen und Kinder stürmten mit Spitzhacken bewaffnet, mit Beilen, Schaufeln und Stöcken auf das überfrorene Meer und begannen unter Aufbringung all ihrer Kräfte auf die meterdicke Eisdecke einzudreschen, während in der Ferne die Fahnen des feindlichen Heeres leuchteten. In dem zertrümmerten Eis entstanden Löcher, aus denen die Nässe hervorquoll, ein Rinnsal bildete sich, die Löcher verbanden sich zu einem Kanal, der mehr und mehr an Breite zunahm. Hölzerne Fässer, gefüllt mit Fischfett und Robbentran, wurden herangerollt und in den offenen Ringgraben ausgeschüttet. Auf dem Meerwasser bildete sich eine Ölschicht, und die Inselbewohner rührten und stocherten in dem Eisbrei. Schon rückten die Feinde heran, doch vor dem Eisgraben endete ihr Weg. Wahnsinnig vor Wut spannten sie ihre Bogen. Brennende Pfeile schossen durch die Dunkelheit, doch die Insel erreichten sie nie. Immer hatte ich dieses Bild von einer mittelalterlichen Schlacht vor Augen, wenn ich Uusimaa im Winter anfuhr und die johlende Menschenmenge am Rand des Eises stehen sah.«

»Dann sind Sie froh über die Evakuierung?«, fragte ich.

»Nein«, sagte Aulis Lindros, »wie kommen Sie darauf, ich stamme aus Uusimaa.«

Ich versprach, im Winter wiederzukommen, und betrachtete den grünlichen Glassplitter, den ich aus dem Futter meiner Jacke gezogen hatte, ein Souvenir von der Insel. Matti, der noch immer am Steuer saß, räusperte sich unruhig. Ein Warnsignal ertönte, gefolgt von einem elektronischen Fiepen, das höher und höher anstieg. Auf dem schwarzen Monitor des Radargeräts der Steueranlage leuchteten die Konturen einer Klippe hell auf. Aulis Lindros übernahm wieder das Ruder und umschiffte den letzten Felsen Uusimaas.

NATALIA

Januarlicht schimmerte durch die Wand aus grünlichen Glasziegeln und überzog den Tisch, die vielen Kratzspuren und Schlieren auf der Arbeitsfläche, mit einer blassen Lasur. Vor einer Viertelstunde hatte jemand den Kopierapparat bedient, der am Eingang stand, noch länger war es her, dass die Studentin mit dem weißen Spiralblock ihren Platz, zwei Regalreihen von Monika entfernt, verlassen hatte. Manchmal war von draußen das helle Knirschen von Schritten auf Kies zu hören, und hin und wieder erklang der Warnruf eines Vogels. In ihrem Versteck, am Ende einer dämmrigen Schlucht zwischen den dunklen Bücherwänden im offenen Magazin, war Monika allein.

Sie blätterte in einem Zeitschriftenband, der die ersten Ausgaben der *USSR im Bau* versammelte, die Jahrgänge von 1930, 1931, 1932. Dick wie Karton war das Papier, das sie zwischen den Fingern hielt, und mit jeder neuen Seite strömte ihr der süßliche Geruch von Buchbindeleim und Druckfarbe entgegen. Drei Farben waren es: Blau, Grün und Rot, die Pigmente erhaben und weich wie Samt, eine Puderschicht, die die Fotografien materialisierte zu einer auf das Papier gebannten Wirklichkeit. Monika konnte sie mit geschlossenen Augen ertasten wie eine Gravur.

Sie blätterte durch zeitungsgroße Seiten, durch riesenformatige Fotografien, konstruktivistische Grafiken und dramatisch gesetzte Bildmontagen, die sich auffalten ließen wie eine Landkarte. Unter der Herausgeberschaft Maxim Gorkis, in den Sprachen Russisch, Englisch, Französisch, Spanisch und Deutsch, hatte die Zeitschrift eine Dekade lang den Fortschritt propagiert und in die Welt getragen. Die aufwendig produzierten Hefte, die durch ihre Herstellung in dem neuen Rotogravur-Druckverfahren selbst Botschafter ihrer Fortschrittlichkeit waren, erreichten ihre Abonnenten im Westen eingewickelt in einen Fetzen des Stratosphärenballons USSR-1, manche Ausgaben waren bestückt mit einer beigelegten Grammophonschallplatte oder eingeschlagen in ein aluminiumlegiertes Titelblatt, wie zum Gedenken des Jungfernflugs der Tupolev Antonov 20, des damals größten Flugzeugs der Welt.

Mit der Ablösung der Avantgarde durch den Sozialistischen Realismus, nach der Schließung der *Wchutemas*-Kunsthochschule, als die Maschinensymphonien verstummten und die Agitpropzüge von den Gleisen verschwanden, war die *USSR im Bau* gegründet worden und stellte all jene, die nicht Schritt halten konnten mit der davonstürzenden Zeit, vor eine neue Aufgabe. Sowjetutopisten, Konstruktivisten, die Anhänger des Suprematismus, El Lissitzky, Alexander Rodtschenko, Warwara Stepanowa, sie alle schufen Fotoarbeiten, prägten die experimentelle Formensprache, die das Journal acht Jahrzehnte nach seinem Erscheinen zum begehrten Objekt von Kunstsammlern machte. Heute sind es wohlhabende Briten, dachte Monika, Londoner Werbeagenten, Professoren und Abgeordnete der Labour-Partei, die Schreie des Entzückens ausstoßen und sich in Internetforen von Onlineauktionshäusern zu lyrischen Gesängen hinreißen lassen, sobald sich die Möglichkeit auftut, eine Ausgabe der *USSR in Construction* in die Hände zu bekommen:

»One has to see the magazine,
to hold it in one's hands,
to fully appreciate the magnitude
of the world's greatest pictorial campaigns.«

Die Fotografie, die Monika beim Aufschlagen der ersten Ausgabe der *USSR im Bau* erblickte, zeigte zwei ziegelgemauerte Schornsteine, die so dicht in einen weißen Dampf eingehüllt waren, der am Fuße der hohen Schornsteine aus einem Eisenschlot quoll, dass sie dahinter beinahe verschwanden. Auf der Aufnahme wehte ein starker Westwind, die Ausstoßungen zogen flach ab, und aus den Rauchschwaden erhoben sich die Türme wie Berggipfel über einer Wolkenschicht. Stein, Eisen, Wasser, Luft, jeder Helligkeitsstufe des einfarbig gedruckten Vorsatzes konnte Monika ein Material zuordnen.

Das Geleitwort war in einer Typografie gesetzt, die ihr klar und schön erschien, obwohl sie auf Bindestriche verzichtete und die Versalien Wörter seltsam zerteilten, in »ZEN TRAL LAGER« und »ER DÖL VORKOMMEN«,

Buchstabenfolgen, die enthierarchisiert waren wie die Töne Neuer Musik, was Monika aus bestimmten, dem Fortschritt dienenden Gründen richtig erschien.

Sie betrachtete die Fotografien einer Kolchose, die so viele Hektar umfasste und eine so große Zahl an Menschen beschäftigte, dass der Betrieb eine eigene Zeitung herausgab, wie die Bildunterschrift verkündete. Die Redaktion war in einem Bauwagen untergebracht, auf dem in kyrillischen Buchstaben das Wort Gigant zu lesen war.

Ein Werkszug fuhr in einen Bahnhof ein, die Beschläge auf den Dächern der Waggons funkelten keramisch, wie das Hitzeschild einer Raumfähre. Im Himmel über den im konstruktivistischen Stil errichteten Wohnhäusern der Stadt Iwanowo Wosnessensk, dem Manchester des Ostens, schwebte eine einzige Wolke, die aussah wie gemalt.

Schließlich fiel Monikas Blick auf die Aufnahme einer Baugrube am Dnjepr. Ein Staudamm sollte entstehen. Sie sah zertrümmertes Holz, kurze Leitern, die ins Nichts führten, Schutt und Geröll, Sand und Lehm, zwischen Baracken, Schuppen, Verschlägen. Es war die Abwesenheit jeder Ordnung, das Wirrwarr der ineinander verkeilten Latten und Bretter, die tümpelgroßen, wie in blinder Wut ausgehobenen Löcher, die ihr den Schauplatz einer Katastrophe vor Augen riefen, den Einschlagkrater eines Meteoriten oder die Ruinen einer Stadt, begraben unter einer Lawine aus Schlamm. Dies konnte kein von Menschen errichtetes Bauwerk sein, dachte Monika, und geradezu schockartig war ihr Erstaunen darüber, in der Mitte der Fotografie, die sie auf den ersten

Blick für menschenleer gehalten hatte, eine schwarzgekleidete Gestalt zu entdecken. Die Figur zersägte einen Balken. Kaum dass sich ihr Blick von der Riesenhaftigkeit der Großbaustelle auf die verlorene Menschenfigur geschärft hatte, erkannte sie in nicht weiter Ferne eine zweite Person, einen Mann, der Holzscheite vom Boden aufklaubte. Ihr Blick wanderte nach rechts. Unterhalb eines Brückenpfeilers sah sie eine Bluse hellweiß aufleuchten, und zwischen den hölzernen Gerüsten am Rande der Baugrube machten drei Arbeiter wohl gerade eine Pause. Weit über den Köpfen der Männer, vor einem auf Schienen geführten Kran, entdeckte sie zwei weitere Arbeiter, sie plauderten. Winzlinge, nicht einmal halb so groß wie der Nagel ihres kleinen Fingers, und doch erkannte Monika, dass einer der beiden in ein Unterhemd gekleidet war und die Hände in die Hüften stemmte. Auf dem fertiggestellten Abschnitt des Damms sah sie nun einen ganzen Pulk aus Frauen und Männern, die zusammengekommen zu sein schienen, um den Worten eines Wesens im Ingenieurskittel zu lauschen. Mit dem Blick folgte Monika dem sich krümmenden Verlauf der Schienen vom rechten Bildrand bis zum Ufer des Flusses, an denen sie vereinzelte Gleisarbeiter entdeckte. Sie begann, die Menschen auf dem Bild zu zählen. Sie zählte elf, achtunddreißig, neunundvierzig, bald kam sie auf sechsundsiebzig Personen.

Die Fotografie war datiert auf August 1929. Das Bild stammte aus einer Zeit, in der bereits Hunderttausende wegen konterrevolutionärer Verbrechen in Lager gesperrt waren, Zwangsarbeit verrichteten, hungerten, starben.

Doch die Jahre des Großen Terrors stehen noch bevor, dachte sie. Für den Bau von Großprojekten setzte man noch auf Freiwillige, lockte Arbeiter mit Lohnzulagen, und sie glaubte daran, dass viele sich im Jahr 1929 tatsächlich mit großem Enthusiasmus in den Aufbau der neuen Gesellschaft gestürzt hatten. Sie hielt es für möglich, dass die Menschen auf dem Bild ihre Arbeit gern verrichteten, weil die Maschinen, die sie bedienten, ihnen gehörten und weil sie die Gewissheit hatten, dass die Energie, die der fertiggestellte Staudamm einmal erzeugen sollte, auch ihre Wohnungen elektrifizieren würde, die am Rande der Arbeiterzeltstädte aus dem Boden wuchsen. Dennoch musste sie an die Zeit denken, die den sowjetischen Menschen im Jahr 1929 noch bevorstand. Der Anblick der Großbaustelle, er war furchteinflößend.

Ein Verlangen überkam sie, sie wollte hineingreifen in das Bild, hinabsteigen in die Vergangenheit und die Menschen auf der Fotografie warnen vor der Zeit, die ihnen noch bevorstand, vor den Arbeitslagern, der Vernichtung, sie wollte sie retten vor dem Überfall der Faschisten, ihrem Auslöschungskrieg. Doch nicht einmal in der Vorstellung vermochte ihr das zu gelingen. Wie sollte sie all diese Toten wieder ins Leben rufen? Die Vorstellung einer Welt, in der nur ein einzelner Mensch nicht gestorben wäre, überlegte sie, ergab eine unendliche Menge an möglichen Abweichungen von der Wirklichkeit. Wenn man nun nicht nur einen einzigen Menschen, sondern Hunderte, Tausende, Millionen aus dem Totenreich zurückholen wollte, so stand man einem ganzen Universum möglicher Welten gegenüber, Welten mit einer unendlich hohen Zahl fakultativer Verzweigungen, die kein Computer berechnen konnte. Sie dachte an Walter Benjamins Engel der Geschichte, dieses verzweifelte Wesen, das seinen Blick der Vergangenheit zuwendet, die ihm als eine einzige, Zerstörung nach sich ziehende und unablässig Trümmer auf Trümmer häufende Katastrophe erscheint. Der Engel will die Trümmer, die ihm vor die Füße geschleudert werden, wieder zusammenfügen, die Toten wecken. Doch ein Sturm aus dem Paradies weht ihn unaufhaltsam in die Zukunft.

Ein Bild kam ihr in den Sinn, so naiv und idiotisch und dabei doch so schön, dass sie darin versank. Urzeitliche Biber, riesige Nagetiere, ausgestorben vor zehntausend Jahren zu Beginn des Holozäns, werden aus dem sibirischen Permafrostboden geborgen und in ein unterirdisches Forschungslabor gebracht. Die Körper waren im Eis konserviert. Unter strengster Geheimhaltung entwickeln sowjetische Wissenschaftler eine Nährlösung aus Algenextrakten, Mineralien und sauerstoffangereichertem Nagetierblut. Ein Biberweibchen wird auserwählt und in ein Becken gesetzt, sie soll die Erste sein. Warm und salzig durchspült die Infusion die auftauenden Venen des Tausende Jahre toten Tierkadavers. Die Flüssigkeit durchströmt die Blutkanäle, schwappt über in immer tiefer gelegene Gegenden des riesigen Tierkörpers, bis sie sich schließlich in einen Ort der absoluten Finsternis ergießt, das Herz. Stromstöße durchzucken das leblose Organ, das sich aufbäumt und bald nachgibt. In seiner gewohnten, stampfenden Bewegung beginnt es zu schlagen, im Rhythmus der Trommelschläge jakutischer Schamanen, die die Tiere im Dienste des sowjetischen Forschungsministeriums zum Leben erwecken. Dies ist der Zeitpunkt, als die aus prähistorischem Biberdung gewonnenen Symbionten des Blinddarms ihre Arbeit wiederaufnehmen und Myriaden an Impulsen das Gehirn erleuchten. Erinnerungen blitzen auf, und das, was manche als Seele bezeichnen, kehrt zurück. Das Experiment wird an einem nächsten Biber wiederholt, und es gelingt. Ein dritter Biber wird zum Leben erweckt, ein vierter. Bald sind es Tausende, für die durch einen Gnadenerlass der Zivilisation ein neuer Morgen anbricht. Jetzt sah sie einen dieser Biber vor sich, sie sah das Tier mit seinem platten Schuppenschwanz wedeln, der groß war wie das Dach einer Ferienhütte. Aus einer Wolke aufgewirbelten Frühlingsstaubs jagte der Gigant auf ein Waldstück zu. Die Erde bebte unter dem tonnenschweren Gewicht seiner tapsigen Schritte, und Monika stellte sich vor, wie der Biber seine eisenhaltigen Frontzähne, die die Größe eines Menschen hatten, in den Stamm einer im frischen Saft stehenden Lärche schlug. Aus Freude über die Wiedererweckung, in dem tiefen Dank für das geschenkte neue Leben, versprechen er und seine Artgenossen, die neue Gesellschaft aufzubauen.

Zum Leben erweckte, urzeitliche Biberriesen errichten den Belomor-Kanal, Monika wusste, dass bei dem Bau mindestens 25 000 Menschen starben, die Tiere erschaffen den Moskau-Wolga-Kanal, die Flusskraftwerke bei

Uglitsch und Rybinsk und all die anderen auf menschlichen Knochen errichteten Staudämme und künstlichen Wasserstraßen der Sowjetunion.

Eine Division der Biber lauert 1941 in den Sümpfen bei Witebsk der Wehrmacht auf, es sind Biber, die den Stacheldraht der deutschen Konzentrationslager zerbeißen und während der Parade auf dem Roten Platz an den Pfeilern des riesigen Ehrenpodestes nagen, auf dem Josef Wissarionowitsch Dschugaschwili seine Siegesrede hält.

Sie stieß auf weitere Aufnahmen des Staudammprojekts am Dnjepr. Am gegenüberliegenden Ufer des Flusses war eine nahezu identische Baugrube ausgehoben worden. Ein Bild zeigte die Baustelle bei Nacht, Hunderte Lichter ruhten über dem zerklüfteten Grund.

Unter der Aufnahme eines Sommertheaters, es war ein weißgestrichenes Holzhaus, das auf einem steppenweiten Feld stand wie eine kleine amerikanische Kirche in der Prärie, entdeckte Monika auf einer Fotografie eine Frau. Sie saß am Kopfende eines Tisches vor der aufgeschlagenen Prawda. An ihrer Seite hatte ein junger Mann Platz genommen, der sein hübsches, seltsam weiches Gesicht schüchtern von der Kamera abwandte, auf dem Schoß die jüngste Tochter, die er mit dem Arm umfasste. Das Mädchen trug ein Kleid aus einem groben, in Falten geworfenen Stoff, auf dem sich Schattentiefen ihren Weg bahnten. Am rechten Bildrand lächelte die kaum ältere Schwester zum Fotografen mit einem zweideutigen Ausdruck, der ein Unbehagen erkennen ließ angesichts des Fremden in der Küche, aber auch einen verschmitzten Stolz darüber, für dieses Foto ausgewählt worden zu sein. Doch noch etwas zeichnete sich auf ihrem Gesicht ab, und Monika sah es auch auf dem Antlitz des Vaters und der kleinen Tochter widergespiegelt. Es war eine Gewissheit, ein Grundvertrauen und eine Form von Aufgehobensein jenseits von Eigentum und Heimat und den Zwängen der bürgerlichen Familie. Die Gruppe wurde getragen von einem Kraftfeld, dass von dem Mann und den Kindern bis zu der Spitze der kleinen Tafel reichte, dorthin, wo die schöne Frau saß.

Sie kannte diese Frau. Es war ihr Blick und die Ironie, mit der sie die Zeitung hielt, es war die anmutige Gebrochenheit und der verschmitzte Zug auf ihren Lippen, die Monika in den Bann zogen und ihr erschienen wie ein geheimes, vor Jahrtausenden zwischen ihr und dieser Frau vereinbartes Zeichen, ein Zeichen, das einen Liebesschwur in ihr wachrief, das Versprechen einer Einheit außerhalb der Zeit.

Monika wollte die schöne Frau für sich allein haben. In einem Anfall von Eifersucht überdeckte sie die Familie mit ihren Handflächen, bis der Ausschnitt nur noch die junge Mutter zeigte. Ihre Brauen, dunkle Bögen, beschrieben zwei Kurven im steilen Fall. Das helle Haar war an den Schläfen zerzaust. Es war seltsam, Monika glaubte, den Duft zu kennen, den die Frau an dieser Körperstelle ausströmte, sie schmeckte ihn auf der Zunge. Die Lippen der Frau waren leicht geöffnet, sie schien aus der Zeitung vorzulesen. Und als Monika dies erkannte, konnte sie auch den Klang ihrer Stimme hören.

Monika zog die Hand wieder zurück. An der Küchenwand hing die kolorierte Zeichnung eines Segelschiffs, ein Bild wie aus einer illustrierten Jules-Verne-Ausgabe, *Die Kinder des Kapitän Grant* vielleicht, dachte Monika. Und als sie den Tisch genauer betrachtete, entdeckte sie hinter einer Teekanne und der Zuckerdose zwei kleine Tassen, sie waren für die Mädchen. Erneut fiel ihr Blick auf die Frau. Alles an ihr war schön. Auch der kurze Hals, die kräftigen, runden Schultern. Mit der Fingerkuppe berührte sie die Fotografie, jede Linie wollte sie sich merken, sich einprägen wie einen Zahlencode, bis Monika sie schließlich vor sich sah, ein Nachbild hinter den geschlossenen Lidern.

Sie kannte diese Frau. In einer anderen Welt liebten sie sich, und ihre Liebe war groß, sie überwand die schwindelerregende Kluft zwischen Monikas Wirklichkeit und der Gegenwart dieser Frau. In dieser Welt war Monika Studentin der Ingenieurwissenschaften. Sie besaß ein ledernes Futteral, ein Fahrrad, chinesische Schuhe, und sie fuhr auf diesem Fahrrad, das lederne Futteral auf dem Gepäckträger, eine staubhelle Straße entlang. Vorbei an den Baustellen neuer Häuser sah sie die Kulisse einer Stadt. Da waren die Pflanzungen junger Bäume, zierliche Linden, Bienen umschwirrten die kleinen Blüten. Da war ein Kind am Straßenrand, das ihr winkte. Mit ihren chinesischen Schuhen trat sie in die Pedale, die Sohlen bogen sich unter der Kraft ihrer Füße. Sie fuhr zu ihr, zu dieser schönen jungen Frau. Gemeinsam spazierten sie durch einen Park. Albern schöne Wasserspiele in einem Springbrunnen, Laternen, die wie Maiglöckchen aussahen, Monika war dort gewesen. Nicht in einem vorherigen Leben, nicht als Zeitreisende, sie war dort gewesen als Möglichkeit im Universum aller Möglichkeiten. Sie küsste diese Frau, sie hatte diese Frau geküsst.

Noch einmal fuhr Monika nach Dahlem hinaus, wieder war es Januar. Von Schnee bedeckt war das Laub auf den Hängen, die vom Gleisbett der Station Oskar-Helene-Heim anstiegen. An geschecktes Fell erinnerte sie das Land oder an die Miniatur einer Hochgebirgsregion. Eisbrocken waren vor einer Notrufsäule zu einem Haufen zusammengefegt worden, unter einem Mülleimer schillerte eine überfrorene Pfütze. Sie wandelte leicht, mit tänzelnden Schritten durch das Bahnhofsgebäude und überquerte die Clayallee, bog in die Garystraße ein. Überall in den kahlen Bäumen wuchsen Misteln, die sich aufspannten zu Kugeln, ein Planetensystem zwischen den Zweigen. Sie blickte hinauf zu den Baumkronen und sah die Mistelbeeren in dem abnehmenden Licht der Dämmerung leuchten. Ihr Herz pochte, und wie es pochte, es schlug, so schnell es nur konnte.

Das offene Magazin war ebenso menschenverlassen, wie sie es damals erlebt hatte. Sie schritt den Mittelgang ab und blieb an der vorletzten Regalreihe stehen, doch das Fach war leer. Sie war sich sicher, den Zeitschriftenband dort abgelegt zu haben. Zu ihren Füßen sah sie einen staubigen Folianten, und auf dem Regalboden darüber zog sich eine Reihe abgewetzter Buchrücken entlang.

Sie gab eine Suchanfrage in den einzigen Computer des Osteuropa-Magazins ein und notierte den Standort der Zeitschrift. Erneut wanderte sie den Mittelgang ab, zählte die Reihen, warf suchende Blicke in die dämmrigen Schluchten zwischen den Regalen, bis sie vor demselben leeren Regalfach stehen blieb.

Zunächst schien es, als könnte ihr die Bibliothekarin weiterhelfen, die verschiedene Seufzer ausstoßend auf dem Linoleumboden vor der Steckdose eines Mikrofilmlesegeräts kniete. Aus zusammengekniffenen Augen, mit einem von der unbequemen Haltung geröteten Gesicht blickte sie zu Monika auf.

»Folgen Sie mir!«, sagte die Frau, als Monika fertig gesprochen hatte.

In einem Tempo, dem Monika nur Schritt halten konnte, wenn sie zwei Stufen gleichzeitig nahm, stieg die Bibliothekarin hinunter in das Kellergeschoss, in dem sich ein Archiv aus Zettelkatalogen ausdehnte. Vor einem Schubfach, auf dem *Aa – Ef* zu lesen war, blieb sie stehen.

»Wie, sagten Sie, war der Name der Zeitschrift?«

»*Die USSR im Bau*«, antwortete Monika, und wieder raste ihr Herz, »ich suche nur das vierte Heft des ersten Jahrgangs, es befindet sich in einem Sammelband.«

Die Bibliotheksangestellte öffnete die Schublade und blätterte in den Karteikarten.

»Die Zeitschrift *Die Sowjetunion Heute* meinen Sie nicht?«

»Nein«, antwortete Monika und fühlte eine Wut in sich aufsteigen.

»Die hätte ich aber hier.«

In einer einzigen Bewegung griff die Frau in die Gesäßtasche ihrer Jeans, drückte einige Tasten auf ihrem Mobiltelefon, bis sie, in einen liebenswürdigen Singsang überwechselnd, mit einer männlichen Stimme ins Plaudern kam und von der ergebnislosen Suche berichtete.

Im Kellergeschoss erschien ein weiterer Bibliotheksmitarbeiter, ein älterer Mann in einem unordentlich in die Hose gestopften Karohemd, das hagere Gesicht war von Koteletten eingefasst. Gewerkschafter haben in den 1970er Jahren so ausgesehen oder, dachte Monika, die Puppenspieler der *Sesame Street* aus ihren Kindheitserinnerungen an das Fernsehen. Nur der Silberschmuck an seinem Handgelenk irritierte.

»*Die USSR im Bau*?«, fragte er mit einem Argwohn in der Stimme und zeigte auf Monika, die sich nun seltsam ertappt fühlte.

»Ja, die suche ich.«

»Darf ich fragen, wieso?«

»Es ist wegen einer Fotografie. Eigentlich benötige ich nur das Aprilheft von 1930.«

Er nickte. Sein Gesicht, das mit einem Mal so betroffen wirkte, machte ihr Angst.

»Es gab einige Aufregung wegen der Zeitschrift. Der Band, müssen Sie wissen, ist gestohlen worden«, erklärte er. »Solche Zeiten sind das.«

Vertraut waren ihr die Bibliotheken der Stadt. Sie kannte den Verhaltenskodex der Archive. Sie wusste, sie musste Geduld haben und Demut zeigen vor den Institutionen.

Der böige Wind vor den Portalen, die Drehtüren, die in der Bewegung stoppten, die Schwellenangst und das Gefangensein zwischen innen und außen, die Uniformen der Sicherheitsleute, die Schließfächer und Drehkreuze, die Absperrungen und Plexiglaswände, das Verbot, zu trinken, zu essen, der Schrecken beim ersten Einatmen der staubtrockenen Luft, all dies war ihr kein Hindernis mehr. Dennoch misslang jeder Versuch, noch einmal das Heft in die Händen zu bekommen und die Seite mit der Fotografie der jungen Frau im Kreis ihrer Familie aufzuschlagen. In ihren Datenbanken führten die Büchereien nur einzelne Exemplare, und immer entstammten die Hefte einem späteren Erscheinungsjahr, einer Zeit, in der große Stalinporträts in der Sowjetunion allgegenwärtig waren.

Es blieb die Möglichkeit der Fernleihe. Als sie den Bestellschein auf einer elektronischen Schreibmaschine ausfüllte, die eigens für diesen Zweck bereitstand, vertippte sie sich so oft, dass die Dame am Informationsschalter sich weigerte, ihr weitere Blätter auszuhändigen, und ihr eine böse Absicht unterstellte.

»Sie wollen mich wohl ärgern? Zehn verbrauchte Vorlagen, wenn Ihnen die nicht reichen, weiß ich auch nicht.«

Es war an einem Februartag, als sie die Nachricht erhielt, sie könne ihre Bestellung nun einsehen, allerdings nur im Lesesaal des Hauses am Potsdamer Platz und auch dies nur unter Aufsicht.

Weit waren die Wege von den Schreibtischen zu den Regalen, den Toiletten, den Treppen und Zwischengeschossen, zur Kartenabteilung und dem Handschriftenkabinett. Wer den Korridor entlangging, tat dies unter der Kontrolle Hunderter Blicke. Einem älteren Mann blutete die Nase, mit einem fleckigen Taschentuch im Gesicht verließ er mit großen Schritten den Lesesaal. Ihm entgegen kam eine indianische Frau, die mit ihrer Hand das Plüschtier verdecken zu wollen schien, das an ihrem Gürtel baumelte.

Das Rascheln von Zeitungspapier, die im Flüsterton geführten Gespräche, das Schleifen aneinanderreibender Hosenbeine, das Knarzen eines Lederschuhs, ein zehnfaches Räuspern, das tippelnde Geräusch von Fingern auf einer Tastatur, verschiedenartige Seufzer und eine Tür, die leise ins Schloss fiel, all diese Einzellaute vereinten sich mit dem Rauschen des Lüftungsgebläses. Bei diesem Lärm, dieser hallenden Unruhe, löste sich ihr Blick von der Fotografie der Frau, nach der sie sich eine Ewigkeit gesehnt hatte. Jenseits des mit weißem Kies gefüllten Beckens, jenseits der Palmen, Farne und Zimmerlinden, zogen sich lange Reihen von Tischen bis zur Fensterfront. Die Frauen und Männer, die dort saßen, waren in ihre Arbeit vertieft oder gaben es vor, sie schliefen oder beobachteten einander, suchten nach nichts, dachten an nichts, mit einem Ausdruck völliger Abwesenheit.

Wie unbehaglich es hier war, wo sie saß, in einer durch ein dickes Tau abgezäunten, winzigen Abteilung, zwei Schreibtische breit, vier Schreibtische lang, vor einem Ordnungsschild, auf dem das deutsche Wort *Sonder-*

bereich zu lesen war. Von seinem gewaltigen Sockel, der den Weg versperrte, stieg das Schild übermannshoch auf und hatte Ähnlichkeit mit einem Gefängnisturm.

Es führen Stichstraßen von der Vergangenheit in die Zukunft, dachte Monika. Dieser Ort jedoch führte nirgendwohin. Mit der digitalen Kamera, die sie mitgebracht hatte, fotografierte sie das Familienporträt ab. Ohne das Bild ein weiteres Mal zu betrachten, schlug sie den Zeitschriftenband zu.

SOMMER MIT MARTA

Am Morgen weckte ihn das Ächzen der Hütte. Es war das Holz, es trocknete und dehnte sich aus, und es duftete. Er öffnete die Augen und erkannte in den Maserungen der Bretter freundliche Gesichter. Er sah eine Eule, Jesus war bei ihm, seine Großmutter, ein Zauberer.

In diesen Momenten schlief Marta noch. Sie lagen Kopf an Kopf, sie auf ihrer, er auf seiner Liege, die im rechten Winkel zueinander standen, weil ein Doppelbett in dem einzigen Raum der kleinen Ferienhütte zu viel Platz einnehmen würde.

Martas Atem war regelmäßig. Leise vernahm er, wie sie ausatmete. Das Luftholen jedoch geschah lautlos und so vorsichtig, als wollte sie in dem kleinen Raum nicht unnötig Sauerstoff verschwenden. Rücksichtsvolle Marta, dachte er dann und stieg zu ihr. Davon wurde sie wach. Aneinandergeschmiegt lagen sie noch einen Augenblick, bald standen sie auf, sie wollten zum Wasser.

Sie folgten dem Waldpfad, der den Hang hinunter zu ihrer Badestelle führte. Dort zogen sie sich aus und setzten sich auf den glatten Felsen. Über den Stein, der sich weich anfühlte, weil er unter der Wasseroberfläche von

Algen bewachsen war, langen Büscheln feiner grüner Fäden, rutschten sie mit den Zehen voran langsam ins Wasser. Ein kurzes Innehalten, bevor sie auch die Brust in das kühle Meerwasser tauchten, dann glitten sie über den Felsrücken in die Tiefe. Das Wasser nahm sie auf, es öffnete sich für sie und schloss sich um sie. Sie schrien nicht, doch ein Lachen konnten sie sich nicht verkneifen. Sie schwammen nackt, denn hier war außer ihnen niemand, nur selten zog geräuschlos und irgendwie höflich die Yacht eines Stockholmers vorbei.

Angelockt von der warmen Strömung, die ihm Angst bereitete, weil mit ihr das Wasser aus der Bucht auf das offene Meer zutrieb, schwamm Marta weiter raus als er. Sie wollte den Horizont sehen. Von der Badestelle aus blickten sie auf bewaldete Inseln und kleine Felsenhöcker, auf zerklüftete Landzungen und verstreute Schärenholme, die Weite erfuhren sie nicht.

Nach dem Aufstehen hatten sie es kaum erwarten können, die Hütte zu verlassen, nun ließen sie sich Zeit. Sie legten sich auf den warmen Stein, freuten sich über die erblondeten Haare auf ihrer nackten Haut und schliefen sich aus, eingehüllt in Laken und Tücher. Wenn die Sonne noch zu schwach war, trockneten sie sich ab, zogen ihre Kleider wieder an und liefen einen Umweg durch ein lichtes Waldstück, das übervoll war von wilden Erdbeeren. Sie sammelten die roten Früchte, die sie vor jedem ihrer Schritte im frischen Grün zwischen Waldklee und Brennnesseln entdeckten. Ihr Geschmack war überwältigend, ein Aroma, das sich im Mund überschlug und von einer starken Süße in eine Bitterkeit fiel. Jede Beere wollten sie pflücken, sie aßen sie zum Frühstück auf der Veranda, übergossen sie mit Filmjölk, schwedischer Sauermilch, und streuten zerbröseltes Knäckebrot darüber. Oder sie kochten sie ein zu einer zähflüssigen Marmelade, ein Konzentrat, das sie in kleinen Klecksen in ihren Haferbrei gaben. Er stand am Herd, der Brei schlug Blasen, und durch das Fenster konnte er sehen, wie Marta draußen den Tisch deckte.

Eine Amsel sang, die Sonne brannte und trocknete die Handtücher, die auf einer Leine zwischen den Verandapfosten hingen. Vom Wind zu Dreiecken umgeschlagen, flatterten sie wie bunte Wimpel. Er streute eine Prise Salz in den Brei, tröpfelte etwas Marmelade hinein, hob den Topf von der Herdplatte und trug ihn hinaus. Marta saß auf der Bank unter dem Vordach. Auf dem Geländer der Veranda lagen Kiefernzapfen, flache Steine und silbrig schimmernde Treibholzstücke aufgereiht, Talismane, die sie auf ihren Streifzügen entlang der steilen Uferböschung aufgelesen hatten und ihnen noch immer bedeutsam erschienen. Auf dem gedeckten Tisch, in einer ausgespülten Konservendose, stand ein Strauß Glockenblumen, die auch nach Wochen nicht welkten.

Vielleicht verklärte er die Zeit, den Sommer, den er mit Marta auf einer Lichtung am Meer verbrachte, doch er erinnerte sich an keinen Streit. Nie sprachen sie über Geld, hin und wieder phantasierten sie über Filme, die sie drehen wollten. Dann schrieben sie an einem Drehbuchmanuskript für einen Film, den sie *Über das Leben in den Wäldern* nannten. An den Nachmittagen an der Badestelle notierten sie die Textfragmente auf gelbe Bögen, die, weil sie nicht blendeten, sich zum Schreiben in der Sonne besser eigneten als weißes Papier. Natürlich setzte er hin und wieder ab und fragte sich, wer diesen Film sehen wollte, doch allein wegen seiner unleserlichen Handschrift verlor er die Angewohnheit, zurückliegende Abschnitte wieder und wieder zu überarbeiten. Er schrieb im Fluss, zusammen mit Marta brachten sie es an einem Tag auf zehn, manchmal zwanzig Seiten, kurze Episoden über das Ausbacken von Holunderküchlein oder das Schälen einer Birke, über das Sammeln von Pilzen und das Fangen eines Fisches mit einer Falle, gebaut aus einer aufgeschnittenen Plastikflasche. Sobald die Konzentration nachließ und von der gekrümmten Schreibhaltung der Rücken schmerzte, legten sie sich auf eine Moosfläche, lasen sich ihre Notizen vor, Kapitel über den Bau eines Gewächshauses, über das Dörren von Beerenfrüchten. Sie überlegten, wie sie es anstellen würden, ein Stück Land zu kaufen, eine kleine Schwende umgeben von Wald, auf der sie Gemüse anbauen, vielleicht eine Ziege halten wollten. Und manchmal parzellierten sie ihr Land mit einem Bleistift auf einem leeren Blatt Papier, teilten es ein in Kartoffeläcker und Frühbeete, zeichneten einen Kräutergarten und eine Viehweide, auf der Obstbäume stehen würden: Apfelbäume, die Marta gefielen, Kirschbäume, die er mochte.

Nicht an jedem Tag in diesem heißen Sommer war das Wetter klar und sonnig. Es konnte geschehen, dass Wolken im Himmel über der Bucht aufzogen, Wirbel und Fetzen, die der Wind zerriss und zu neuen Gebilden zusammenschob. Das Wasser bekam dann eine andere Farbe, und es schien ihnen so, als würden die auf dem Meer schwimmenden Holzstücke und Schilfkolben mit der Strömung noch schneller in Richtung Ostsee treiben. Manchmal regnete es auch. Ehe sie die Tropfen spürten, hörten sie es in den Bäumen knistern. Bei diesem Wetter zog es sie tiefer in den Wald.

Bevor er nach Schweden gereist war, hatte er sich die Wälder des Nordens als ein nebelverhangenes, düsteres Schattenreich vorgestellt, mit hohen Bäumen, dicht an dicht gereiht wie in den Forstwäldern der deutschen Mittelgebirge, die Baumkronen so geschlossen, dass kaum ein Sonnenstrahl hinunterfiel auf den ewig feuchten, Schimmelgerüche ausdünstenden Boden. Doch der Wald hinter ihrer Hütte war licht, die Bäume, vor allem waren es Kiefern und Birken, wuchsen mit ausladenden Ästen und verteilten sich wie in einem Park. Überall im Wald verstreut ragten Felsen auf. Sie waren aus einem hellen Gestein, manchmal von Moos bewachsen oder von Flechten überzogen, die in Pastelltönen schimmerten, einem weißlichen Grün, einem blassen Violett. In den Furchen der Felsen, entlang der Baumwurzeln, leuchteten Pilze vom Waldboden herauf, das strahlende Dottergelb eines winzigen Pfifferlings sahen sie schon von weitem, und mit einem Mal verschob sich ihr Blick auf die Kleinheiten am Waldboden. Sie entdeckten den Eingang zur Brutkammer eines Mistkäferpärchens und sahen das komplexe Straßensystem der Ameisenkolonien, ihre Wohnhügel in einer Landschaft aus jungen Keimlingen, aus Kratergruben ausgerissener Wurzelstöcke und den Ketten schwarzer Losungen, die der Rehbock hinterlassen haben musste, den sie in den Abendstunden heiser bellen hörten. Immer wenn sie sich nach einem Pfifferling bückten, tasteten sie das Moos ab und schoben die morschen Kiefernäste beiseite. Dort entdeckten sie weitere Pilze, die sich im Feuchten versteckten, um einen Stein herumkrümmten und sich mit ihren kugeligen oder trichterförmigen Hüten wegduckten. Bald füllten sich ihre Taschen mit einer ganzen Mahlzeit aus festen, nach Aprikose duftenden Pfifferlingen. Sie wollten sie in Butter schwenken und zu Spaghetti essen. Manchmal fanden sie auch einzelne Birkenpilze, sie waren den Steinpilzen sehr ähnlich. In dünne Scheiben geschnitten, ließen sie die Pilze in der Sonne trocknen und gaben sie als Gewürz in jedes Gericht. Nicht nur wegen der Pilze lohnte es sich, tiefer in die Wildnis vorzustoßen, sondern auch wegen der Blaubeersträucher, die so zahlreich und dicht über den Boden wuchsen, dass sie einen Wald im Wald bildeten. Mit dem Einsammeln konnten sie Stunden zubringen, ohne dass es ihnen einen Überdruss bereitete oder sie langweilte, doch irgendwann überkam sie von dem immerfort auf den Boden gerichteten Blick ein Schwindelgefühl. Die Blaubeeren waren nicht so aromatisch wie die Walderdbeeren, aber ihre Säure gefiel ihnen. Einen Teil der Ernte zerquetschten sie mit der Gabel zu einem tiefvioletten Mus, unter das sie geschlagene Sahne hoben und reichlich Zimt. Nach einigen Stunden im Eisfach ihres mit Propangas betriebenen Kühlschranks, in denen sie den gefrierenden Brei immer wieder zerstampften, war ihr Blaubeereis fertig. Mit den übrigen Beeren wollten sie einen Tortenboden belegen. Dann entfachten sie ein Lagerfeuer und freuten sich darüber, wie schnell es brannte, nur ein einziges Streichholz mussten sie verschwenden. Um die Glut schichteten sie Feldsteine zu einem Ofen auf, den sie mit der Kuppel eines auf den Kopf gestellten Campinggrills überdeckten. Plätzchen und Kuchen legten sie auf Aluminiumfolie, in einer alten Kasserolle buken sie Brot. Er erinnerte sich, es war das köstlichste Brot, das er jemals gegessen hatte, sie aßen es mit frischer Butter, Marmelade und einem Salat aus Waldklee und Gänsefuß. In diesen Momenten glaubten sie, alles zu haben, was sie brauchten. Eine Weile wärmten sie sich noch am Feuer, saßen in der Dämmerung, die sich im Norden viele Stunden lang hinzog, dann kehrten sie zurück in ihre Hütte.

Sie hatten keinen Strom und auch kein fließendes Wasser. Um sich zu waschen, gingen sie zum Brunnen und befüllten einen Kanister. Anfangs war es ihnen lästig, das Wasser auf dem Herd zu erhitzen und sich im Stehen, gebeugt über eine kleine Waschschüssel, zu reinigen. Doch schnell wurde ihnen das Waschen zum Ritual. Marta schob die Vorhänge zu und schaltete das Radio ein. Sie hörten BBC, eine Sendung des Nachtprogramms, die sich nicht mit Europa und den politischen Umwälzungen befasste. Und während sie den fernen Stimmen aus den noch ferneren Commonwealthstaaten lauschten, den Reportagen über einen Korruptionsskandal in der pakistanischen Cricketliga, über die Gründung einer neuen Tierschutzpartei auf Mauritius und die Folk-Musik-Szene in Neuseeland, streifte er sich einen Waschlappen über wie einen Fäustling, tauchte die Hand ins warme Wasser und rieb sich die Arme ab, die Beine, den Hals. Die Nässe legte sich wie ein dampfender Film auf seine Haut.

Nur die Haarwäsche war mit dieser Methode umständlich. Deshalb waren sie hin und wieder gezwungen, zum Campingplatz zu wandern. Auf dem Weg sammelten sie Himbeeren, die in dem Straßengraben wucherten, der von ihrer Halbinsel zu der Ferienanlage führte. Nach dem Regen waren sie aufgeschwemmt und dick wie Trauben. Viele Früchte überließen sie den Maden, am kostbarsten erschienen ihnen ohnehin die Blätter, aus denen sich ein Tee kochen ließ, der nach süßen Himbeeren schmeckte und mit seinem Duft an schwarzen Tee erinnerte. Sie pflückten auch junge Brennnesselblätter, die sie später unter gestampfte Kartoffeln mischten oder mit Knoblauch zu einer Paste hackten.

Obwohl sie nur selten zum Zeltplatz liefen, um sich unter eine Münzdusche zu stellen und im kleinen Camperladen Einkäufe zu besorgen, hinterließen diese Ausflüge bei ihnen ein unangenehmes Gefühl, das entstand, sobald sie anderen Menschen begegneten, auf den Wohnmobilstellplätzen, bei den Zeltlagern, auf dem kleinen, von Vogelkot beschmutzten Sandstrand hinter dem Festplatz mit dem aufgestellten Mittsommerbaum. Es waren Stockholmer Paare, die ihre Sommerferien im Halbschatten eines Sonnenschirms verbrachten, während ihre stilsicher gekleideten Kinder auf Trampolinen herumsprangen, die zu jedem größeren Zelt gehörten, das etwas auf sich hielt. Von diesen Familien wurden sie angestarrt, manchmal tatsächlich mit offenen Mündern, weil sie ohne Auto unterwegs waren, weil sie nicht hierhergehörten.

Im Laden am Campingplatz tauschten sie ihre Duschmünzen bei dem Studenten an der Kasse ein, der sie trotz seiner professionellen Freundlichkeit spüren ließ, dass er sich vor ihnen ekelte, wegen ihrer fettigen Haare und den vielen aufgekratzten Mückenstichen auf ihren Armen. Das Geschäft führte auch Kleinigkeiten zum Frühstück oder zum Grillen, doch vieles bekamen sie dort nicht. Wenn ihre Vorräte zur Neige gingen, die Kartoffeln, der Reis, die Nudeln, das Mehl, wenn die Batterien ihres Radios verbraucht waren und sie kein Öl mehr hatten, um sich ihren Wiesensalat anzumachen, stiegen sie in den Bus und fuhren mit ihren Wanderrucksäcken in die Stadt. Während einer dieser stundenlangen Fahrten wurden sie von einem Betrunkenen angepöbelt und als Nazis beschimpft. Ein junger Mann, ein Mitglied der Bürgerwehren im Einsatz für das *Neue Schweden*, eilte ihnen zu Hilfe, und obwohl sie ihm versicherten, dass sie zurechtkamen und alles in Ordnung sei, warf er den Betrunkenen aus dem Bus, mitten im Wald, viele Kilometer vor der nächsten Haltestelle. Erst am Abend erreichte der Bus ihre Halbinsel. Erschöpft von der schweren Last ihrer Einkäufe legten sie sich schlafen, in der Hoffnung, den nächsten Tag auf die gleiche Weise beginnen zu können wie all die guten Tage zuvor, mit dem Baden in ihrer abgeschiedenen Bucht, mit dem Pflücken von Beeren, mit der Arbeit an ihrem Drehbuch *Über das Leben in den*

Wäldern. Doch im Grunde wussten sie damals schon, dass sie sich etwas vormachten. Sie waren keine Selbstversorger. Von Landwirtschaft und Jagd verstanden sie nichts, allein das Töten eines zappelnden, nach Luft schnappenden Fischs war ihnen ein Grauen. Von den Beeren, Pilzen und Kräutern, die sie sammelten, konnten sie sich nicht ernähren, und die Wildnis, die ihre Hütte umgab, war ein Naherholungsgebiet Stockholms, erreichbar mit einem Linienbus. Jeder Flecken Bauland war in Privatbesitz, jede Scheune, jeder Stall ein aufwendig hergerichtetes Feriendomizil. In einigen Kilometern Entfernung verlief die Autobahn nach Süden, vorbei an Golfplätzen, Reiterhöfen, Paintballanlagen. Eingeschlossen von Wald erhoben sich die Wohnblöcke der Satellitenstädte, die Vororte der Einwanderer, in denen regelmäßig schwere Unruhen ausbrachen, Bürgerwehren patrouillierten, Polizeiwachen in Flammen aufgingen. Das einfache Leben, von dem sie auf ihrer Halbinsel im Schärengarten träumten, es war unerreichbar, nicht in dieser Zeit, nicht in diesem Land. Nicht einmal das Drehbuch, an dem sie arbeiteten, würden sie verfilmen, denn in der Fiktion darf nicht gelingen, was in der Realität scheitert.

SVANHILDS SICHTUNG

Im finnischen Nationalepos, dem *Kalevala*, wird die Biene als Vogel beschrieben: *Honigbiene bestes Vöglein.*

Immer wenn ich beim Durchblättern des Buches, das mir Arno zum Abschied gegeben hat, auf diese Stelle stoße, denke ich an Kiesow. Ich erinnere mich an die Bienen im Frühling, die als Erste von der Rückkehr der weit in den Süden gereisten Zugvögel kündeten und sich den heimkehrenden Vögeln gleich auf den Weiden am Waldrand niederließen. Von allen Vögeln in Kiesow waren mir die Bienen am liebsten. Aber ich mochte auch die Bachstelzen. Wie klar ich mich an sie erinnere, mir ist, als halte ich einen dieser zierlichen Vögel in den Händen. Ich habe ihn vor mir und kann ihn drehen und wenden, von allen Seiten besehen: weißer Bauch, schwarzer Kopf, die Konturen scharf wie bei einem holzgeschnitzten Spielzeug.

Ich denke nicht an Finnland, wenn ich im *Kalevala* lese, ich denke an Kiesow, die Natur, die Wolken, doch niemals erinnere ich mich an Arno. Ich weiß nicht mehr, wie ich mit ihm und seinen Eltern die Wochenenden dort verbrachte. Im Haus, so erscheint es mir heute, erlebte ich nichts. Alles, woran ich mich erinnere, geschah draußen. Am Teich, im Wald, auf dem Schuttberg.

Manchmal versuche ich, mich in die Zeit zurückzuversetzen, als Arno und ich noch ein Paar waren. Ich gebe mir wirklich Mühe, und es gelingt mir fast, einzelne Episoden in meinem Gedächtnis entstehen zu lassen. Doch die Bilder, die ich dann sehe, sind unvollständig und eindimensional, es sind Erinnerungen an Erinnerungen, zwischengespeicherte Informationen, die mit neuen Erlebnissen überschrieben sind.

Ich sehe Arnos Vater auf dem Sofa vor dem Laptop, versunken in das Training für ein Fernsehquiz. Die blechernen Fanfaren nach den bestandenen Fragerunden, seine Abfälligkeiten über die *Idioten* und *Eierköpfe* der Spielredaktion und seine aufrichtige Freude am Ende jedes Spiels. Er hat nicht geheizt, er sitzt in seiner wattierten, mit Bauschaum verklebten Arbeitsjacke und trotzt der Kälte in dieser Modrigkeit, umgeben von Wänden, an denen sich die Farbe in Fetzen ablöst. Ich sehe Arnos Mutter auf dem Küchenboden knien, ich sehe sie Backformen einfetten, ohne je einen Kuchen in den Ofen zu schieben, ich sehe sie über die schlierigen Kacheln rutschen. Auf dem Küchentisch, im Spülbecken, auf der Ablage, überall Schüsseln und Schalen mit Quarkresten, Hackfleischkrümeln, Eigelbspuren, die sie niemals abwaschen wird. Und ich sehe auch einen Schatten von Arno zwischen Wohnzimmer und Küche hin und her huschen, höre ihn mit seinen Eltern schimpfen. Er war so hart zu ihnen. Doch wo bin ich in dieser Erinnerung?

Ich bin draußen, ich stehe am Schuttberg. Die Sonne geht unter, Abendlicht bricht sich in den getönten Scheiben des aufgebockten amerikanischen Wohnmobils hinter dem Zaun des Schrotthändlers, letzte Strahlen tasten über das Heck. Ich lese: *Winnebago Itasca*, Zauberworte in einer Indianersprache. Bereits im Schatten liegen die Berge aus Autoreifen und Heizöltanks. Im Norden, vor einer Insellandschaft ovaler Wolken, ziehen Kraniche in Richtung Ostsee.

Ich will weiter, mit dem Blick folge ich der langen Reihe windschiefer Telefonmasten, die bis zur nächsten Siedlung reichen. Ich sehe die Dächer von Hagen-Ausbau, die Plastikplanen auf den Gemüsefeldern, alles liegt in diesem Abendlicht.

Zuerst fuhr ich durch Hagen. Der Bahnhof mit den geköpften Linden, die holzverkleidete Grundschule, das katholische Gemeindehaus, alles war so geblieben wie in meiner Erinnerung, nur die Silos, in denen damals eine Diskothek betrieben wurde, erfüllten wieder ihren Zweck als Futterspeicher.

An Arno und seine Eltern dachte ich während der Fahrt nicht. Erst in Kiesow, nach der Abzweigung zum Haus, wurde ich nervös. Es war Mai, gutes Wetter, vielleicht hatten sich die Eltern freigenommen und saßen im Garten, nahmen sich Zeit für ein spätes Frühstück.

Ich fuhr am Grundstück des Schrotthändlers vorbei, auf den Schuttberg zu. Vor mir die Kastanien, die Rotbuche, das Dach. Auf dem Hof sah ich keinen anderen Wagen, ich war allein.

Ich wusste, wo der Schlüssel versteckt lag, ich war es selbst, die das Versteck vorgeschlagen hatte, unter einem Haufen von Feldsteinen neben der Tür. Doch dieses Mal wühlte ich ihn nicht hervor, es sollte genügen, dass ich durch die Fenster sah, in das Wohnzimmer, in das Arbeitszimmer. Ich erkannte den wurmstichigen Schreibtisch, darauf der alte Computer. Unter das Schlafzimmerfenster gerückt war das Doppelbett mit den Matratzen, die sich wie Hügel wölbten. Arno und ich hatten hier geschlafen, aber ich erinnerte mich an keine einzige Nacht, an kein einziges Erwachen. Auf welcher Seite des Bettes hatte er gelegen? Nebenan seine Eltern, hatten sie uns gehört, hatten wir sie gehört? Keine Erinnerung.

Erst auf der anderen Seite des Hauses ein Bild: Arno auf der Schwelle der Terrassentür. Die Küche im Rücken, den Garten im Blick. Kein Geruch, keine konkrete Situation, aber immerhin sein Gesicht.

Es ärgerte mich manchmal, dass Arnos Familie nur das Erdgeschoss zum Wohnen nutzte, es gab noch so viel Platz. Auch die Unaufgeräumtheit hatte mich gestört, die zerschlissenen Arbeitskittel im Flur, die Weidenkörbe, die überquollen von zerknülltem Zeitungspapier, die eingetrockneten Pinsel in den angebrochenen Lackdosen. Dann dieser Ruß aus dem schlecht ziehenden Ofen, alles war davon überzogen. Ich verstand damals nicht, dass gerade die Unordnung das Besondere an einem eigenen Ferienhaus ist, dass es schön sein kann, in die eigene Verkramtheit zurückzukehren, beieinanderzusitzen. Hätte ich heute ein Haus, ich würde so leben wollen wie sie, wie diese guten, feinen Menschen, die mir fehlten. Und so sehr, wie ich damals die Möbel und Kunstgegenstände gehasst hatte, den angebeizten Küchenschrank, die Bauernmalereien auf der Truhe mit den verrosteten Eisenbeschlägen, den mottenzerfressenen Wandteppich, so sehr rührte mich nun der Anblick all dieser Dinge.

Ich wollte mir noch die Scheune ansehen und den alten, nur in Grundmauern erhaltenen Schweinestall, in dem ich einen Sommer lang ein Bienenvolk hielt, bis der Herbstfrost es niederstreckte. Ich wäre dann zur Streuobstwiese gegangen, zu den blühfaulen Pflaumenbäumen und den Brennnesseln, die den Verlauf des lecken Abwasserrohrs bis zur Sickergrube beschrieben. Dort stand auch der Bauwagen, in dem Arnos Eltern Skulpturen lagerten, dünne Holzmännchen mit melancholischen Augen. Zuerst jedoch wollte ich eine Runde um den Schuttberg laufen, es war mein Ankunftsritual in Kiesow. Arno und seine Eltern hatte es immer gleich ins Haus gezogen, heizen, das Abendbrot vorbereiten, die Betten beziehen. Ich aber lief zum Schuttberg, in der Dämmerung, wenn der Feldweg leuchtete wegen des hellen Sandes.

Als hätte mir jemand mit einem Knüppel in die Kniekehlen geschlagen, sank ich dort, wo der Feldweg endete, in mich zusammen. Über mir war ein Geräusch, das wie das Summen elektrischer Bienen klang, ich blickte auf.

Ich sah sie über den Schuttberg fliegen. Erst waren es nur einige Kugeln, schwarze Bälle, die einen blauen

Schweif hinter sich herzogen. Sie folgten einer scharfen Zickzacklinie, verharrten in der Schwebe. Dann wechselten ihre Schwingungen die Richtung, so als baumelten sie an einer Schnur. Als das Geräusch leiser und angenehmer geworden war, richtete ich mich auf. Größere Flugkörper erschienen. Ihre Form, aber auch dieses gleitende, den Luftraum wie eine Flüssigkeit durchtauchende Schweben, mit dem sie sich fortbewegten, ließ mich an Lebewesen aus der Tiefsee denken, an leuchtende Quallen.

Doch es war nicht bloß ihr Anblick, der mich beunruhigte, mich ängstigte, was mit der Natur geschah. Die Vögel sangen nicht mehr, die Insekten waren verschwunden, und es schien, als hätten die Blüten in den Bäumen, die Blumen auf den Wiesen ihren Duft verloren. Das Land war erstarrt, geruchlos und still geworden.

Im Internet, in den Foren der Esoteriker und Ufologen, konnte ich damals von keiner Sichtung unbekannter Flugobjekte in Mecklenburg lesen. Stattdessen stieß ich auf eine andere Meldung. An der Autobahnabfahrt Hagen hatte man ein verlassenes Fahrzeug entdeckt, einen blauen Lada, der die Zufahrt zu einem Feldweg versperrte. Ein Bauer hatte eine Frau in der Nähe des Wagens gesehen. Mit einer Kamera in den Händen soll sie quer über das Feld gelaufen sein und dabei gezwitschert haben wie ein Vogel, bis sie hinter einer Bauminsel spurlos verschwand.

Wieder in Berlin spielte ich einige Male mit dem Gedanken, mich bei Arno zu melden, der jetzt in Helsinki lebte, und ihm davon zu erzählen. Doch dann hätte ich ihm sagen müssen, dass ich in Kiesow gewesen war, dass ich allein um das Haus geschlichen bin, und möglicherweise wäre mir herausgerutscht, dass er mir fehlte, dass ich seine Familie vermisste. Er hätte es nicht verstanden.

DER NEUE TAG

Vor dem Regen boten auch die Tragflächen keinen Schutz, zu stark blies der Wind, der aus allen Richtungen kam, ihm ins Gesicht wehte und in den Rücken schlug. Der Acker, auf dem die Maschine in dieser Nacht gelandet hatte, war aufgequollen. In der Luft lag ein Geruch von nassem Sand, wie nach einem Sommergewitter. Wie soll es Sirpa bei diesem Wetter über das Feld schaffen, dachte er und blickte auf ihre hohen Absätze herunter. Ein Schmatzen, und sie versank im Schlamm.

Sie hoben Sirpa wieder auf die Tragfläche, von der aus sie auf allen vieren den ausgestreckten Armen der restlichen Passagiere entgegenkroch, zurück ins Warme und Trockene, wo die letzte Runde Kaffee und Kekse serviert wurde.

»Ihr Idioten, wir sind tot«, rief sie an der Schwelle des Notausgangs. So verschwand sie im guten Licht. Zu dritt machten sie sich auf den Weg.

Das Knallen der Raketen hallte auf dem freien Feld. Mal klang es dumpf und fern, dann wieder nah und klar. Ein Feuerwerk erhellte die Nacht, überall sahen sie es leuchten, am deutlichsten dort, wo Marcos Ansicht nach die Stadt Werder liegen musste.

In Richtung der Siedlung, auf die sie zuliefen, wurde das Feuerwerk schwächer, manchmal vergingen Minuten, bis die nächste Rakete zündete. Sie folgten der Reifenspur eines Traktors, die sie zu einem Trafohäuschen führte, dort überquerten sie einen Dränagegraben, aus dem das Unken einer Kröte zu hören war, und gelangten auf einen Feldweg aus Betonplatten. Hier traten sie die Erdklumpen von ihren Schuhen ab. Sie erreichten eine Landstraße. Weiße Leitpfosten markierten den Verlauf bis zum Ortseingang.

In allen Häusern brannte Licht, und auch die Türen standen offen. Zwischen den Grundstücken sahen sie eine Schar Kinder hin und her rennen, und aus der Ferne erklang ein Gesang. Er wurde von einem Chor zu ihnen herübergetragen, der sich hinter einem alten Hybridwagen zusammengefunden hatte. Der Klang ihrer Stimmen harmonisierte, nur der Text war unverständlich. Sie näherten sich der Gruppe und hatten die ersten Mülltonnen und Laternen des Ortes hinter sich gelassen, als Marco ein angewidertes Gesicht machte und auf einen Sänger wies, der mit heruntergelassener Hose und nacktem Unterleib inmitten der anderen stand. Seit dem Verlassen des Flugzeugs hatte er keinen Gedanken darauf verwendet, wo er sich befand. In Brüssel war er in die Maschine nach Helsinki gestiegen, nun stand er auf einer Straße in einem Brandenburger Dorf. Er suchte nach einem Wort, das seinen Zustand beschrieb. Unwirklich war nicht das treffende Attribut, unwirklich fühlte er sich nicht.

Das Geräusch schneller, gehetzter Schritte schreckte ihn aus seinen Gedanken. Er wandte sich um und sah einen Teenager auf sie zulaufen, in demselben Augenblick sprang ein Mädchen aus einer Garage hervor. In den Händen hielt es ein bengalisches Feuer, tausend Candela hell, so weiß, dass es schmerzte, in die Flammen zu sehen.

»Ich bin der neue Tag, ich bin der neue Tag«, rief sie, umhüllt von beißendem Qualm.

»Es gab einen Flugzeugabsturz, drüben auf dem Feld, wir müssen telefonieren«, sprach Inkeri sie an.

»Kein Netz«, gab das Mädchen zurück.

»Gibt es eine Feuerwehr im Ort?«

»Dort!«

Sie schwang die Fackel auf das nächststehende Haus, dann nahm sie die Verfolgung des Jungen wieder auf, der hinter einem Container für Altpapier verschwunden war.

Durch nichts schien sich der Klinkerbau mit seinen glänzenden Ziegeln auf dem Dach und dem zu kurz geratenen Fensterband von den Gebäuden in der Nachbarschaft zu unterscheiden. Als sie das Gartentor öffneten, sprangen zwei Scheinwerfer an, die unter einer Araukarie und einer Zierweide angebracht waren. Im Zentrum der Lichtkegel erstreckte sich eine Spielzeugstadt, das Modell eines Ballungsgebietes. Wohntürme aus gestapelten Holzscheiten drängten sich an Geschäftshäuser aus leeren Waschmittelkartons, in die kleine Fenster hineingeschnitten waren. Ein Palast mit auskragenden Terrassen war aus Glasflaschen und Schieferplatten errichtet worden. Er entdeckte ein Schwimmbad, ein azurblauer Besteckkasten, der mit Regenwasser gefüllt war, vor Gebilden aus Sand und getrocknetem Ton, denen er keine Funktion zuweisen konnte, sie erinnerten ihn an Kristalle. Überragt wurde die Megapole von einer Wäschespinne, die sich neben den zahlreichen Miniaturgebäuden wie eine gewaltige Radaranlage ausnahm. Über den Kiesweg, der die Stadt unterteilte wie ein Fluss, führte eine Seilbahn. Gondeln aus Streichholzschachteln schaukelten an einer straff gespannten Schnur. Behutsam machte er einen Schritt nach vorne und streifte dabei die Spitze eines Skis, die einzige Brücke, die beide Ufer verband. Zwei Gebäude wurden mitgerissen, ein Kristallgebilde fiel in sich zusammen. Auf einem Bein stehend versuchte er das Gleichgewicht zu halten und fand Halt an Marcos Schulter. Dann riss auch das Förderseil der Bahn, und die Gondeln stürzten in die Tiefe.

»Das wollte ich nicht.«

»Was für eine Katastrophe«, sagte Marco, »hoffentlich saß da drinnen niemand.«

Aus dem Hauseingang drang das Flackern eines laufenden Fernsehers, sie folgten dem Licht und gelangten in eine offene Wohnküche. Vor einem Sofa blieben sie stehen. Ein Kind lag dort in eine Decke gehüllt und rückte höflich auf, als es die fremden Besucher bemerkte.

Der Regierungssender übertrug eine Rede der Präsidentin aus dem Brüsseler Goetheanum. Sie sprach aus einem Büro, das an eine Felsenhöhle erinnerte. An den organisch gerundeten Wänden, die in der ätherischen Bläue einer zerlaufenen Wasserfarbe gehalten waren, hingen Mandalas und Sträuße aus getrocknetem Lavendel. Auf dem Schreibtisch ruhte ein faustgroßer Pyrit neben dem Modell einer Alge.

»Die Zukunft beginnt jetzt …«

Ihre Lippen formten jeden Vokal mit solcher Deutlichkeit, dass ihr auch taub zu folgen war. Ihr Busen, die zwei schönsten Höhen der Ardennen, wie Inkeri kommentierte, hob und senkte sich mit der Regelmäßigkeit eines Beatmungsgerätes nach jedem ihrer mit Ruhe vorgetragenen Sätze, die er schon bald nicht mehr hörte, weil ein Gefühl ihn überkam: Milch, Walnuss, Eisen, die Schläfe eines Vertrauten, dazu eine melancholische Schwere auf der Zunge.

»Unglaublich«, hörte er Marco sagen, während Inkeri sich zwischen sie drängte und ihnen mit aller Härte Küsse auf den Mund drückte.

Es war ein seltsamer Zustand, in dem er sich befand. Er fühlte sich, als ob er auf einer gigantischen Schaukel, im Beisein der gesamten Menschheit, mit den Toten und den Ungeborenen, ins All geworfen wurde, wieder zurückschwang auf die Erde und erneut hinausschwang, mit Bauchschmerzen vor Lachen und diesem Gefühl: Milch, Walnuss, Eisen, die Schläfe eines Vertrauten, dazu eine melancholische Schwere auf der Zunge.

Das Goetheanum mit der Präsidentin verkleinerte sich. Auf der linken und rechten Seite des Nachrichtenfensters tauchten neue Bilder auf, eingerahmt von schwarzen Balken, drei Kanäle simultan gesendet.

Auf Kanal Eins erklärte eine Grafik die Funktion eines Teleskops. Digitale Kameras schossen Bilder vom schwarzen All, das bei genauerem Betrachten reich an Farben war, jede Nuance eine Information, die der Berechnung einer Fotografie diente. Mit jeder Zoomstufe wurde das Bild schärfer, neue Lichtpunkte flackerten auf, wie aufgehende Sterne an einem im Zeitraffer gefilmten Nachthimmel.

Auf dem mittleren Kanal lief eine Wiederholung der Rede. Die Szene, in der der Präsidentin eine Strähne ins Gesicht fiel, weil ihre Ohren so weit abstanden, hatte er schon gesehen, interessant war, was der dritte Kanal brachte. In einer losen Abfolge wurden Aufnahmen von Planeten gezeigt. Jeder Planet ähnelte der Erde, er erkannte Ozeane, Kontinente und Ballungen funkelnder Lichter, die nächtliche Städte beschrieben. Von diesen Planeten führten Strahlen ab. Er sah Linien, die sich in ihren Proportionen zu den runden Planeten so dünn ausnahmen wie Spinnenbeine zu einer Orange. Es handelte sich um ein Transportsystem, das, wie eine neue Grafik auf dem linken Kanal erklärte, die entdeckten Welten miteinander verband. Bald würden diese Spinnenbeine bis zur Erde reichen.

Nachdem sie sich aus dem Kühlschrank bedient hatten, verzogen sich Marco und Inkeri auf die Terrasse. Ein Sektkorken knallte, etwas wurde umgestoßen, ein Sonnenschirm oder ein Liegestuhl, dann vernahm er ein Grölen, es klang wie die Hymne Kerneuropas. Er wollte noch ein wenig sitzen bleiben, bei dem Jungen, vor dem Fernseher.

Als die Kommentatoren zu Wort kamen, Theologen, Militärexperten und Fernsehphilosophen, bekam er

Marta endlich ans Telefon. Sie lag mit Elaine auf dem Bett. Die Kamera des Telefons ließ ihr Gesicht wie eine Radierung aussehen, dahinter Elaine, die bereits schlief und nur als Rumpf zu erkennen war. Arme, Beine, Gesicht verloren sich in der Dunkelheit.

»Die Fluggesellschaft bringt uns in ein Hotel, wir können bis zum Nachmittag ausruhen und dann mit der Bahn weiterfahren«, sagte er.

»Das ist fantastisch, was da gerade geschieht! In der Welt, im Universum.«

Die Verbindung war instabil, in der Leitung hörte er ein Rauschen, und manchmal verschwand der Ton für einige Sekunden.

»Spätestens übermorgen bin ich auf Uusimaa«, rief er in den Hörer.

»Elaine und ich finden es toll, dass du trotzdem fährst. Deine kleinen Lapplandmeisen. Ich bin gespannt, wie es wird.« Marta neigte die Kamera des Telefons ein wenig, in dem Lichtschein sah er, wie Elaine sich auf dem Bett wälzte und friedlich klingende Laute von sich gab.

»Menschlich«, murmelte sie, »menschlich, menschlich.«

»Ich will sie nicht wecken.«

»Nein«, sagte er.

»Grüß die Meisen von uns.«

Sie beendeten das Gespräch.

Laufnasen, Fingerabdrücke und zerquetschte Insekten auf der verglasten Terrassentür ließen das Licht der aufgehenden Sonne in schmutzigen Strahlen in die Wohnküche fallen. Es war ein warmes Grau, das jeden Gegenstand im Raum mit seinem Schein erfasste. Grau schimmerte die Oberfläche der Küchenzeile, grau benetzt war der Boden aus Naturharz, grau war das Sofa und selbst die Decke, die er, als das fremde Kind eingeschlafen war, zu sich herangezogen hatte, war von dieser zwielichtigen, neuen Farbe. Das ist also die Zukunft, dachte er. Ein Grau, das sich seinen Weg bahnte, das zu einem kam, egal wo man sich befand oder wohin man wollte, egal wer man war oder wünschte zu sein.

Seine Augen schlossen sich zu Schlitzen, die gerade so schmal waren, dass er noch zwei Gestalten durch den Garten huschen sah. Inkeri und Marco beim Federballspiel. *Tong* prallte der Federball ab, ein Sirren in der Luft, wieder *tong*. Manchmal stieß Inkeri ein Kichern aus, manchmal war es Marco, den er lachen hörte.

Mit dem Licht, das ihn umhüllte, nahm seine Müdigkeit zu. Schon seit Stunden sangen die Amseln. Wie schön ihr Gesang im Vergleich zu dem der Lapplandmeise ist, dachte er. Je komplexer ein Gesangsmuster war, desto höher musste die Hirnleistung sein. Zwei Jahrzehnte lang hatten die Lapplandmeisen geschwiegen. Vielleicht war dies alles nur ein Zufall, eine Mutation im Erbmaterial degenerierter Inselvögel, ein Fehler der Natur. Vielleicht lohnte es sich nicht, das Verhalten der Lapplandmeisen zu dokumentieren, weder mit einem Tonbandgerät noch mit einer Filmkamera. Es lag keine Schönheit darin. Viel lieber wollte er die Amseln filmen, womit auch immer, in diesem warmen, grauen Licht.

DER HEISSESTE FEBRUAR SEIT MENSCHENGEDENKEN

I

Es war Winter, und sie sehnte sich nach Licht. In der Kapsel, in der sie lag, blieb gerade genug Platz, um die Ellbogen wegzuspreizen. Monika war ermahnt worden, die Brille nicht abzunehmen, weil die Strahlen Schäden an den Augen anrichten konnten. Doch diese Helligkeit war so gleißend, dass Monika den braungetönten Gläsern, die ihre Netzhäute schützen sollten, nicht traute. Hellblau sah sie das Licht am unteren Rand der Dichtung hindurchsickern.

Sie schloss die Augen fest zusammen und wagte es nicht, ihre Lider wieder zu entspannen, bis sie vom Zukneifen zu zittern begannen und Monika den Drang verspürte, den straffen Gummizug der Schutzbrille herunterzureißen und in den weißen Leuchtröhrenhimmel zu blicken, hinauf zu den Glaskolben, in deren Innerem Elektronen mit Quecksilberatomen zusammenstießen und eine ultraviolette Strahlung freigegeben wurde, ein Licht, von dem sie wusste, dass es giftig war, das sie überflutete, angenehm warm und bedrohlich zugleich.

In dieser Hitze wünschte sie sich, kühlenden Wind auf ihrem Gesicht zu spüren, wie beim Fahrradfahren an einem heißen Tag, und befühlte die Knöpfe der Kontrollapparatur über ihr. Doch ohne die Augen zu öffnen, vergriff sie sich, und Musik klang auf, eine Kalypsomelodie, über die eine elektronisch verzerrte Stimme sang. Sie öffnete die Lider zu schmalen Schlitzen, stellte das Gebläse auf das Maximum ein und sah, wie blassgrüne Zahlen auf einer digitalen Anzeige das Fortschreiten der Zeit mitteilten: 1:12, 1:13, 1:14, bei 9:00 wäre ihre Sitzung zu Ende.

Monika schloss die Augen wieder, ein Nachbild war geblieben, ein pulsierender Streifen, der umso heftiger ab- und anschwoll, je fester sie ihre Lider zusammenkniff. Sie vergrub ihr Gesicht in der Armbeuge. Mit geschlossenen Augen sah sie weiße Flecken vorbeihuschen, es regnete schwarz in fadenlangen Tropfen, schließlich formte sich Griesel, der heller wurde und umherwirbelte wie aufstiebender Schnee. Vielleicht sind dies schon die Anzeichen einer Verbrennung, wie sie sich auch die Großmutter zugezogen hat, dachte sie, ihre Großmutter Malvina, die bei der Sonnenfinsternis 1962 in Monterey so lange in den Himmel geblickt haben soll, dass sie fortan nie wieder scharf sehen konnte.

Weil sich die Dichtung ihrer Brille in die Augenpartie drückte, hob sie den Arm ein wenig an, die Lichtpunkte ordneten sich neu. Hinter geschlossenen Lidern erblickte sie eine sich öffnende weiße Blüte. Darüber leuchteten Sterne auf, die sich wieder eintrübten und von der matten Dunkelheit des Universums hinter ihren Lidern verschluckt wurden. In ihr war Raum, in den sie fiel.

Seit Wochen hing ein Dunst über der Stadt, ein Frostnebel, der vom Himmel her alles verschluckte und die Welt in ein konturloses Zwischenreich verwandelte, in dem es keine Wolken gab und keine Sonne, nur dieses ewige Halbdunkel, sie hatte es noch nie so erlebt. Es war dieser Winter, in dem sie begonnen hatte, ins Solarium zu gehen. Sie hatte Wege, die sie kannte. Aus dem Sonnenstudio hinaus, das sich neben einem von Polizisten bewachten Barbier der jüdischen Gemeinde befand, lief sie dem Verkehr entgegen, der sich zum Abend bis in den Wedding hinein staute, eine geschlossene Kolonne metallisch blitzender Neuwagen. Sie blickte durch die Fenster und las die Aufschriften auf den Heckscheiben. Einige waren in Fraktur und warben für Sicherheitsfirmen, andere versuchten mit anheimelnden Schreibschriften auf Putzdienste, Tagesmütter und private Krankenpflege aufmerksam zu machen. Von der Brunnenstraße ging sie in den Weinbergspark, dort lief sie entlang eines schattigen, von Fahrradreifen zerfurchten Pfades, an dem Minzsträucher angepflanzt waren, die in dem morastigen Beet niemand zu ernten wagte. Aus dem Park heraus kam sie auf eine Straße, an der sie sich wegen der lautlos dahingleitenden Trambahn, die ihr oft einen Schrecken eingejagt hatte, zweimal umsehen musste. Sie lief ein Stück bergauf und gelangte in die Fehrbellinerstraße und zum Teutoburger Platz, hinein in den bis in die Mitternachtsstunde geöffneten Supermarkt, vor dem sie immer von einer jungen Romni begrüßt wurde, die einer Lehrerin aus ihrer Grundschulzeit verblüffend ähnlich sah, der Musik-Referendarin Miss Rodriguez mit ihren langen, ausgebürsteten Haaren, die Monika so oft zwischen den Bögen ihrer Notenhefte wiedergefunden hatte. Es waren gerade schwarze Fäden, so dick wie die Saiten eines Instruments. Doch in der Welt, in der Monika jetzt lebte, stand Miss Rodriguez vor einer Reihe ineinandergeschobener Einkaufswagen und trug eine Gürteltasche über der Schulter, in die sie, wann immer eine der studentischen Verkäuferinnen zum Telefonieren vor die Schiebetür trat, vom Boden aufgelesene Kassenbons und Kronkorken stopfte, weil vor dem Geschäft, wie ein Anschlag auf der Scheibe unmissverständlich deutlich machte, das *Herumlungern und Betteln* verboten war. Mit den Einkäufen in den Händen ging sie die steilabfallende Christinenstraße hinunter, vorbei an einer Eckkneipe, die Monika aus einem Unbehagen gegenüber dem Wirt, den sie immer auf dem Treppenabsatz unter dem Brauereischild sitzen sah und der sich jedes Mal wegzuducken schien, wenn Monika an ihm vorüberging, noch nie betreten hatte. Dort die kleine Palme in der Zinkbadewanne, die wie durch ein Wunder alle Winter überstanden hatte. Sie bog in die Lottumstraße mit ihrer Allee aus Zierkirschen ein, die Straße, in der sie wohnte, nun schon seit drei Jahren.

Vertraut war ihr der Kohlegeruch im Treppenhaus, der Befehlston in den Bekanntmachungen der Hausverwaltung, die auf dem Boden verstreuten Werbezettel von Schrotthändlern und Altgoldankäufern und das schleifende Geräusch beim Öffnen der verzogenen Wohnungstür. Im Flur, wo sie ihre Jacke abwarf, sich gegen die Kälte jedoch gleich wieder einen Strickmantel überstreifte, drangen die durch das Mauerwerk und die Dielen dumpf herunterschallenden Stimmen aus dem laufenden Fernseher des Nachbarn zu ihr, die rauen Schauspielerstimmen der Polizeibeamten aus den Kriminalserien am Abend und die gleichmütigen Stimmen der Nachrichtensprecher danach, die von Weltgegenden berichteten, die unter der *größten Depression seit 1929* weit mehr zu leiden hätten als die Menschen in diesem Land.

Zur Gewohnheit geworden waren ihr die späten Stunden vor dem Laptop, wenn sie am Schreibtisch saß, in eine Decke gehüllt, mit einer Wärmflasche auf dem Bauch, und Kapitel um Kapitel ihrer nicht fertig werdenden Dissertation las, die ihr gleichgültig war, seit man ihr angeraten hatte, *wissenschaftlicher* vorzugehen, sich nicht so sehr von ihrem Interesse leiten zu lassen und abzuschweifen. Auch an das Sich-Schämen-Müssen hatte Monika sich gewöhnt, während der Kolloquien mit den anderen Stipendiaten ihrer Fakultät, wenn sie Rechenschaft über den enttäuschenden Stand ihrer Arbeit ablegte, wenn sie sich entschuldigte für den *angelsächsischen Stil*, in dem sie schrieb, und sie sich widerspruchslos der Kritik an dem Thema ihrer Dissertationsschrift unterwarf, einem Thema, dem es mit seiner *Sozialromantik*, wie ihre Doktormutter sich ausdrückte, nun wirklich an Relevanz fehle.

»Monika, du musst aufpassen, Monika, so geht das nicht!«

Da waren die Kommilitoninnen, die in der Dahlemer Villa, in der sie sich trafen, auf knarzenden Thonetstühlen herumrutschten und mit gelangweilten Gesichtern an ihr vorbeisahen, sobald Monika das Wort erhob, Gesichter, denen die wilhelminische Zeit, mit der sich jede Doktorandin auf ihre Weise beschäftigte, zu einer Maske geworden war, zu einer Charlotte- und Luise-, Viktoria- und Cecilie-Maske. Dazu die aufdringliche Freundlichkeit des wahrscheinlich unsterblich in sie verliebten Architekturstudenten, der immer einen Platz für Monika frei hielt, egal wie sehr sie sich verspätete – all dies machte Monika die monatlichen Kolloquien so unangenehm, dass sie jedes Mal eine Woche benötigte, um sich davon zu erholen, eine Woche, in der sie nichts anderes tat, als auf dem Bett zu liegen und sich amerikanische TV-Serien anzusehen, die es manchmal vermochten, in ihr die tröstende Erinnerung an ihre College-Jahre in den neunziger Jahren wachzurufen, an die gelassene Ironie, mit der sie und ihre Freunde damals auf die Welt geblickt hatten.

Unter den Studenten in Berlin war es in Mode, von Stagnation zu sprechen, von einem Stillstehen der Zeit, doch Monika empfand anders. Es erschien ihr, als lebte sie in einer geradezu revolutionären Epoche der fortlaufenden Verschlechterung. Es gab Bewegungen, schleppende und rasante Bewegungen, und sie alle wiesen in eine Richtung: abwärts. Dieses Gefühl bekräftigte sich jeden Abend vor dem Schlafengehen, während der Telefonate mit ihrer Mutter, die von dem Leben in Fresno erzählte, von der Clovis West High, Monikas Highschool, die es nun nicht mehr gab, weil die Stadt die Schule verkaufen musste und dort das Ausbildungszentrum einer Wachschutzfirma eröffnet worden war. Auch von dem öffentlichen Krankenhaus hatte sich die Stadt verabschiedet, weil sie die Instandhaltungskosten nicht mehr tragen konnte, nach einigen Jahren des Leerstands und einer Gasexplosion, die dem verfallenden Gebäudekomplex schließlich den Rest gegeben hatte. In diesem Krankenhaus war Monika zur Welt gekommen. Und sogar die Weinfelder hinter dem Haus ihrer Eltern in der Pomegranate Road, ein Irrgarten unendlich weiter Alleen, in denen sie als Kind oft herumstromerte, waren nun zum Schutz vor Plünderern mit Stacheldraht eingezäunt.

Gelegentlich erreichte sie auch eine E-Mail ihrer besten Freundin Fiona, die jetzt in Boston lebte und von ihrem Sohn Levi berichtete, der nicht mehr zur Schule ging, weil der Kommune das Geld fehlte, um die Klassenräume zu beheizen. Sie schrieb auch von Jonathan, ihrem Mann, der mit alten Studienkollegen auf einem Autoschrottplatz Kartoffeln anbaute und sie und Levi mit selbstgeschossenem Kaninchenfleisch versorgte. Wie kann man bei solch rasantem Verfall von Stagnation sprechen, dachte sie und öffnete die Augen.

Die Anlage fuhr herunter, Monika hörte noch ein elektrisches Summen, und schließlich stellte sich auch das Lüftungsgebläse aus. Mit dem Nachlassen der Kühle spürte Monika ein Brennen auf der Haut. Sie hob das Kinn auf die Brust und blies einen kräftigen Stoß durch die Nase. Dann legte sie den Kopf wieder nach hinten und streckte sich. Eine satte Ruhe erfüllte sie wie nach langem Weinen. Über ihr gluckerte es, das Licht in den Glaskolben war erloschen.

Monika schob die Abdeckung der Kapsel mit so viel Kraft nach oben, dass sie nachfederte. Sie bückte sich nach ihrer Unterhose, die in eine Pfütze aus geschmolzenem Schnee gefallen war, den sie von draußen hereingetragen hatte, und sammelte ihre Kleidung, die wärmeisolierende Strumpfhose, die Jeans und das Knäuel aus Pullover, Hemd und T-Shirt, vom Korbsessel auf. Auf einer Ablage neben dem Spiegel stand ein Deodorant, mit dem sie sich einsprühte, es duftete nach Pampelmuse, und an dem Weiß ihrer Zähne konnte sie sehen, wie braun sie mittlerweile geworden war.

Als Monika die Kabine verließ, kam ihr die Besitzerin des Sonnenstudios entgegen. In einem krankenhausweißen Laborkittel und mit einer Flasche Desinfektionsspray in der Hand fragte sie Monika, ob sie ihr eine neue Zehnerkarte ausstellen sollte. Nur ein einziges Kästchen war noch nicht bestempelt, doch für weitere Besuche fehlte Monika das Geld. Sie wollte diesen Sommer zu Hause verbringen und sparte auf Flugtickets nach Kalifornien. Das Geld, mit dem Monika aus den USA angereist war, ihr Erbe aus dem Verkauf des schönen Holzhauses ihrer Großmutter in Monterey, hatte sie bereits in ihrem ersten Jahr in Berlin verbraucht, und die Stipendiumszahlungen ihrer Universität waren nicht besonders hoch. Doch es war schon Januar, die Tage wurden länger. Sie würde es schaffen, dachte sie und befühlte ihre warmen Wangen.

»Das machen wir beim nächsten Mal«, antwortete Monika der Frau und verließ das Studio.

Die dichte Wolkenschicht, die den Winterhimmel

seit Anfang Januar verdunkelte, war aufgebrochen, und die Sonne schien, das erste Mal in diesem Jahr. Durch die Wärme des Solariums, die Monika noch immer in sich trug, erschien ihr das Wetter als überaus mild. Mit einer Vorfreude auf den Tag und darüber, dass sie nicht gleich wieder zurückkehren musste in ihre kalte Prenzlauer Berger Wohnung, beschloss sie, die neue Helligkeit zu nutzen. Sie wollte einen langen Spaziergang machen, wie sie es in ihrem ersten Monat als Doktorandin oft getan hatte, als sie in einem Studentenwohnheim im Tiergarten wohnte, am Rand des Hansaviertels. Lange war sie dort nicht mehr gewesen, im Hansaviertel, sie mochte dieses Wort, es klang nach Aufbruch. Sie stieg auf ihr Fahrrad und fuhr in den Westen.

Hinter der kleinen Unterführung der Rosa-Luxemburg-Straße, die durch die backsteinernen Viaduktbögen der Bahntrasse führte, wo sich ein Obdachloser in einer windgeschützten Ecke hinter dem Chemietoilettenhäuschen der Busfahrer niedergelassen hatte und im Schneidersitz vor einem Roman saß, fuhr Monika auf die Sonne zu, die sich an einer langen Zeile hoher Plattenbauten vorbeitastete. Von der Karl-Liebknecht-Straße aus eilte sie einem Glosen entgegen, wie sie es eigentlich nur aus den Wüsten Kaliforniens zu kennen glaubte. Ein französischer Reisebus hielt vor der Einfahrt eines Parkhauses, das metallische Dach funkelte. Von dem dunstigen Nachmittagslicht wie betäubt, torkelten Jugendliche auf die Straße, beinahe stieß Monika mit einem Mädchen zusammen, aber es machte nichts, sie mussten beide lachen. Alles, was sie an diesem Teil der Stadt für gewöhnlich hasste, gefiel ihr in dem neuen Licht.

Am Rand der Großbaustelle des Stadtschlosses, vor der Wachleute patrouillierten und Studenten, die barocke Zopfperücken trugen, Broschüren verteilten, die über das *bedeutendste deutsche Kulturbauvorhaben des 21. Jahrhunderts* informierten, blieb ihr Blick an den zweistöckig errichteten Wohncontainern für die Arbeiter und die Bauaufsicht hängen, eine lange Reihe in einem schönen Taubenblau. Hinter einem der Fenster sah sie einen Mann die Stirn gegen die Scheibe drücken mit einem friedvollen Gesichtsausdruck, der ihr sagte, das alles gut werden würde, dass der Bau eines Schlosses im Jahr 2007 eine wirklich gute Idee sei. Erfasst von der Erschütterung eines vorbeifahrenden Betonmischers, der zu einem anderen Bauplatz unterwegs war, der Baustelle der neuen U-Bahn-Linie, die vom Schloss zum Reichstag, gewissermaßen vom König zum Parlament reichen sollte, zitterten die tauglitzernden Gräser, die im letzten Sommer aus den Fugen herausgewachsen waren, unter den langen hölzernen Stengeln der Goldregensträucher am Sockel des Denkmals Friedrichs des Großen. An der Ampel vor der Friedrichstraße bewunderte Monika das samtige Schimmern auf der Flanke eines großen braunen Pferdes, das vor eine der vielen Kutschen gespannt war, die hier zwischen den Autos entlangfuhren. Das Zugtier ließ einen Pferdeapfel fallen, Krähen hüpften heran und pickten den unverdauten Hafer heraus, bis sich ein Polizeitransporter von hinten annäherte, die Kotballen platt fuhr, und die Krähen Seevögeln gleich in eleganten Bögen emporstiegen. Beinahe ist es wie im Frühling, dachte Monika und trat in die Pedale. Auch als sich ein von einer alkoholisierten Männergruppe gesteuertes Thekenfahrrad in den Verkehr mischte, das Monika mit einem volkstümlichen Lied beschallte, und sie von Fahrradrikschas und im Schritttempo rollenden Hummer-Limousinen ausgebremst wurde, trübte sich ihre gute Stimmung nicht. Sie umfuhr die aufgeregt in verschiedenen Sprachen und Dialekten plaudernde Menschenschar vor dem Wachsfigurenkabinett, die darauf wartete, einmal in ihrem Leben einer naturgetreuen Nachbildung des berühmten deutschen Diktators gegenüberzustehen, und überquerte den Pariser Platz, auf dem, hinter den Frack und Zylinder tragenden Lobbyboys des Hotel Adlon, eine Gruppe von Flüchtlingen ein Lager errichtet hatte. Zwischen bemalten Laken und ausgestopften Müllsäcken, aus denen bunte Kissen hervorquollen, sah sie die Frauen und Männer liegen, die für den Traum von einem Leben in Deutschland in den Hungerstreik getreten waren, während, einige Schritte entfernt, junge orientalische Männer mit aufwendig rasierten Bartfrisuren der Verwirklichung dieses Traumes schon sehr nahe gekommen zu sein schienen, indem sie sich in den zerknitterten Uniformen der Alliierten vor der Bauruine der amerikanischen Botschaft, die jetzt einer Bank gehörte, gegen ein Trinkgeld fotografieren ließen. Sie stieg vom Fahrrad ab und bahnte sich einen Weg durch die Trauben von Touristen, vorbei an Mädchen, die aneinandergeschmiegt und mit offenen Mündern den Worten einer italienisch sprechenden Stadtführerin lauschten, die *alora* sagte und *quadriga* und mit ihrem Regenschirm auf das Brandenburger Tor wies, das Monika in seiner plumpen Gedrungenheit, die ihr immer sehr hässlich vorgekommen war, nun harmlos, ja sogar freundlich erschien. Und als sie die sandsteinernen Bögen an diesem lichten Tag durchfuhr, glaubte sie den vielen Menschen, die hierherkamen in das Zentrum des Landes, von dem es hieß, dass es alles richtig gemacht habe, wahrscheinlich zum ersten Mal in seiner Geschichte.

Monika bog in einen Parkweg ein, der unter winterlich kahlen Bäumen durch den Tiergarten führte, zum Kreisverkehr um die Siegessäule, nur einige Büsche entfernt von der sechs Fahrstreifen breiten Straße des 17. Juni, und immer hatte sie diese Sonne im Gesicht, diese Sonne mit ihrem fernen arkadischen Licht. Sie nahm ein Drittel des Kreises und bog in die Altonaer Straße ein, und endlich erblickte sie die ersten Wohntürme des Hansaviertels.

Vor dem Pavillon der Hansabibliothek stellte sie ihr Fahrrad ab und ließ sich auf einer Bank nieder, vor einem leeren, azurfarben angestrichenen Planschbecken, das auch im Sommer nicht aufgefüllt wurde. Dort blickte sie auf den weißen Apartmentblock des finnischen Architekten Alvar Aalto und versuchte sich jene Zukunft vorzustellen, die sich die Planer des Viertels ersonnen hatten, die Projektanten der *Interbau 1957*. Es sollte ein großstädtisches Leben sein und sich in hellen Häusern vollziehen, deren Bewohner sich Gemeinschaftsstockwerke und Waschküchen teilten. Auf den Dächern dieser Gebäude würden sich Swimmingpools befinden, in denen sich die Kinder von Arbeitern mit den Kindern von Professoren im sonnendurchfluteten Wasser erfrischen konnten. Vom Zoologischen Garten wurde eine Seilbahn angelegt. Aus offenen Gondeln blickten die zukünftigen Bewohner der *Stadt von Morgen* – Monika stellte sich einen Lehrer vor, der mit seiner schwangeren Verlobten eine Wohnung beziehen wollte, einen Industrieschweißer, eine Diakonistin – auf die hochwachsenden Bauwerke einer neuen Welt, die sich aus den Trümmern des kriegszerstörten Berlins erhob und besser sein sollte als die andere neue Welt, die im Osten der Stadt hinter den Zuckerbäckerfassaden der Stalinallee entstand. Dieses schöne Viertel, so schoss es Monika ins Bewusstsein, ist ein Kind des Kalten Krieges, eine Fortführung des ideologischen Kampfes um das bessere Leben, und es war entstanden, weil es den Westen gegrämt haben musste, dass sie auf der anderen Seite der Sektorengrenze einfach damit begonnen hatten, ihre Proletarierpaläste zu errichten. Es waren hohe Wohnhäuser mit säulengestützten Fassaden und anachronistischem Art Déco, an denen dieselben Arbeiter, die die sowjetischen Panzer erst mit Steinen beworfen hatten, bereits zwei Sommer später vorüberflanierten, mit der Eiswaffel in der Hand und dem Kind auf der Schulter, als habe es den Aufstand des 17. Juni niemals gegeben.

Ein Teenager, der einen tiefhängenden, mit Aufnähern und Ansteckadeln geschmückten Rucksack trug, wühlte in dem Müllkübel neben der Bank, zog die leere Wasserflasche heraus, die Monika weggeworfen hatte, und besah das Etikett, nur um festzustellen, dass er es mit einer dieser neuen trojanischen Flaschen zu tun hatte, für die man kein Pfandgeld, sondern Lebensmittelmarken erhielt. Er fluchte leise, warf seinen Fund zu Boden und lief auf den U-Bahnhofeingang zu, dessen auskragendes, von schlanken Säulen getragenes Flachdach über einen Laubengang bis zur Bibliothek reichte.

Als der Junge verschwunden war, kletterte ein Eichhörnchen von einem weißen Stützbalken herab. Zwischen den modernistischen Bauten wirkte das Tier auf Monika weder scheu noch unsicher, im Gegenteil, das Viertel mit seinen vielen hohen Bäumen, den breiten Grünflächen um den Tiergarten, es schien sein Jagdrevier zu sein.

Monika kannte Fotografien aus den sechziger Jahren. Auf diesen Bildern fehlte die üppige Natur zwischen den Punkthochhäusern und Flachdach-Bungalows. Stattdessen hatte man Tulpenbeete angelegt und schmächtige, von Holzpfosten gestützte Bäume gesetzt. In dieser Zeit musste das auf den Aufnahmen von Angestellten und Kinderwagen schiebenden Hausfrauen bevölkerte Viertel eine geradezu klaustrophobische Spießigkeit ausgestrahlt haben. Erst die hochgewachsenen Birken, Kiefern, Lärchen, Erlen und Linden, die ausladenden Rhododendron- und Fliederhecken, die sich in den Jahrzehnten von der Wildnis des Tiergartens in die Wohngegend im Zentrum der Stadt hinein ausgebreitet haben, lassen die verstreuten Gebäude des Viertels wie eine verborgene Waldsiedlung erscheinen, dachte Monika und folgte mit dem Blick den Zickzacksprüngen des über den Platz huschenden Eichhörnchens.

Mit eiligen Bewegungen scherte es zunächst nach links aus, entschied sich dann jedoch für die entgegengesetzte Richtung, wartete, kaute, täuschte vor, im Gebüsch zu verschwinden, und kletterte einen Baum hinauf, bis Monika das Tier schließlich aus den Augen verlor. Sie erhob sich von der Bank und näherte sich mit vorsichtig bemessenen Schritten einer winterlich kargen Grünanlage, die sich an einer langen weißen Mauer entlangzog. Hier hielt sich das Eichhörnchen versteckt. Monika sah das rote Fell des Tieres durch die kahlen Zweige einer Linde schimmern. Was für eine prächtige, elegante Farbe, dachte sie, verglichen mit dem Grau der amerikanischen Art. Vor der langen Mauer war Monika allein, und es war ihr nicht peinlich, als sie ihre Hand zu einer Futterschale formte und dem Tier mit verstellter Stimme zurief: »Squirrel, Squirrel.«

Von der Spitze eines dünnen Zweiges, der unter dem Gewicht des Tieres zu wippen begann, hangelte sich das Eichhörnchen auf einen breiteren Astabschnitt zu und krallte sich schließlich kopfüber an den Stamm. Aus winzigen hervorquellenden Augäpfeln blickte es auf die verkehrte Welt, bis es sich ruckartig, von dem Motorengeräusch eines anfahrenden Mofas aufgeschreckt, auf die Rückseite des Baumstamms zurückzog. Monika konnte beobachten, wie es mit seinen buschigen Haarpinseln zuckte und versuchte, die Richtung des Lärms zu erlauschen. Dann bemaß es seinen Flug, holte Schwung und sprang, den langen Schweif hinter sich herziehend, in die Krone einer benachbarten Lärche. Von dort hetzte es weiter zu den Wohnbungalows. Monika folgte dem Tier.

Ein Mann, der eine flauschige Kosakenpelzmütze trug, kam Monika auf einem Roller entgegen, verlangsamte sein Tempo und nickte ihr im Vorbeifahren auf eine Weise zu, in der man Fremde auf dem Dorf begrüßte.

Rauch stieg auf aus einem der Schornsteine über den flachen Häusern. Der Rauch war von einer blauen Farbe und roch nicht nach Kohle, nicht nach verbranntem Holz, er duftete nach gebratenen Zwiebeln. Aus nicht allzu weiter Ferne wurde eine Melodie zu ihr herübergetragen, ein mehrstimmiger Gesang, der zusammen mit dem Gewindegeräusch heruntergelassener Jalousien an der weißgetünchten Ziegelmauer widerhallte. Hinter dieser mit einem altmodischen Graffiti und aus der Zeit gefallenen, rundlichen Buchstaben beschmierten Mauer war das Eichhörnchen verschwunden. In niedriger Höhe stand mit Kreide und in einer so unsicheren Handschrift das Wort *Sex* geschrieben, dass Monika gerührt war. Sie versuchte, über die Einfriedung zu spähen, doch die Mauer war zu hoch, das rote Eichhörnchen war ihr entwischt.

Die Sonne stand nun sehr niedrig. Ein Rest von Licht beschien die Windschutzscheibe eines einsam parkenden Transporters, der ein finnisches Nummernschild hatte und vor einer betongemauerten Kirche stand. Der Bau erinnerte an einen riesigen Container, nur der spiralförmig aufstrebende Glockenturm, mit seinem aufragenden Kreuz machte deutlich, dass es sich um ein Gotteshaus handelte, obwohl selbst der fachwerkartige Turmschacht äußerlich mehr mit einer Funkantenne gemein hatte als mit einem Kirchenturm. Auf ihren Streifzügen durch das Viertel hatte sie sich nie sonderlich für das nachkriegsmoderne Gebäude interessiert, aus dessen Inneren, wie Monika nun begriff, dieser schöne Gesang zu hören war.

Sie betrat das Foyer, und außer einer Angestellten, die im Schein einer Schreibtischlampe hinter einer Glastür Briefe stapelte, war niemand zu sehen, auch der Gesang war verschwunden. Sie blickte in einen leeren Saal, und die einzigen Geräusche, die Monika nun vernahm, waren ein unregelmäßiges Knacksen und ein Krachen, die von der metallisch gerahmten Fensterwand auszugehen schienen und dunkel in den Altarraum hineinhallten wie in einen hohlen Schiffsrumpf. Monika dachte an das deutsche Wort *Kirchenschiff*, das ihr nun sehr passend erschien. Diese Halle könnte ein Schiff sein, und kaum dass Monika diesen Gedanken formuliert hatte, bildete sie sich ein, auch einen Überdruck auf den Ohren zu spüren, so als befände sich dieser Hohlraum tatsächlich unter Wasser. Von der Kanzel aus, die mit ihrem Geländer und der wabenförmigen Schalldecke wie eine Kommandobrücke wirkte, würde dieses Schiff gesteuert werden. Über der Empore war eine Orgel aufgebaut, die sich zur Decke des Altarraums erstreckte, eine massive Konstruktion vertikaler Röhren aus einem weißglänzenden Metall, die Monika an eine gigantische Maschine erinnerte. Das donnernde Geräusch wiederholte sich aus unterschiedlichen Richtungen, es war, als zöge sich ein klanglicher Riss quer durch die große Halle. Vielleicht, dachte Monika, würde sich das Schiff gleich in Bewegung setzen.

Sie nahm in der vordersten Sitzreihe Platz und blickte auf das Mosaik über der Kanzel. Es zeigte eine Gestalt in einem weißen Gewand. Das Wesen befand sich in einer runden Kapsel, die zu schweben schien, und saß vor einer Reihe von gelben, Schaltknüppeln ähnlichen Stäben. Über der geöffneten Handfläche des Wesens war eine Formation blau ausstrahlender Sterne angeordnet, eine Darstellung, die wie eine Sternenkarte wirkte. Es sah so aus, als würden die Himmelskörper über die blauen Strahlen miteinander in Verbindung stehen. Und während Monika sich fragte, was dieses sciencefictionartige Mosaik an der Wand einer Kirche zu suchen habe, vernahm sie eine Frauenstimme aus einem Nebenraum, ein Murmeln, das durch eine spaltbreit geöffnete Schiebetür zu ihr in die Altarhalle drang. Unter der holzvertäfelten Tür sah sie nun auch einen dünnen, weißen Nebel aufsteigen. Eine weibliche Stimme rief *bitte*, und der Gesang, der sie in die Kirche gelockt hatte, setzte wieder ein.

Monika rückte zum Ende der Sitzbank auf und blickte durch den schmalen Türspalt. Vor einer leuchtend blauen Leinwand sah sie zwei Frauen und drei Männer, und obwohl sie nicht sehr kräftig sangen, glaubte Monika jede einzelne Stimme herauszuhören. Es war ein unreiner, ungeschulter Gesang, der doch so schön harmonierte. Eine krumm gebeugte Gestalt tauchte auf, ein Kind, das sich buckelnd an der Sängergruppe entlangbewegte. In der Hand trug es einen qualmenden Eimer, aus dem ein weißer Rauch herabsank, der den Boden in dichten Nebel hüllte. Und wieder war da diese Stimme, die Monika rufen hörte.

»Und bitte!«

Die Stimme kam vom anderen Ende des Raumes. Monika schob die Tür vorsichtig noch ein kleines Stück zur Seite und sah eine Frau mit einem Taktstock, die neben einer auf einem Stativ geführten Kamera stand und sich genau in diesem Moment zu ihr umdrehte. Mit einem verlegenen Lächeln, das der Frau bedeuten sollte, dass sie nur zuhören, auf keinen Fall stören wolle, nahm Monika auf einem der im Halbkreis arrangierten Stühle in der Mitte des Raumes Platz.

Das Lied, das der Chor sang, schien in einer Sprache zu sein, die Monika nicht kannte, mehrmals glaubte sie aus den Silben den Namen *Na-ta-li-a* herauszuhören, doch sicher war sie sich nicht. Auf der Highschool hatte sie eine kurze Zeit in einem großen Schulchor gesungen und eigentlich auch Freude daran gehabt, bis der Leiter der Chorgruppe damit begonnen hatte, sich bei den Proben darüber zu beschweren, dass einige Stimmen die Töne nicht treffen würden. Dabei blickte er stets in Monikas Richtung, ganz gleich, wie sehr sie sich bemühte. Erst als sie nur die Lippen bewegte, ansonsten aber stumm blieb, war der Leiter mit dem Klang zufrieden. Daraufhin war sie ausgetreten.

Monika griff nach einem Notenblatt, das auf einem Stuhl neben ihr zurückgelassen worden war, und versuchte, die eigenartige Notation aus Wellenlinien, Punkten und Schraffierungen zu entziffern, doch die Zeichen waren Monika so fremd, dass sie daraus nichts abzulesen vermochte. Darunter standen Verse in einer Sprache geschrieben, die aus vielen Vokalen aufgebaut war. Monika verstand auch die Worte nicht und legte den Zettel wieder beiseite.

Das Licht auf der Leinwand wechselte, der Nebel verzog sich. In dem neuen Schein wirkten die Umrisse der Frauen und Männer, die Rollkragen-Sweatshirts in unterschiedlichen Pastellfarben trugen, wie aus Papier ausgeschnitten. Auf einem Hocker hinter einem Scheinwerfer stand das Kind, das gerade noch mit dem Nebeleimer umhergegangen war. Ob es sich um ein dickliches Mädchen handelte oder um einen Jungen, der noch nicht in die Pubertät gekommen war, sie konnte es nicht sagen.

Eine Sängerin trat hervor, eine zierliche Frau mit hohen Wangenknochen, die einen breiten Haarreifen hinter ihre großen Ohren geschoben hatte. Sie zurrte am Jerseystoff ihres Rollkragens, und nun sah Monika deutlich, wie eine Ader auf ihrer Stirn hervortrat. Die anderen verstummten, und Monika hörte sie einige Vokale intonieren. Sie sang ein *O*, ein *U* und dann ein *Ü*. Mit ihrer Stimme, mit der Zunge und mit den Lippen begann die Sängerin zwischen den Lauten zu gleiten und die Übergänge zu ertasten, und aus ihr, aber zugleich auch nicht aus ihr, erklangen hohe, flötende Töne, Strahlen, die sich über den dunklen Vokalgesang legten wie ein helles, klares Licht, so schön klang der Gesang in Monikas Ohren. Und während Monika mit lautlosen Mundbewegungen versuchte, von den dunkel sirrenden Tiefen zu den hohen sphärischen Tönen aufzusteigen, überkam sie ein sprachlich kaum fassbares Gefühl, eine Erschütterung, die sie niederdrückte und im selben Moment in die Höhe warf. Sie sah Bilder, eine Sequenz, die in die Zeit zurückreichte, als sie selbst ein kleines Kind war. Monika sah ihre Mutter über sich knien, die Mutter eine junge Frau, jünger, als Monika es heute war. Sie sah, wie die Mutter ihren Kinderkörper auf eine ausgebreitete Decke legte. Erst schlug sie das eine Ende der Decke ein, dann das andere. Das Haar der Mutter fiel ihr ins Gesicht, es kitzelte, sie wollte nach einer Strähne greifen, doch sie konnte sich nicht rühren. Sie war eingewickelt, verzaubert in eine Raupe. Die Mutter rollte sie hin und her, sie war geborgen und todtraurig zugleich, es war ihr Einschlafritual, gleich würde die Mutter sie verlassen.

Von dieser Erinnerung war Monika so eingenommen, dass sie erschrak, als sie das Kind, es war ein Junge, plötzlich neben sich sitzen sah. Mit einer Scham, einem Gefühl von Ertapptsein, lauschte sie der Frau noch einige Minuten, während der Junge mit einer fachmännischen Geste die Hände vor der Brust zusammenfaltete und seinen Kopf in den Atempausen der Sängerin zu einem Nicken herabsinken ließ. Als die Frau schließlich verstummte, wandte sich der Junge Monika zu.

»Und, was sagst du?«, fragte er mit einem stolzen, in sich gekehrten Lächeln, »hat es dir gefallen?«

Monika blickte sich um. Niemand in dem Raum schien sich an ihrer Anwesenheit zu stören. Stattdessen begannen sie mit dem Abbau der Technik. Einer der

Männer aus dem Chor, er trug einen dichten, blonden Schnurrbart, blinzelte freundlich zu ihr und dem Jungen herüber, während er mit einer albern theatralischen Geste Sandgewichte hochstemmte, die ein Scheinwerferstativ beschwert hatten. Die Frau mit den großen Ohren, die diese seltsam hohen Töne erzeugt hatte, kniete vor einer Bahn aufgerollten Moltons, ein anderer Sänger aus dem Chor, er war schlaksig und trug sein kinnlanges Haar in der Mitte gescheitelt, half ihr dabei, indem er den Stoffwulst mit seinen schmalen, bis zu den Fingerknöcheln behaarten Händen zusammenwalkte.

»Ihr habt sehr schön gesungen«, antwortete Monika mit einer tiefen Stimme und räusperte sich, sie hatte lange nicht mehr gesprochen.

»Natürlich haben wir das«, sagte der Junge und machte eine abwehrende Geste mit der Hand, »aber ich will wissen, wie dir die Lichteffekte und der Nebel gefallen haben.«

»Fantastisch«, sagte sie und wiederholte es noch ein zweites Mal, als sie sah, wie sehr sich der Junge über ihre Antwort freute. »Wirklich fantastisch.«

»Das waren Eisschollen vom Mars, festes Kohlenstoffdioxid«, sagte er und sprang von seinem Platz auf. »Was ist das eigentlich für ein Akzent, den du sprichst?«

»Ich bin Amerikanerin«, erklärte sie.

»Speaking English?«

Monika nickte.

»Hi, my name is Paul and I am sixteen years old!«

Sie blickte auf die kleine Hand, die der Junge ihr entgegenstreckte. Sie hatte ihn viel jünger eingeschätzt.

»Nice to meet you. I am Monika.« Pauls Händedruck war weich.

Von hinten erschien nun auch die Chorleiterin, sie schleifte einen vollgestopften Müllsack über den Boden und warf Paul ein Kabelknäuel vor die Füße.

»Kannst du das mal aufwickeln?« Die Frau sprach die Silben sehr hart aus, fast klang es wie eine fremde Sprache. Paul verdrehte die Augen und begann die schwarzen Kabelschlaufen um seinen kurzen, angewinkelten Unterarm zu legen. »Und denk an die Folien.«

Unter den Ärmeln ihres Rollkragen-Sweatshirts hatten sich Schweißflecken gebildet. Ein aufdringlicher und doch angenehmer Geruch zog auf, der Monika an überreife Äpfel erinnerte. Sie wollte sich vorstellen, doch die Frau war bereits zur Tür hinaus verschwunden.

»Und denk an die Folien«, ahmte Paul sie in einer affektierten Weise nach und kicherte ein entrücktes Lachen, »natürlich denke ich an die Folien.« Die Art, wie er lachte, erinnerte Monika an einen Kinderdarsteller, dem es schwerfiel, seine Rolle nach der Probe abzulegen.

»Das Lied, dass ihr gesungen habt, was war das?«, fragte Monika zu Paul herunter, der nun leise summend vor einem Karton mit Scheinwerferfolien kniete. Sie bemerkte, dass sein linkes Augenlid tiefer hing als das rechte und dass darauf ein Gerstenkorn saß.

»Das war ein finnisches Lied, über eine Insel bei den Sternen.« Paul zog eine violette Folie hervor und hielt sie gegen das Licht.

»Ein Volkslied oder ein Kirchenlied?«, fragte sie, der Junge schüttelte den Kopf.

»Weder noch, es ist mehr ein politisches Lied, wenn man das so sagen kann.«

Monika verstand nichts. Vielleicht, dachte sie, macht sich dieser altkluge Junge gerade über mich lustig.

»Ja, das ist eine komische Sache, komisch im Sinne von seltsam«, sagte er und überlegte. »Der Nebel hat dir also gefallen …«

Die Chorleiterin betrat wieder den Raum, sie warf Paul einen vorwurfsvollen Blick zu, nahm dem Jungen den Karton mit den bunten Folien weg und trug ihn nach draußen. Eine andere Sängerin aus dem Chor folgte ihr mit einem Ventilator in der Hand. Beim Gehen beugte sie sich nach vorne, wie es sehr große Menschen taten, die sich vor jeder Türschwelle ducken mussten.

»Ich halte euch von der Arbeit ab«, sagte Monika und stand auf.

»Heute müssen wir alles in den Transporter bringen, der Bibelkreis hat sich beschwert.« Einige Kisten standen noch im Raum, auf dem Boden verteilt lagen Klebebandrollen und leere Müllsäcke, doch das meiste war bereits herausgetragen worden. Paul stemmte die Arme in die Hüften und sah sich um.

»Heute haben wir ein schönes Wetter gemacht«, sagte er und rieb sich die Hände. Wie ein kleiner Kobold, dachte Monika und überlegte, was dies für eine merkwürdige Redensart war, *ein schönes Wetter machen,* es gab so viele Redensarten im Deutschen, die sie nicht verstand.

Aus dem Altarraum waren die Stimmen der Sänger zu hören, sie unterhielten sich in einer Sprache, die aus vielen fließenden Vokalen bestand, aber auch aus harten, schnalzenden Lauten. Finnisch, dachte Monika im Stillen, klingt wie eine Geheimsprache, die sich Kinder ausgedacht haben.

»Es wird Zeit«, sagte Paul und verabschiedete sich mit einem Knicks.

II

Noch in derselben Nacht setzte sich Monika vor den Laptop, diesmal ohne Decke, ohne Wärmflasche, und begann ein neues Kapitel ihrer Doktorarbeit. Sie nannte es *The warmth of the Cold War. How West Germany's welfare state got influenced by the ›East‹.*

»Der Wohlfahrtsstaat der Bundesrepublik Deutschland, mit seinen großen Sozialbauprojekten der 1950er, der 1960er und der 1970er Jahre«, schrieb sie, »muss im Zusammenhang zum System der DDR und der Sowjetunion bewertet werden. Die Konkurrenz zum *Sozialismus des Ostens,* sie führte nicht nur zu einem militärischen Rüstungskampf zwischen den Blöcken, sondern auch zu einem sozialstaatlichen Wetteifern, wie man am Beispiel des Hansaviertels in Westberlin sehen kann.«

Monika überlegte, ob man dies als einen positiven Nebeneffekt des Ost-West-Konfliktes bezeichnen könnte, so wie man der Sonnencreme nachsagte, dank des Pazifikkriegs entwickelt worden zu sein, doch sie verwarf den Gedanken wieder.

Als die Planung des Hansaviertels mit der *Interbau 1957* beschlossen wurde, waren die ersten Wohnhäuser der damaligen Stalinallee in Ostberlin bereits fertiggestellt, Familien waren eingezogen, und die Wochenschauen der DEFA überschlugen sich in den Hymnen auf das neue Wohnen. Bereits 1949, pünktlich zu einer Großkundgebung zum siebzigsten Geburtstag Josef Stalins, war der Grundstein für das Bauvorhaben in der Ostzone gelegt worden. Monika hatte eine Fotografie des Festfeuerwerks gesehen. Vor dem schwarzen Nachthimmel über der Frankfurter Allee leuchtete das von weißen Flammen umrissene Porträt des sowjetischen Diktators, der zum Namensträger der neuen Magistrale auserwählt worden war. Bald nach dem Festakt, wusste Monika, waren die Laubenganghäuser der Wohnzelle Friedrichshain errichtet worden. Von allen Wohnhäusern, die an der Paradeallee entstanden waren, gefielen sie ihr am besten. Damals jedoch war gegen die mehrzeiligen Gebäude der schlimmste architektonische Vorwurf erhoben worden, der in den Anfangsjahren des Arbeiter- und Bauernstaates vorstellbar war: Die neuen Häuser, hieß es, seien formalistisch. Schnell hochwachsende Pappeln sollten die schmucklosen Fassaden vor den Blicken der Spaziergänger schützen.

Nie hatte sie die sechsspurige Karl-Marx-Allee überquert, ohne dass sie die Vorstellung erschaudern ließ, von einem der Wagen erfasst zu werden, die mit einer geradezu fluchtartigen Eile vorbeifuhren. Öde und leer war es dort in der Nacht, doch auch am Tag fehlte es an Menschen, um die breiten Bürgersteige zu bevölkern. Im Frühsommer, wenn die Linden blühten, konnte es dort schön sein, wusste sie, es gab Galerien, ein schickes

Kino, doch in ihrer Vorstellung herrschte auf der Karl-Marx-Allee immer Winter, fegte eine schneidiger Wind, rasten die Autos.

Von der Prachtstraße unterschied sich das Hansaviertel in Westberlin weniger durch seine lockere Bebauung, denn verlassen und leer waren die Straßen auch dort. Was das Viertel wirklich von der Magistrale im Osten abhob, war, dass es nicht für Paraden, sondern wie für den Sommer gebaut zu sein schien. Durch das Viertel zu streifen erzeugte ein Gefühl, als liefe man durch eine Ferienhaussiedlung, als würde jeden Augenblick zwischen den Bäumen und den Fassaden das Meer hervorblitzen. Das Hansaviertel, dachte Monika, es war nicht schöner, es war milder.

»Es wäre interessant zu untersuchen, inwieweit sich der Wegfall der Systemkonkurrenz auf die Sozialpolitik des wiedervereinigten Deutschlands ausgewirkt hat, eine Politik, die sich unter anderem in einer weitgehenden Aufgabe des kommunalen Wohnungsbaus äußerte. In den 1970er Jahren war der Anteil staatlich geförderter Wohnungsbauvorhaben …« Sie blätterte in ihren Unterlagen, irgendwo musste sie eine Statistik abgelegt haben, die den sukzessiven Rückgang des sozialen Wohnungsbaus in Zahlen darlegte, doch sie fand den Zettel nicht, stattdessen fiel ihr der Schwarzweißausdruck einer Fotografie in die Hände, die Fotografie einer Fotografie, wegen der Monika in ihrem ersten Jahr an der Freien Universität ein halbes Dutzend Bibliotheken aufgesucht hatte. Das Bild zeigte eine junge Frau im Kreis ihrer Familie. In diese Frau war sie geradezu verliebt gewesen, eine Schwärmerei, die sich Monika längst nicht mehr erlauben konnte, zu groß lastete der Druck, ihre Dissertationsschrift zu einem Ende zu bringen. Wie fern ihr dieses erste Jahr in Berlin nun erschien. Sie befestigte das Bild dieser längst verstorbenen Frau mit zwei Stecknadeln an der Raufasertapete hinter ihrem Schreibtisch und war froh über die schöne Schutzpatronin an der Wand. Mit ihrer Hilfe würde sie es schaffen, dachte sie und schrieb weiter.

Als Monika das neue Kapitel in die Maske ihrer Doktorarbeit hineinkopierte, zählte sie zwanzig neue Seiten. Sie erinnerte sich nicht daran, jemals so viel in einem Zug verfasst zu haben, und ein Verlangen trieb sie an, noch mehr zu schreiben, immer weiter zu schreiben, bis in den Morgen hinein.

Das Wochenende begann, der Sonntag verstrich, es wurde Montag, und die wiedergewonnene Lust an ihrer Arbeit hielt an, selbst bis zum nächsten Stipendiaten-Treffen. Sie stellte ihre These vor, und obwohl ihre Behauptung im Kreis der Doktoranden auf Ablehnung stieß, weil sie die hohe Staatsverschuldung als Ursache für den Rückzug des Staates aus öffentlichen Bauprojekten unterschlage und weil sich überhaupt nicht sagen ließe, dass die Bundesrepublik mit der Wiedervereinigung weniger sozial geworden sei, hatte Monika den Eindruck, dass man sie ernst nahm und ihr auf Augenhöhe begegnete. Auch mit der Heftigkeit des Widerspruchs, der ihr im Laufe der Diskussion entgegenschlug, konnte sie umgehen, da es diesmal nicht der Architekturstudent war, der zu ihrer Verteidigung einsprang, sondern ihre Doktormutter Frau von Bahlsen, die für gewöhnlich nie mehr als ein Achselzucken und ein verständnisloses Lächeln für sie übrighatte.

Nachdem alle zu Wort gekommen waren und Monika den anderen Doktoranden in die Mittagspause folgen wollte, wurde sie auf dem Weg in die Teeküche von ihrer Doktormutter aufgehalten. Sie müsse mit ihr über ihre Zukunft sprechen, hatte sie mit einer Sanftmut gesagt, die Monika normalerweise in Alarmbereitschaft versetzt hätte, die sie an diesem Tag jedoch als aufrichtig und freundlich empfand. Die Doktormutter machte einige scherzhafte Bemerkungen über Monikas *sympathische Verschrobenheit*, lobte ihr Talent für das Formulieren provokativer Thesen, um bald überzuleiten zu ihrem tatsächlichen Anliegen: Das Stipendium könne nicht verlängert werden. Ohne Zweifel sei ihre Arbeit originell und auch interessant, jedoch leider nicht exzellent, und darum ginge es nun einmal bei den monatlichen Treffen, dies war die Vorbedingung für die großzügige Unterstützung: das Streben nach Exzellenz. Auch habe sie sich schon seit längerem des Eindrucks nicht erwehren können, dass Monika nicht glücklich sei in ihrer akademischen Umgebung, was sicherlich zum Teil auch ihr, der Doktormutter, und ihrer zuweilen sehr direkten Art geschuldet sei, doch wohl überwiegend mit der Tatsache zusammenhinge, dass sie beide völlig unterschiedliche Denkansätze vertraten. Unter anderen Umständen hätte dies sicherlich zu anregenden Diskussionen führen können, aus Gründen der Fairness jedoch habe das Vorankommen der anderen Studenten momentan höchste Priorität. Sie sprach von einem Brief der Ausländerbehörde, der Monika bald erreichen würde, der sie jedoch nicht weiter beunruhigen müsse, und abschließend hatte sie Monika noch den Rat mitgegeben, allzu häufige Besuche der Sonnenbank zu vermeiden, nicht bloß, weil es gesundheitsschädigend sei, sondern auch, weil diese Bräune, das könne Monika natürlich nicht wissen, in Deutschland, besonders in akademischen Kreisen, nicht so gern gesehen werde. Man verliere an wissenschaftlicher Glaubwürdigkeit, wenn man es mit dem Äußeren übertreibe. Und vielleicht weil Frau von Bahlsen selbst erschrocken war über diesen Ausbruch an Bösartigkeit, zwickte sie Monika verstohlen lachend in ihren gebräunten Oberarm und bekam vor Aufregung einen fleckigen Hals.

Nach diesem Gespräch folgte ihr der Architekturstudent in die U-Bahn, wie nach jedem Treffen in der Dahlemer Villa, die ihr nun wenigstens erspart bleiben würden, und setzte sich neben sie in den leeren Waggon. Er rückte so dicht an sie heran, dass sie seinen sauren Atem vernahm, und nutzte ihre Schwäche aus, indem er nach ihrer Hand griff und sie mit seinem Daumen streichelte, von Dahlem Dorf bis Heidelberger Platz. Monika wehrte sich nicht und ließ sich trösten, so lange, bis sie eine runde Auswölbung an seinem Cordhosenbein bemerkte und an der Station Fehrbelliner Platz aus dem Waggon floh.

Am nächsten Tag traf sie sich mit Svanhild, der anderen amerikanischen Doktorandin der Stipendiatengruppe, in einem Café am Paul-Linke-Ufer, aus dem man sie, kaum dass sie ihre Bestellung erhielten, auch schon wieder hinauswarf, weil Svanhild es auch nach einer Aufforderung der Kellnerin nicht lassen konnte, ihr mitgebrachtes, in einem Stoffbeutel auf dem Schoß verstecktes Stück Kürbiskuchen in den Milchkaffee zu tunken. Sie stritten sich, und Monika sagte Svanhild, dass sie lieber nach Hause fahren wolle. Ihren Schal ließ sie im Café, und so war sie nach dem Streit mit dem Gefühl einer beginnenden Erkältung in den Supermarkt gefahren, um sich ein Netz Mandarinen zu kaufen, von denen, wie sie erst beim Verlassen des Geschäfts bemerkte, beinahe alle Früchte mit grünen Schimmelsporen überzogen waren. Und als sie sich vor dem Abfalleimer zu einem angeleinten, kümmerlich zitternden Terrier bückte, der im Schneeregen saß, und der Hund zu knurren begann und schließlich nach ihrem Finger schnappte, kaum dass Monika die Hand nach ihm ausgestreckt hatte, da dachte sie, dass es ihr schlechter nicht ergehen könne.

In der Nacht zum Mittwoch erwachte sie aus dem Schlaf, weil der Mann in der Wohnung über ihr in ein lautes Schluchzen ausgebrochen war. Am nächsten Morgen fand sie einen toten Spatzen in dem Blumenkasten vor dem Küchenfenster, und den ganzen Vormittag verbrachte sie traurig darüber nachgrübelnd, ob der nächtliche Heulkrampf des Nachbarn und der Tod des Vogels in einem Zusammenhang stünden. Am Donnerstag geschah weiter nichts, doch schon am Freitag traf der umweltpapierne Brief mit dem wässrigen Stempel der Ausländerbehörde bei ihr ein, mit einer Vorladung für die kommende Woche.

III

»Die Sache ist die«, sagte Frau Holler und pulte mit der metallisch verstärkten Ecke einer Akte, auf der Monika ihren Namen lesen konnte, etwas von dem Dreck hervor, der sich dunkel unter dem langen Nagel ihres Daumens absetzte, »der Gesetzgeber hat uns eindeutige Vorgaben erteilt. Ihre Master-Abschlüsse in …« Die Sachbearbeiterin blätterte in den Unterlagen und rieb sich die Augen, müde, kleine Augen hinter verschmierten Brillengläsern, auf denen einzelne, ausgefallene Wimpern klebten, dann las sie laut: »*German Studies* und *Osteuropäische Geschichte,* ihre sehr guten Deutsch- und Russischkenntnisse und auch Englisch, das ja ihre Muttersprache ist, das alles, verstehen Sie, kann uns hier leider nicht interessieren.«

Obwohl Frau Holler sich um einen teilnahmslosen Gesichtsausdruck bemühte, machte sie auf Monika eher einen mitleiderregenden, ja desolaten Eindruck. Was sollte sie gegen diese Frau haben, sie saß in einem überheizten Büro, dessen Fenster man, wie ein Warnschild verriet, wegen der Zentralsteuerung der Heizkörper nicht öffnen durfte, umgeben von Aktenstapeln ausländischer Studenten, denen sie erklären sollte, dass sie auch nach einem mehrjährigen Studium kein Recht auf ein Leben in diesem Land besaßen. Frau Holler nippte an einem Becher Bananenmilch, den sie auf einem Stapel aus Personenakten abstellte.

»Es stört Sie hoffentlich nicht, wenn ich etwas trinke, ich hatte heute noch keine Pause«, sagte sie und leckte sich den Flaum über ihrer Oberlippe sauber. An der Wand hinter dem Schreibtisch hing eine Kinderzeichnung, die eine Szene aus einem Disney-Film darstellte. Ein Löwenbaby mit asymmetrisch verunglückten Gesichtszügen döste auf einem Ast. Links neben dem Bild war ein Foto an die Wand gepinnt, Frau Holler in einer sommerlichen Bluse, heruntergebeugt zu einem Mann im Rollstuhl.

»Ohne Stipendium«, sprach sie weiter, »können Sie keinen Nachweis darüber erbringen, wie Sie Ihren Lebensunterhalt bestreiten, und ohne diesen Nachweis gibt es keine Verlängerung Ihrer Aufenthaltsgenehmigung.«

»Ich suche mir einen Job«, sagte Monika, doch Frau Holler verdrehte die Augen.

»Sie sind 2004 mit einem Studentenvisum eingereist, das, wie Sie sicher wissen, auf drei Jahre befristet ist. Dieses Visum, das Sie übrigens nur aufgrund Ihres Stipendiums erhalten haben, beinhaltet keine Arbeitserlaubnis. Und Ihr Stipendium läuft jetzt aus.«

»Dann beantrage ich Sozialhilfe.«

Frau Holler lachte auf, dabei kam die untere Reihe ihrer kleinen Zähne zum Vorschein. In diesem Moment fand Monika die Sachbearbeiterin wirklich gemein.

»Das wäre ja noch schöner! Ich weiß auch gar nicht, was Sie sich unter Sozialhilfe vorstellen, so etwas gibt es hier nicht mehr, ohne Arbeit keine Leistung!«

»Ich habe beantragt, mein Stipendium um ein Semester zu verlängern«, warf Monika ein.

»Und dieser Antrag wurde abgewiesen.«

»Dagegen habe ich Widerspruch eingelegt.«

Frau Holler nahm einen neuen Schluck von ihrer Milch, hob die zur Faust geballte Hand an den Mund und stieß sauer auf. Dann fuhr sie fort: »Das ist natürlich Ihr gutes Recht. Aber die Sache ist die, Ihre Studienleistungen müssen herausragend sein. Doch wenn ich mir die Gutachten Ihrer Professorin so ansehe«, sie zog einen eng bedruckten Papierbogen hervor und überflog ihn mit kleinen, zugekniffenen Maulwurfsaugen, »dann ist das, was Sie bisher abgeliefert haben ehrlich gesagt ein bisschen dürftig. Ich bin jetzt mal ganz direkt«, sagte sie und setzte sich aufrecht in ihren Drehstuhl, »seien Sie mir bitte nicht böse, aber was ich Ihnen sagen will ist: Faule Studenten haben wir genug, die müssen wir uns nicht auch noch aus dem Ausland einfliegen lassen. Vorhin hatte ich hier einen jungen IT-Spezialisten aus Vietnam, sämtliche Abschlüsse mit Auszeichnung, und nicht einmal diesem jungen Menschen konnte ich helfen.«

Monika blickte zu Boden. Frau Holler würde diese Geste als Schuldeingeständnis deuten, dachte sie, und das ärgerte sie.

»Ich kann nicht zurück.«

»Die Situation in Ihrem Land ist schlecht, das weiß

ich, ich kann Sie sogar verstehen. Glauben Sie etwa, ich hätte Lust, in einem anderen Land als diesem zu leben? Aber mir sitzt die Behörde im Nacken, es gibt Statistiken. Wenn ich nicht auf eine bestimmte Zahl an Rückführungen komme, verliere ich meinen Arbeitsplatz. Ich habe einen Sohn, mein Mann ist seit einem Unfall schwerbehindert, und meine Existenz soll ich aufs Spiel setzen, weil Ihr Heimatland jahrzehntelang über seine Verhältnisse gelebt hat?«

Monika schüttelte den Kopf.

»Sehr gut, Sie sind ja doch vernünftig. Solange Ihr Widerspruch noch in Bearbeitung ist, dürfen Sie in Berlin bleiben, aber nur in Berlin. Es ist Ihnen nicht erlaubt, die Stadt zu verlassen, das wissen Sie?«

Ein Wort kam Monika ins Gedächtnis, es war einer der vielen deutschen Neologismen, und sie sagte es laut: »Residenzpflicht.«

»Genau. Eine umständliche Regelung, aber es gibt Gründe, die dafür sprechen.«

Frau Holler schob ein lindgrünes Formular über den Schreibtisch und tippte mit der Spitze eines Kugelschreibers auf eine gestrichelte Linie am Dokumentrand. »Ihr Name kommt dorthin«, sagte sie und reichte Monika den handwarmen Stift. Monika unterschrieb das Formular, ohne es durchzulesen, Frau Holler lächelte zufrieden.

»Bei den vielen Fällen, die wir hier bearbeiten, wird es eine Weile dauern, bis Sie Ihren Ausweisungsbescheid erhalten, ein, zwei Monate Schonfrist, aber das will ich Ihnen nicht gesagt haben. Und denken Sie daran: Bei der geringsten Strafauffälligkeit fliegen Sie sofort.« Die Sachbearbeiterin schlug ihre Akte zu.

»Wenn die vielen Europäer nicht wären, die Spanier und Griechen, dann könnten wir großzügiger sein.«

Monika wollte raus aus dem Büro und griff nach ihrer Jacke, doch Frau Holler schien noch etwas auf dem Herzen zu haben.

»Aus welcher Gegend in den Staaten kommen Sie?«

»Ich bin in Kalifornien aufgewachsen«, antwortete Monika und blickte zum Fenster. Über dem Heizkörper, auf dem Mandarinenschalen trockneten, flimmerte die Luft. Von draußen klatschten Schneeflocken gegen die Scheibe. Die Heimfahrt wird ungemütlich werden, dachte Monika und ärgerte sich darüber, dieser Frau überhaupt geantwortet zu haben.

»California, wie schön.« Frau Hollers Stimme hüpfte fröhlich. »Ich bin mit meinem Mann vor Jahren einmal dort gewesen, mit einem Wohnmobil quer durchs Land. Kennen Sie den Yosemitie Nationalpark?«

Monika nickte. Um zur Schule zu kommen, musste sie den Freeway überqueren, der zu dem Nationalpark im Norden führte. Sie sah die schlammbespritzen Trucks der Obstbauern und die holzverkleideten Kombis mit den mexikanischen Nummernschildern vorbeirauschen, und diese Bilder, sie trafen Monika wie ein Schlag. Jenseits der breiten Schnellstraße lebte ihre Mutter noch immer in dem kleinen, mit mehreren Hypotheken belasteten Haus, zusammen mit einem Mann, der Rod hieß und an einer Montessori-Schule Informatikunterricht gab, dafür jedoch kein Gehalt bekam. Monika würde zurückkehren, nach Fresno, in die Rolling Hills, und ganz gleich, wie schwer das Leben dort auch sein würde, sie wäre wieder bei ihrer Mutter.

Monika wischte sich mit beiden Händen über das Gesicht. Sie sah eine Schwarzeiche einsam auf einer golden verdorrten Weide stehen, dahinter erhoben sich die Schneegipfel der Sierra Nevada. Was ist das für ein Erinnerungsbild, dachte Monika, sie hatte keinen Bezug zu dieser Landschaft. Die freien Wochenenden hatte ihre Familie in Monterey am Pazifik verbracht, im Haus ihrer Großmutter, dort sah es anders aus, und manchmal, in den großen Ferien, war sie nach Pittsburgh gereist, wo die Verwandten ihrer Mutter lebten, eine völlig andere Gegend. Das Bild musste sie sich aus einem Film oder aus einer Werbebroschüre eingeprägt haben. Wie dumm das alles war. Wieso bin ich von dieser Landschaft so ergriffen, dachte sie und begann zu weinen.

»Aber Frau Meadows, so schlimm ist das auch wieder nicht. Die Talsohle der Krise ist erreicht, es gibt nun wirklich Gegenden auf der Welt, die ärmer dran sind, in Bangladesch zum Beispiel …«, sagte sie, führte den Satz jedoch nicht zu Ende, stattdessen begann sie, unter den Schreibtisch gebeugt, in ihrer Handtasche zu wühlen. Monika hörte das Knistern einer Plastiktüte.

»Warten Sie, ich habe hier etwas für Sie, das wird Sie aufmuntern. Sie sind ja nicht die Erste, die hier in Tränen ausbricht.«

Mit einem erschöpften Seufzer brachte Frau Holler ein in Zellophan geschweißtes Päckchen hervor.

»Was ist das?«, fragte sie und fuhr sich mit dem Handrücken über die tropfende Nase.

»Gutscheine«, antwortete Frau Holler und führte ihren ausgestreckten Zeigefinger an den Mund, »sagen Sie jetzt nichts.«

Monika ließ das Paket in der Innentasche ihrer Jacke verschwinden.

»Die Generation Ihrer Großeltern hat diese Stadt in Zeiten größter Not aus der Luft versorgt, die Rosinenbomber und Kennedys Rede. Glauben Sie, wir hätten das vergessen? Ich wünsche Ihnen von Herzen alles Gute für die Zukunft.«

Auf dem Korridor des über zehn Stockwerke hohen Plattenbaus war es voller geworden. Vor jeder der Türen, die wohl zur Sicherheit der Angestellten anstelle von Namen mit Nummern beschriftet waren, wartete ein Mensch. Und in jedem Blick, der Monika auf dem Flur streifte, ruhte eine eigene, besondere Art von Gefasstheit. Monika schien die Einzige zu sein, die gerötete Augen hatte. Und ein Gefühl von Scham und Erniedrigung mischte sich mit einem Schuldempfinden, sich mit der falschen Seite verbrüdert zu haben.

Ein Sachbearbeiter, der spitz zulaufende Lacklederschuhe trug und seine linke Braue gepierct hatte, schlenkerte im Gehen fröhlich sein Klemmbrett hin und her, hinter ihm eine ostasiatische Frau, die ihm mit schleppenden, über den Linoleumboden schleifenden Schritten folgte und Monika mit einer Verachtung anblickte, die so unverhohlen war, dass Monika sich einbildete, durch einen bösen Zauber um einige Zentimeter geschrumpft zu sein, ja einen Teil ihrer Physis unwiederbringlich verloren zu haben.

Der Mann hielt der Frau die Tür zu seinem Büro auf, Monika sah die Konturen eines zusammengeknoteten Haarschopfs unter einem weißen Kopftuch. Auf dem Rücken ihrer Windjacke, die sie über einem langen Gewand trug, reflektierte das Emblem der Humboldt-Universität den Schein der Deckenleuchten.

Vor der Behörde blies ein starker Wind. Unter dem Vordach des Plattenbaus sah sie zwei Männer, die mit glimmenden Zigaretten vor einem Betonkübel zusammengekommen waren, dort jedoch keinen Schutz fanden, weil die Schneeflocken nicht sanft von oben herabrieselten, sondern frontal auf sie zuwehten. Sie fluchten leise auf portugiesisch und wendeten sich mit dem Gesicht dem Gebäude zu, das Monika nun verließ und im Leben nicht wieder betreten würde.

IV

Der Schnee ging in Regen über, der Regen gefror. Nur wenige Menschen waren unterwegs. Mit tippelnden Schritten legten sie kurze Etappen zurück, die von einem Straßenpoller zu einem Bauzaun reichten, von einer Parkuhr zu einem Fahrradständer. Alles war von Eis überzogen, eine dünne, unebene Schicht, die an mundgeblasenes Glas erinnerte. Wann immer sie sich mit ausgestreckter Hand einem dieser gläsernen Zwischenziele näherten, von dem sie sich Halt versprachen auf der überfrorenen Straße, beschleunigten sie ihre Schritte hastig. Sie rutschten aus und fielen still, mit einem Erstaunen im Gesicht, sie konnten ihr Unglück nicht fassen.

Wenn der Untergrund buckelig war und schrundig, dort, wo ein Baum seine Wurzeln unter die Gehwegplatten geschoben hatte und Grasbüschel auf kleinen Inseln standen, kamen sie besser voran. Es waren die neuen, von den staatlichen Leiharbeitern des Konjunkturprogramms in den Sand gehämmerten Verbundpflasterwege, auf denen sie ausrutschten und fielen. Autos sah Monika selten fahren, die Straßenbahnen standen still, und aus unterschiedlich fernen Richtungen lärmten die Martinshörner der Rettungswagen.

Einen Wegstreifen gab es noch, der nicht mit Blitzeis überfroren war, er zog sich an der Bordsteinkante entlang, wo die Wärme aus den Lüftungsöffnungen der Schachtdeckel aufstieg und das Bitumen zerbröselt war. Entlang dieses Streifens fuhr Monika auf ihrem Fahrrad. Manchmal musste sie eine Eisspur ausbalancieren, dann geriet sie ins Schlingern. Mit Not gelang ihr das Abbremsen vor der Ampelkreuzung an der Greifswalder Straße.

Ein Streifenwagen fuhr dicht an sie heran. Eine junge Polizistin in Zivil lehnte sich aus dem offenen Fenster und herrschte Monika an, sofort von ihrem Fahrrad abzusteigen, die Notaufnahmen der Krankenhäuser seien überfüllt wegen solch unvernünftiger Menschen wie ihr. Monika entschuldigte sich, gehorchte, tippelte einige Schritte über den Bürgersteig, verlor erst das Fahrrad aus den Händen, dann das Gleichgewicht und stürzte schließlich zu Boden. Es war weiter nichts geschehen, sie spürte lediglich einen schwach nachfedernden Schmerz auf dem Oberschenkel. Als sie sich aufrichtete, bog der Streifenwagen in die Greifswalder Straße ein. Sie strich das nass gewordene Hosenbein sauber, an dem wie zum Hohn spitze Steine von Streugranulat klebten, und schlitterte zu Fuß weiter. Das Fahrrad schob sie nun mit größerer Vorsicht neben sich her und überquerte die Kreuzung. Ein zweites Mal kam sie zu Fall, doch diesmal verlief ihr Sturz unglücklicher, mit der Hüfte prallte sie gegen die Lenkstange. Auch das Rücklicht war zu Bruch gegangen, und ihre Handflächen glühten von dem Versuch, sich abzufedern. In dieser Situation erschien es Monika als das Beste, nun das letzte freie Kästchen auf der Abonnementkarte ihres Sonnenstudios einzulösen.

Das Schaufenster des Solariums war umwuchert von Palmen und einem Gebüsch aus Bananensträuchern. Um einen durchsichtig blauen Wasserspender, aus dem Sauerstoffblasen aufstiegen, standen Korbmöbel arrangiert. Trotz der üppigen Farne, die in hängenden Kübeln unter der Deckenlampe angebracht waren, fiel das Licht aus den Neonstrahlern sehr grell auf die Pflanzen, und Monika füllte sich nicht in einen Wintergarten oder in ein Tropenhaus versetzt, als sich die Schiebetür öffnete, eher dachte sie an eine Tankstelle, an eine sehr schöne Tankstelle allerdings.

Von dem Windstoß, den Monika von draußen mit hereingebracht hatte, raschelten die Pflanzen. Die Frau hinter dem Tresen legte ihre Tageszeitung beiseite und begrüßte Monika mit einem Ausdruck des Wiedererkennens.

»Nein, du bist eingeladen«, sagte sie und schüttelte abwehrend den Kopf, als Monika ihre Zehnerkarte vorzeigte.

Monika schritt den Gang entlang, vorbei an einer Reihe verschlossener Jalousietüren mit weißlasierten Holzlamellen, sie vernahm ein männliches Husten und das Klappern einer Gürtelschnalle. An der letzten Tür am Ende des Korridors, wo ihre Kabine abging, hörte sie nichts. Sie schob den Messingriegel ins Schloss und entkleidete sich. Im Spiegel an der Kabinenwand betrachtete sie ihren liegenden Körper, der von der Seite eigenartig fremd auf sie wirkte. Der hohe Brustkorb, die abstehende Scham, sie traten nun mit einer Deutlichkeit hervor, die Monika an ein anatomisches Schaubild erinnerte. Auf dem Oberschenkel ihres linken Beines hatte sich ein handflächengroßer, dunkelroter Bluterguss gebildet. Vorsichtig drückte sie sich ins Fleisch, die Haut färbte sich weiß. Mit dem Anspringen des Lichts schloss sie die Augen, und es dauerte nicht lange, bis sie eingeschlafen war.

In ihrem Traum sah sie sich in einer Lichtkapsel liegen, die aufstieg und über dem Asphalt zu schweben begann. Vor ihr erstreckte sich eine Straßenkreuzung. Sie musste höher steigen, um die Oberleitungen nicht einzureißen und den Laternenmasten auszuweichen. Unter einem tiefhängenden Wolkenband glitt sie gleichmäßig wie ein Zeppelin. Sie sah die verschachtelten Mietskasernen und Hinterhöfe wie ein labyrinthisches Muster, in dem sich Menschen und Autos bewegten, ins Stocken gerieten und weiterströmten. Sie grüßte ein Vogelpaar, in den zur Seite geneigten braunen Köpfchen erkannte sie das Gesicht ihrer Großmutter und das eines älteren Mannes, der wohl ihr früh verstorbener Gatte war. Dann sank sie in einem langsamen Bogen zurück auf die Straße.

Als sich die Strahler wieder ausschalteten, fühlte Monika sich so erholt wie nach einem langen Schlaf. Sechzehn Minuten waren ihr geschenkt worden, und diese Zeit hatte genügt, um die Kälte aus ihr herauszutreiben.

Ein Glühen ging von ihren Wangen aus, sie fuhr sich über das Gesicht. Ihre Haut, das Haar, alles an ihr war heiß, und es kam ihr vor, als wären auch ihre Knochen und Organe von dieser Energie erhitzt, einer Wärme, die von ihr abstrahlte wie von einem Kraftwerk. Und als sie die Straße betrat und ihr das Schmelzwasser von der Markise des Sonnenstudios vor die Füße schwappte, als sie von einem Baugerüst Eiszapfen zu Boden krachen sah, die sich in einer lehmgrauen Pfütze auflösten, und sie das lärmende, durch die Straßennässe verstärkte Verkehrsrauschen der Autos vernahm, die nun wieder fuhren, glaubte Monika für einen Moment, sie selbst sei es, die alles zum Tauen brachte. Wie lange hatte sie geschlafen? All diese Menschen, die nun wieder auf der Straße unterwegs waren und aufgeregt telefonierten, die weit geöffnete, im Wind flatternde Jacken trugen und mit ihren schnellen Schritten feuchte Schmatzlaute im nassen Rollsplitt erzeugten – hätte Monika aus den heiteren Gesprächsfetzen erfahren, die sie auf dem Weg zu ihrem Fahrrad aufschnappte, dass während ihres Schlafs ein Monat verstrichen war, sie hätte es für möglich gehalten. Aus einem Wintervormittag war ein Frühlingstag geworden.

Irgendwo glaubte Monika gelesen zu haben, dass Gotteshäuser immer offen standen. Auf die Kirche im Hansaviertel traf dies nicht zu, wie Monika feststellte, nachdem sie an allen drei Flügeltüren gerüttelt hatte und sich wie eine Hilfesuchende vorgekommen war, deren Erbitten ungehört blieb. Eine Gruppe von Jungen näherte sich, Monika sah sie auf sich zuschlendern, die Jacken um die Hüften geknotet, und plötzlich fiel ihr ein, dass sie es versäumt hatte, ihre Bräune im Spiegel zu prüfen. Vielleicht habe ich mir eine Verbrennung zugezogen, dachte sie und befühlte ihr Gesicht. Es glühte noch immer. Die Jungen unterhielten sich mit brüchigen Stimmen und sprachen sich mit ihren Nachnamen an, *Herr Jakobi* hörte sie und *Herr Schlögel*. Bald würden die Jungen sie sehen, vor dem verschlossenen Eingang stehend, mit einem feuerroten Gesicht.

In ihrer Verlegenheit wandte sie ihnen den Rücken zu und begutachtete die doppelflügeligen Portaltüren, die aus einem matten Aluminium gefertigt zu sein schienen und in einem golden glänzenden Rahmen geführt waren. Auf dem Türblatt sah sie die Darstellung eines Ritters, der gegen ein echsenhaftes Ungeheuer kämpfte. Sie horchte in den Raum hinein. Aus dem Inneren des Gebäudes drang das hohe elektrische Fiepen eines Staubsaugers an ihr Ohr, doch sonst war nichts zu hören, nur dieser Staubsauger, kein Gesang. Und während sie sich fragte, weshalb sie sich so sicher gewesen war, den Chor hier anzutreffen, stellte Monika zu ihrem Ärger fest, dass die Jungen damit begonnen hatten, sich vor der Kirche zu versammeln, und nun offensichtlich darauf warteten, eingelassen zu werden.

Eine neue Gruppe von Teenagern stieß dazu, vier Mädchen, die sich über einen hochgeschossenen, langhaarigen Jungen freuten, der in riesigen Basketballschuhen über die Betonplatten schlürfte und den Mädchen eine Folge von Witzen erzählte, über die sie sich vor Lachen krümmten. Konfirmanden, dachte Monika, und in diesem Augenblick öffnete sich die mittlere der drei Eingangstüren von innen. Eine junge Frau, die eine grüngerahmte Brille trug und ihr halblanges blondes Haar in den Nacken gebürstet hatte, rief die Kinder herein. Monika folgte der Gruppe als Letzte. Im Foyer verschwand sie auf die Toilette, dort prüfte sie ihren Teint im Spiegel. Sie hatte sich nicht verbrannt, im Gegenteil, ihr Gesicht wirkte merkwürdig ausgeruht, und als Monika sich so sah, schöpfte sie eine Hoffnung für sich. Ihre Lage konnte nicht so schlimm sein, es würde alles gut werden mit ihr. Vielleicht konnte sie auf einer der vielen Sitzbänke Platz nehmen, bis der Chor auftauchte. Doch kaum dass sie in den Altarraum gelangt war, trat schon die blonde Frau an sie heran.

Ob sie sich auch konfirmieren lassen wolle, fragte sie Monika und lächelte mit zusammengepressten dünnen Lippen. Monika schüttelte den Kopf. Nein, sie habe sich bloß für das Kirchenfenster interessiert, log sie und deutete auf die große Fensterwand auf der linken Seite der Halle. Die Frau nickte verständnisvoll.

»*Sieg des Lichts.* Sie sehen das gelbe Oval in der oberen Ecke? Das stellt die Sonne dar.«

Mit eigenartig deutlich prononcierten Sätzen, denen Monika kaum folgen konnte, weil sie alle zum Ende hin gleichförmig abfielen, erklärte ihr die junge Frau das abstrakte Fensterbild.

»*Ich bin das Licht der Welt. Wer mir nachfolgt, wird nicht wandeln in der Finsternis, sondern wird das Licht des Lebens haben.* Kennen Sie das Johannesevangelium?«

Gerne hätte sie die Pfarrerin nach dem Chor gefragt, doch als sie die ungeduldigen Blicke der Konfirmanden bemerkte, die sich auf den Holzbänken um sie herum verteilt hatten, entschied sie sich anders. Die Kirche, die ihr bei ihrem letzten Besuch so zauberisch erschienen war, sie kam ihr nun reizlos und profan vor. Sie bedankte sich und verließ eilig das Gebäude.

Und als sie ihr Fahrrad aufschloss, um sich auf den Heimweg zu machen, zurück in die dunkle Altbauwohnung mit ihren hundertjährigen Wänden, zwischen denen sich die Kälte trotz des warmen Wetterumschwungs noch lange halten würde, da sah sie den weißen Transporter mit dem finnischen Nummernschild an der Kirche vorbeifahren. Auf der Vorderbank erkannte sie die Chorleiterin und den Sänger, der ihr zugezwinkert hatte, und zwischen ihnen glaubte sie den braunen Haarschopf des seltsamen Jungen auszumachen. Monika folgte dem Transporter mit dem Blick, und nachdem sie den Wagen um die Ecke verschwinden gesehen hatte, bestieg sie ihr Fahrrad.

Der Lieferwagen war unterwegs in Richtung Klopstockstraße, und obwohl er nicht besonders schnell fuhr, bereitete es Monika Probleme, dem Wagen zu folgen, wegen der vielen Pfützen, denen sie auszuweichen hatte. Ein fabrikneuer Hybridwagen kam ihnen entgegen und hupte erst den Transporter und dann Monika an. Der Mann hinter der Windschutzscheibe zeigte mit energischen Gesten auf die Fahrbahn, die, wie Monika nun an den allesamt in Gegenrichtung aufgestellten Schildern erkannte, eine Einbahnstraße sein musste.

Der Lieferwagen beschleunigte sein Tempo und bog nach rechts ab. Im Seitenspiegel blitzte das Gesicht der Fahrerin auf, sie schien zu lachen. Weil der Radweg von Tauwasser überschwemmt war, fädelte Monika sich in den Verkehr ein. An der Ampelkreuzung fürchtete sie zurückzubleiben, während sie wie eine Irre in die Pedale trat. Dank eines anfahrenden Busses, der den Transporter ausbremste, konnte Monika schließlich aufholen, der Abstand verringerte sich. Als der Wagen auf die Bartningallee zufuhr, war sie nahe genug, um von der Dieselwolke des tropfenden Auspuffs eingequalmt zu werden. Die Bremslichter leuchteten auf, der Transporter kam zum Stehen, und aus der Beifahrertür sprang ein Mann heraus. Er lief quer über die Straße, auf eine Ladenpassage zu, es war der Sänger mit dem blonden Schnurrbart. Der Wagen fuhr wieder an, schon nach einigen Metern riss die Frau das Steuer nach links. Als Monika sah, wie der Wagen vor einem niedrigen Apartmentblock anhielt, der mit seinen Laubengängen und den filigranen, blaulackierten Stahlverstrebungen an ein Motel erinnerte, blieb auch sie stehen, in einiger Entfernung hinter der Plane eines Pritschenwagens.

Zuerst stieg Paul aus. Er eilte um den Transporter herum und öffnete die Hintertür, aus der nun auch die anderen Chorsänger ausstiegen. Gemeinsam gingen sie auf einen Parkweg zu. Obwohl Monika sich ungeschickt und auffällig verhielt, als sie der Gruppe in den Tiergarten folgte, blickten diese sich kein einziges Mal um, auch Paul nicht. An einem Laternenmast blieb sie stehen und wartete einen Moment, bis sie die anderen hinter einer immergrünen Heckenreihe verschwinden sah. Dann nahm sie die Verfolgung wieder auf.

Sie sangen das finnische Lied, das politische Lied. Am Ufer des von hohen Bäumen umwachsenen Grundwasserteiches sah Monika sie auf einer braunfleckigen, von einem Maulwurf zu einer Tafelberglandschaft geformten Wiese stehen. Ein föhniger Wind harkte das Teichwasser hinter ihnen zu einer undurchsichtigen schwarzen Fläche, die an Schiefergestein erinnerte. Aus dem vertrockneten Schilf am Teichrand flatterte eine Elster mit zitternden Schwanzfedern in die Höhe und schnitt die Fluglinie eines Polizeihelikopters, der den Park scheinbar lautlos überflog, weil der Wind den Lärm seiner Rotorblätter in eine andere Richtung wehte, ein Wind, der warm war und kräftig zugleich, der durch die Zweige strich und die blonden Schilfhalme niederdrückte. Wieder glaubte Monika den Namen *Natalia* zu verstehen, es war seltsam.

Der Gesang schwoll an, er wurde schöner und kräftiger, während sich die Sänger auf die Zehenspitzen stellten und das Kinn in die Höhe schoben. Ohne einem bestimmten Gedanken nachzuhängen, stand Monika so eine Weile versteckt hinter einem reetgedeckten Gartenlokal und blickte den von einer Erle am Ufer herabrieselnden Kätzchen nach, bis sie plötzlich Schritte hinter sich vernahm.

Monika drehte sich um. Vor ihr stand der Mann, den sie aus dem Kleinbus hatte springen sehen. An dem blütenweißen Baumwollhemd, das er unter einer geöffneten Wachsjacke trug, fehlte ein Knopf. Ein Büschel Brusthaar schaute heraus.

»Ich bin Hektor, Pauls Vater.«

Er lächelte, und nun glaubte sie in seinen weichen Gesichtszügen, dem tiefen Augenlid, auch eine Ähnlichkeit zu Paul ausmachen zu können. Er muss sehr jung gewesen sein, als sein Sohn geboren wurde, dachte Monika.

»Paul hat gesagt, dass du wiederkommen würdest«, sagte er und blickte Monika aus seinen freundlichen Augen an. Er hatte schöne lange Wimpern, und seine buschigen Brauen standen ab wie die Fühler eines Insekts.

»Ich höre euren Gesang so gerne«, sagte sie und wischte sich eine zerzauste Haarsträhne aus dem Gesicht, in der sich ein verholzter Erlenzapfen verfangen hatte, »aber ich verstehe leider kein Wort.«

Sie unterhielten sich über das Viertel, und Hektor erzählte ihr von seiner Wohnung, die er von einem Freund übernommen hatte, damals in den neunziger Jahren.

»Sonst«, sagte er und lachte, »hätte ich keine Chance gehabt. Die meisten Wohnungen sind hier ja mittlerweile teuer verkauft.«

Monika überlegte, ob sie ihm von dem neuen Kapitel ihrer Dissertation erzählen sollte, das ihr in diesem Viertel eingefallen war. Doch sie entschied sich dagegen. Es kam ihr falsch vor, nun da die Zahlungen ihres Stipendiums eingestellt wurden und man ihr die Aufenthaltserlaubnis entzog.

Der Wind wurde stärker, und der Gesang veränderte sich, es klang, als würden sich die Stimmen der Frauen und Männer, eine nach der anderen, auflösen und auseinanderfallen in atomisch kleine Teile, jede Stimme eine Vielzahl von Tönen. Monika glaubte zu erkennen, dass sie dieses Geräusch mit ihren Mündern erzeugten, die sie geformt hatten wie nach Luft schnappende Fische.

»Es klingt, als ob es Hunderte wären, Tausende, die dort singen«, sagte Monika nach einem Schweigen, in dem sie beieinanderstanden und dem Gesang lauschten.

»Das sind sie gewissermaßen auch, zumindest, wenn man dem Liedtext glaubt, es ist eine Art Märchen. Sie singen mit den Ungeborenen und den Toten, sie alle singen dasselbe Lied. Das Meer wird sich öffnen, und es wird eine Insel herauftreiben, auf der sie alle zusammen sein können, so heißt es zumindest in dem Text.«

Der warme Wind blies nun in Böen, das Sirren nahm ab, wurde leise wie das Rascheln von Blättern. Mit dem letzten Windstoß verschwand auch der Gesang.

»Das ist mein Zeichen«, sagte Hektor und lief die abfallende Wiese hinunter zum Teich.

V

Obwohl die Dämmerung hereingebrochen war, fühlte sich die Luft an diesem frühen Abend noch immer sehr mild an, ja sogar warm. Ohne funktionierendes Rücklicht konnte sie in eine Polizeikontrolle geraten, fürchtete Monika, und so lief sie, das Fahrrad neben sich herschiebend, vorbei an der Siegessäule. Sie ging nicht durch den Park, aus dem sie das Trällern einer Nachtigall vernahm, so früh in diesem Jahr, sondern mitten auf der sechs Spuren breiten Straße des 17. Juni, die für den Verkehr gesperrt war, wie vor wichtigen Fußballspielen oder dem Silvesterfest. Und während sie in die sich ausbreitende Dunkelheit hinter den Silhouetten der noch kahl stehenden Bäume blickte, holten sie die Erinnerungen an den Tag ein.

In einer Aufwallung wirrer Gedanken sah sie Frau Holler in ihrem stickigen Büro sitzen, die hässliche Kinderzeichnung an der Wand, der Geruch, die trockene Luft. Sie dachte an die blitzeisüberfrorene Straße, an den Befehlston der Streifenpolizistin und ihren Sturz an der Kreuzung. Dann das Solarium, die tropischen Pflanzen im grellen Licht des Schaufensters und das Schmelzwasser, das von den Markisen herunterschwappte. Sie sah auch ihre Mutter. Sie stand auf der Veranda ihres Hauses in Fresno, wo sie sich so oft Holzsplitter einfing, weil sie barfuß lief, und immer und immer wieder dachte sie an den Gesang, das tausendstimmige Sirren am schwarzen Teich.

Solange ihr Widerspruch noch nicht abgelehnt war, hatte sie noch eine Chance. Wenn sie sich beeilte, würde es Monika vielleicht gelingen, ihre Dissertationsschrift in zwei Monaten abzuschließen, und in dieser Zeit würde sie arbeiten, vielleicht konnte sie schwarz putzen gehen oder irgendwo als Pflegekraft einspringen. Svanhild hatte Monika einmal von einem Job erzählt, der gut bezahlt werde, ein Berliner Unternehmen, das Leute suche, besonders ausländische Studenten. Man füllte gebrauchte Druckerpatronen mit einem Farbpulver auf und verkaufte die Toner von zu Hause aus. Das könne sie machen, dachte Monika erleichtert und griff nach ihrem Telefon. Sie wusste zwar, dass das feine Farbpulver giftig war und im Verdacht stand, Krebs zu erzeugen, aber sie würde eine Atemschutzmaske tragen, und es wäre ja bloß für eine kurze Zeit. Doch als sie die Telefonnummern durchging und Svanhilds Namen auf dem Bildschirm flimmern sah, fiel ihr mit einem Mal wieder ein, wie die Geschichte von dem Toner-Job zu Ende gegangen war: Die Firma, der Svanhild die Chemie abgekauft hatte, meldete Insolvenz an, und Svanhild war auf mehreren Kartons gebrauchter Kartuschen sitzengeblieben.

Sie könnte auch die anderen Kommilitonen fragen oder den Architekten. Und während sie überlegte, wessen Telefonnummer sie besaß, erinnerte sie sich daran, wie Frau von Bahlsen einmal von ihrem demenzkranken Großvater gesprochen hatte, *einem der Helden um den Grafen von Stauffenberg,* dem es gelungen sei, rechtzeitig unterzutauchen. Es war ein Hundertjähriger, den sie mit ihren Geschwistern und einer Pflegekraft, einem ungarischen Medizinstudenten, in seinem Brandenburger Anwesen pflegte. Das Bild eines mit Leberflecken übersäten, spärlich behaarten Greisenschädels entstand vor ihrem inneren Auge, ein Schädel mit den Gesichtszügen der Professorin. Nein, das konnte sie nicht.

In ihrer Vorstellung ging Monika das Mobiliar ihrer Wohnung durch. Für den alten Röhrenfernseher bekam sie wohl nichts, und der Orientteppich war schon abgewetzt gewesen, als sie ihn auf dem Flohmarkt gekauft hatte, nun waren noch Wachsflecken dazugekommen. Ihr Schreibtisch bestand aus einer gefundenen Pressspanplatte, die von zwei Klappböcken aus dem Baumarkt gestützt wurde, und die Matratze, auf der sie schlief, war durchgelegen und fleckig. Daneben das schiefe Kellerregal, das Monika aus dem Studentenheim am Tiergarten mitgenommen hatte und das sich nun zur Seite neigte wie ein Parallelogramm, weil sie die Böden beim zweiten Aufbau nicht richtig verschraubt hatte. Dafür könne sie wohl kaum viel Geld verlangen, dachte Monika, doch einige der Bücher in den Fächern waren von Wert. Nicht die russischen Erzählungen, die Bücher waren ausgelesen und wasserfleckig, wohl aber die sechsbändige Pynchon-Werkausgabe im Kassettenschuber, die ihr Vater ihr aus den USA geschickt hatte, sie hatte die Bände nie aus dem Schutzkarton genommen, und auch *Das Steinerne Berlin* von Werner Hegemann, mit einem Vorwort von Walter Benjamin, das Buch war von neunzehnhundertdreißig. Sogar noch älter waren die posthum veröffentlichten Bände Nikolai Fedorovs, des russischen Auferstehungsphilosophen, der die Toten ins Leben zurückrufen wollte. Sie würde sich von den Büchern trennen. Es war zwar unwahrscheinlich, dass der Erlös für ein Flugticket und die Miete reichte, aber sie konnte auch beim Essen sparen, wie auf dem College, als ihre Mahlzeiten aus nicht viel mehr als aus Haferbrei und in Öl geschwenkten Spaghetti bestanden hatten. Außerdem, fiel ihr ein, besaß sie ja noch die Gutscheine von Frau Holler. Sie griff in ihre Jackentasche und holte das Päckchen hervor, das ihr nun so wertvoll erschien wie ein Bündel Geld. Um die Zellophanhülle einzureißen, nahm Monika ihre Zähne zu Hilfe, im nächsten Moment wirbelten die bunten Karten hoch und segelten zu Boden. Unter dem misstrauischen Blick eines Streifenpolizisten, der hinter einer Absperrbake Wache schob, sammelte sie die weit über die Fahrbahn verstreuten Gutscheine ein. In dem Licht der Laternen erinnerten sie Monika an ein Quartettspiel, einige trugen den Sternenkranz der Europäischen Union, andere die silberne Vignette mit dem Bundesadler oder das Wappentier Berlins. Die meisten Karten, die sie auflas, waren Gutscheine für die Essensausgabe eines Wohltätigkeitsvereins. Sie enthielten genaue Auflistungen der Vitamine, der Menge an Fett und Proteinen, die man dafür erhielt. Es gab jedoch auch Gutscheine für eine Kleiderausgabestelle, einen Waschsalon, sogar ein Kinogutschein war beigelegt. Mit diesen Wertmarken kann ich es schaffen, dachte Monika, während sie ihr Fahrrad über die Brücke hinter der Alten Nationalgalerie schob, über den Hackeschen Markt und die Kreuzung am Rosa-Luxemburg-Platz. Zurück in ihrer Wohnung, warf sie sich auf das ungemachte Bett. Auf dem Rücken liegend, mischte sie die Lebensmittelkarten und Gutscheine nach Wert und Farbe und betrachtete die Reihe von Buchrücken in dem zum Fenster hin geneigten Regal. Morgen früh wollte sie zu dem Antiquitätenhändler in der Torstraße gehen und einen guten Preis aushandeln. Sie war ins Schleudern geraten, doch sie würde sich fangen. Auch wenn es allen Grund gab, daran zu zweifeln, so verspürte sie nun deutlich diese Zuversicht, die selbst das Läuten des Videoanrufs nicht zu schmälern vermochte, vor dem sie sich den ganzen Tag über gefürchtet hatte.

Das Headset hielt die Locken der Mutter wie ein Haarreif. Mit dem Kopfschmuck und der übergroßen Fleecejacke, in die sie sich gehüllt hatte gegen die Kälte auf der Veranda, wo die Funkverbindung zum Netz der Nachbarn besser war, machte sie auf Monika einen seltsam kindlichen Eindruck. Der Garten, dem die Mutter den Rücken zugewandt hatte, lag im Nebel. Wegen des Dunsts beschränkte sich der Schärfebereich der Kamera auf ein winziges Areal, das kaum über die Holzbrüstung hinausging und bis zu einem gestutzten Feigenbaum reichte, an dem kein einziges Blatt hing.

Monikas Mutter war eine rundliche Frau. Während

des Telefonats jedoch erschien es ihr, als schmälerte sich das Gesicht der Mutter von Minute zu Minute. Ihr Teint war blasser als gewöhnlich, und der leichte Überbiss und die Zahnlücke traten nun überdeutlich hervor.

»Ich habe es gerade gelesen«, verkündete die Mutter mit einer sich überschlagenden Stimme. »Bei euch ist es wärmer als bei uns. Was für eine verkehrte Welt!« Die Mutter gab sich einem eigenartig glucksenden Lachen hin, ein gurgelndes Geräusch, das Monika mit einer Verzögerung erreichte. Zuerst sah sie nur ihr Gesicht, den gekräuselten Nasenrücken, die hervortretenden Lachfalten. Sie erinnerte sich nicht, sie jemals so lachen gehört zu haben.

»Es sind zwei Warmfronten, die auf euch zuströmen, aus dem östlichen Afrika und aus der westlichen Karibik«, sprach sie weiter, während sie an der Kamera vorbei auf den Computerbildschirm schielte. »Sie schreiben, dass es bei euch um die 27 Grad warm werden wird, das sind mehr als 80 Fahrenheit! Und das Anfang Februar in Berlin, das nördlicher liegt als Vancouver.« Wieder lachte sie dieses Lachen, das so anders und irgendwie unangenehm war.

»Weißt du schon, wann du im Sommer nach Hause kommen wirst?« Mit fahrigen Gesten schob sie den in die Stirn gerutschten Reifen der Sprechvorrichtung zurecht, bis das Bild einfror und Monika nur noch die Stimme hören konnte.

»Ich habe noch keinen Flug.«

»Rod hat dir einen Schreibtisch gebaut. Er freut sich, dich bald kennenzulernen.«

»Das ist toll, sag ihm danke von mir.«

»Versuch, das Wetter zu genießen«, rief sie noch in das Mikrophon, bevor Monika das Gespräch beendete und den Computer zuklappte.

Durch das geöffnete Fenster drang eine milde Luft herein. Sie roch nach feuchter Erde und einer früh erblühten Pflanze, die Monika nicht bestimmen konnte. Zwei Jungen fuhren auf Fahrrädern vorbei, Monika hörte die Unebenheiten der Straße auf einer Fahrradklingel nachscheppern. Am gegenüberliegenden Fenster saß eine Frau. Nach dem Duschen trug sie das Handtuch zu einem Turban hochgewickelt und kaute an einem Stück Brot. Monika hatte sie nie zuvor gesehen. Sie verspürte einen schleierartigen Schmerz hinter der Stirn, der wohl mit dem Temperaturanstieg zu tun hatte, mit einer *Wetterfühligkeit*, ein Wort, das ihr gefiel. Dann legte sie sich wieder auf die Matratze und schlief bei offenem Fenster, das erste Mal seit Monaten.

VI

Mit einer Bleistiftspitze versuchte sie, die Folie einzureißen, die über dem Strichcode auf dem Einband der Zeitschriftensammlung klebte, doch in ihrer Angst, sich durch das Kratzen und Schaben zu verraten, ging Monika so zaghaft vor, dass sie nun schon seit einer Weile damit beschäftigt war. Ihre Furcht war ärgerlich, geradezu lächerlich.

Sie lauschte in das Magazin des Osteuropa-Instituts hinein. Die Schritte, die sie vorhin auf dem Bodenbelag hatte kleben und sich wieder lösen hören, entfernten sich, *Schapp Schapp Schapp*. Aus dem anderen Ende der Bibliothek hallte ein Räuspern zu ihr. Aber dort, wo sie saß, an ihrem Platz vor einer Wand aus grünlichen Glasziegeln, durch die der helle Schein der Morgensonne drang, war sie allein. Von draußen wurde eine blechern verstärkte Stimme hineingetragen, sie brüllte etwas, doch nicht zu Monika, es betraf sie nicht. Sie setzte ihren Bleistift wieder an, dieses Mal entschiedener, und schon bald gelang es ihr, mit der Minenspitze unter den dicken Folienüberzug der Diebstahlsicherung vorzudringen, die auf dem Sammelband der Zeitschrift Книга и революция,

Buch und Revolution, angebracht war. Ein Riss entstand, nun konnte sie die Sicherung mit dem Fingernagel abpellen.

Über ein britisches Onlineauktionshaus würde sie mit den Magazinen viele hundert Euro verdienen, sie hatte sich in einem Sammlerforum informiert. Es kam vor allem auf das Heft Nr. 17 an, eine Ausgabe von 1929 mit einem Umschlag von Warwara Stepanowa. Das Heft würde sie zu Hause und in aller Ruhe aus der Klebebindung herauslösen und für dreihundert Euro anbieten, das war doppelt so viel, wie sie für den Verkauf ihrer Bücher bekommen hatte. Den entsicherten Band schlug sie in die Tageszeitung ein, die sie im Kiosk für diesen Zweck gekauft hatte. Die Schlagzeile *Belgien am Abgrund* über einem Foto, das den in Tränengasnebel gehüllten Brüssler Justizpalast zeigte, war auf der Vorderseite zu sehen, eine rot eingefärbte Wetterkarte mit den winterlichen Hitzerekorden in Mitteleuropa bildete die Rückseite. Die Tarnung war miserabel. Das Format der sowjetischen Magazine überragte die Zeitung um einige Zentimeter, doch als Monika das Paket in die durchsichtige Tüte der Bibliothek schob und ihre Strickjacke darüber drapierte, die sie bei den milden Temperaturen ohnehin nicht tragen wollte, war sie zufrieden. Erst beim Hinuntersteigen der Treppen kamen ihr Zweifel. Sie musste eine zweite Sicherheitsschranke passieren, vor der ein Angestellter stand, der Plakate auf große farbige Papierbögen fotokopierte. Sie müsse ihm aufgefallen sein in der menschenleeren Bibliothek, dachte Monika. Dennoch ging sie weiter, und als sie die Schranke durchschritt und das Erdgeschoss erreichte, vor dem sie sich am meisten gefürchtet hatte, fand sie auch den Informationsschalter verlassen vor. Doch im Foyer des Osteuropa-Instituts durchfuhr sie ein Schreck. Draußen vor der Glastür hatte sich eine Menschenansammlung postiert, Monika erblickte Studenten, die Armbinden trugen, und Bibliotheksangestellte, deren Gesichter ihr vertraut waren. Sie wollte umkehren, die Tüte mit dem Zeitschriftenband hinter den großen Pflanzenkübel werfen, der vor den Schließfächern stand, doch weil alle zu einer jungen Frau auf einer Leiter hinaufsahen, die ein bemaltes Bettlaken an der Fassade anbrachte, ging Monika weiter.

Auf der anderen Straßenseite hatte ein Student seinen Posten bezogen. Mit einem Megaphon vor dem Mund rief er zu Monika herüber: »Streikbrecherin, Streikbrecherin!«

Falls das alles ist, was man mir vorwirft, dachte sie, dann habe ich nichts zu befürchten.

VII

Die Haselnusssträucher standen in Blüte. Monika sah sie hinter dem windschiefen Gitter wachsen, das das verwaiste Baugrundstück zwischen den Brandmauern der Mietskasernen einzäunte, und an der Höhe der Pionierpflanzen konnte sie ablesen, wie lange die Fläche schon brachlag, vier Jahre, fünf Jahre. Die kleinen Bäume drängten sich aus dem Windschatten eines Schuttcontainers hervor, niedrige, widerspenstige Büsche, die das vergessene Land besiedelten und sich rasch verbreiteten. Sie sah sie auch auf der anderen Straßenseite. In langen, sich zur Sonne hin neigenden Verästelungen beugten sich die Sträucher über die Friedhofsmauer. Unter dem blauen Februarhimmel, erfasst von der nun schon seit Tagen so sommerlich warmen Luft, schaukelten ihre leuchtend gelben Kätzchen. Es hat eine Zeit gegeben, dachte Monika auf dem Weg zur Lebensmittelausgabe, da war dieses Land bedeckt von Haselnusswäldern, lichten, hellen Wäldern, die aus dem sandigen Boden wuchsen, ein Urstromtal, durchzogen von breiten Flüssen und eiszeitlichen Seen. Ihr Wasser war hell und klar und so anders als die melassefarbenen Seen, die sie von Ausflügen nach Brandenburg kannte. Aus den Ästen der Haselnuss, überlegte Monika, als sie sich unter eine Plane duckte, die von einem Baugerüst herabhing, könnte sie sich eine Wünschelrute anfertigen, zum Aufspüren von Grundwasseradern, wie es die Weinbauern in Fresno bei Dürre machten. Über ihren Onkel Richard, der nach der Aufgabe seiner logopädischen Praxis als Dowser zu Geld gekommen war, sagte man, dass er eine besondere Gabe dafür besaß, unterirdisches Wasser zu lokalisieren. Vielleicht hatte auch sie dieses Talent geerbt. Sie warf einen Blick über die bröselige Ziegelmauer, hinter der sich, wie sie wusste, ein alter Friedhof befand. Unter den großen, schattenspendenden Bäumen hatte sie manchmal gesessen, wenn es ihr in der Stadt zu heiß geworden war. Bald würde es wieder so weit sein. Und als sie darüber nachdachte, ob sie die Straßenseite wechseln sollte, um sich eine der jungen Haselnussruten abzubrechen, sah sie vor der Friedhofsmauer einen Mann anhalten, der auf dem Fahrrad unterwegs war und seine beiden Söhne in einem mit zwei Sitzbänken ausgebauten und mit einer roten Fahne geschmückten Lastenanhänger transportierte. Das Fahrrad als Fußstütze nutzend, hangelte er sich den efeubewachsenen Klinker hoch und knickte jeden Ast ab, den er zu fassen bekam, während sich die im Anhänger sitzen gebliebenen Kinder über den herabrieselnden gelben Blütenstaub die Augen rieben. Als der Mann einen dicken Bund zusammenhatte, sprang er die Mauer herunter, und weil er sich wohl von Monika ertappt fühlte, lachte er nervös.

»Für die Mama«, rief er ihr über die Straße zu und

reichte die Zweige an die Jungen weiter, die mit ausgestreckten Armen darauf warteten, den üppigen Strauß entgegenzunehmen. Die Haselnussruten zwischen den Sitzbänken ihrer Fahrradkutsche platziert, rollten sie den abfallenden Bürgersteig hinunter und verschwanden an der Kreuzung.

Die Lebensmittelausgabe befand sich in einem Gewerbehof mittelständischer Unternehmen am Anfang der Saarbrückerstraße. Als Monika den ersten Torbogen durchquerte, wurde sie von einem Wachmann in einer schwarzen Militäruniform aufgehalten, die vom Anlehnen an die dick getünchte Wand mit weißen, kreideartigen Flecken überzogen war. Dazu trug er helle Budapester Schuhe, die das ansonsten martialische Äußere des Mannes auf eine Art zivilisierten, die Monika als verstörend empfand und in ihr das Gefühl eines Notstandes aufkommen ließ, ganz so, als übertrete sie die Grenze eines sich in Auflösung befindlichen Staates. Der Mann verlangte ihre Gutscheine zu sehen, Monika zeigte sie vor und durfte den vorderen Hof betreten. Fahrräder standen dort und große, mit Luftpolsterfolie umwickelte Kübel, in denen Oleanderbüsche und Trompetenbäume wuchsen. Es gab einen Springbrunnen, dessen Plätschern von der sehr hohen Fassade des mehrere Innenhöfe umschließenden Gebäudekomplexes zurückgeworfen wurde, und einige schmiedeeiserne Bänke, auf denen niemand saß.

Am Ende einer Schlange, die bis vor den Rundbogen des zweiten Innenhofes reichte, reihte sie sich hinter zwei rothaarigen Frauen ein, die auf Monika wegen ihrer nahezu identischen, aus kurzen Ärmeln hervorschauenden schlanken weißen Arme wie Geschwister wirkten. Die Frauen unterhielten sich auf Deutsch, jedoch sprachen sie beide einen anderen Akzent.

»Es wird nicht mehr lange dauern«, sagte die Frau mit der französischen Aussprache, »dann wird dieses Land zugrunde gehen.«

»Wie meinst du das?«, wollte die andere Frau wissen, sie klang wie eine Spanierin. Auch Monika interessierte sich für eine nähere Erläuterung und rückte ein wenig enger auf.

»Sie sind am Ende, niemand in Europa hat das Geld, um sich ihre Autos zu leisten, ihre Maschinen, ihr Schwarzbrot, ihre Kartoffeln.«

»Das wollen wir nicht hoffen! Es würde uns alle treffen«, sagte die Spanierin, die ihren Kopf nun so heftig schüttelte, dass ihre roten Locken Monikas Gesicht streiften.

»Wenn es so weit ist, gehe ich nach Belgien.«

»Du bist verrückt, in Belgien ist es doch am schlimmsten.«

»Ich habe dort Familie. Glaube bloß nicht, was sie dir hier über das Land erzählen.«

»Sie haben ihren König ins Gefängnis gesteckt, mehr weiß ich nicht.«

»In Belgien werden sie alles besser machen, sie werden Europa neu gründen.« Belgien also, dachte Monika, ihre Cousine Lynda war dort stationiert gewesen. In einer Air Base auf dem flachen Land diente sie als Funkerin für das Militär. Dann hatte man den Flughafen geschlossen und das gesamte Personal in den Irak abgeordert. Es hieß, Lynda sei untergetaucht, desertiert. Sie hatte Lynda nie besonders gemocht. Sie war eine magere Sadistin, die sich mit ihrer Kinderrolle in einem Martial-Arts-Film brüstete und sie oft in Kämpfe verwickelt hatte, in denen sie Monika zwang, ihre Fürze zu riechen. Als Kinder verbrachten sie die Sommerferien manchmal gemeinsam in Pittsburgh, der ganze Pittsburg Clan war so drauf. Vielleicht hatte Lynda sich in Belgien verändert.

In der Warteschlange kam Bewegung auf, gleich musste mit der Verteilung begonnen werden. Sie fühlte eine nervöse Vorfreude in sich aufsteigen, unter die sich auch die Angst mischte, zu kurz zu kommen, als Letzte von vielleicht fünfzig Wartenden. Um besser sehen zu können, was am anderen Ende vor sich ging, scherte Monika aus der Schlange aus.

In Begleitung eines zweiten Wachmanns war eine Frau vor den Ausschank getreten. Sie hatte Perlenohrringe an und trug ihr Haar zu einer senkrecht eingedrehten Hochsteckfrisur, als gehöre sie zu der Festgesellschaft einer königlichen Trauung. Mit einem riesigen Schlüsselbund, der eher einem mittelalterlichen Turmzimmer angemessen wäre, öffnete sie ein Vorhängeschloss, das mit einer Eisenkette an einer schweren Tafel angebracht war. Kaum dass sich die Kette gelöst hatte, wurde die Tafel durch eine dritte Person von innen in die Höhe gezogen. Monika erkannte zunächst nur die Hände und schließlich einen kurzen Oberkörper, der in eine spitz ausgeschnittene Nadelstreifenbluse gekleidet war und zu einer sehr kleinen Frau gehören musste. Mit einer hohen, wie elektrisch manipuliert klingenden Stimme rief sie in die Menge:

»Vorsicht, sonst klemme ich euch die Finger ab!«

Die erste Tüte wurde befüllt und einer blonden Frau gereicht, die den Beutel mit beiden Händen umklammert hielt und, ohne hineinzusehen, davoneilte. Die Schlange bewegte sich, Monika rückte einige Schritte auf. Als Nächstes sah sie einen jungen Mann in abgeschnittenen Jeans die Ausgabe verlassen, ihm folgte ein Paar, das sich die Schlaufen einer Tragetasche teilte. Dann geriet die Schlange ins Stocken.

Über den Tresen der Lebensmittelausgabe lehnte ein älterer Mann, der Laufschuhe trug und ein langes Sporttrikot, unter dem die Ränder einer violetten Radlerhose hervorschauten, und beschwerte sich, wie Monika zu verstehen glaubte, über das abgelaufene Verfallsdatum einer Packung Toastbrot. Die kleine Person hinter der Durchreiche fuhr ihn an, er solle verschwinden, sofort, und die Frau mit den Perlenohrringen, die die Namen der Bedürftigen notierte, schüttelte den Kopf mit einem Ausdruck von Betroffenheit und Entsetzen über die Undankbarkeit des nun stumm zurückweichenden Alten, der sich hinter Monika noch einmal neu anstellte.

Kein Wind regte sich in dem Hof, die Sonne brannte, und die Plastikschlaufen der Tüte, die Monika in der schwitzigen Hand hielt und nicht abzusetzen wagte, schnitten sich in ihre Finger. Allmählich kam sie der

Ausgabe näher, sie war nun nicht mehr die Letzte in der Warteschlange. Nach dem trikottragenden Mann hatte sich ein kleines, pausbäckiges Mädchen angestellt, das auf eine so verlogen liebenswürdige und bittstellerische Art in sich hineinlächelte, dass Monika den Blick von ihr abwenden musste. Hinter dem Kind wartete ein kräftiger Kerl, der eine Halskrause trug, ihm folgten zwei russisch sprechende Frauen, die bunte Tragenetze bei sich hatten und einen Einkaufstrolley. Monika rückte weiter auf und war der Lebensmittelausgabe nun so nah, dass sie erkennen konnte, was über den Tresen verteilt wurde. Es waren Drachenfrüchte und Papayas, Babybananen und kleine Litschis, die aus hölzernen Stiegen in die aufgehaltenen Tüten geschüttet wurden. Monika hatte mit Kartoffeln gerechnet oder mit Reis.

Die rothaarigen Frauen kamen an die Reihe, nannten nacheinander ihre Namen und wurden von der kleinen Frau versorgt, die nun die letzte der von einem Flamingorosa in ein frühlingshaftes Grün verlaufenden Drachenfrüchte herausgab.

»Jetzt gibt es nur noch Avocados und Eier«, verkündete die Frau mit dem hochgesteckten Haar und winkte Monika zu sich heran. »Neu hier?«

Monika nickte und buchstabierte ihren Namen, während sie beobachtete, wie die kleine Frau hinter dem Tresen buntgefärbte Eier in einer Pappschachtel verstaute und sechs schwarze Avocados aus einer Waschschüssel hervorholte. Monika hatte nur die Bibliothekstüte bei sich, und so hielt sie die Tragetasche mit dem in eine Zeitung eingelegten Magazinband hin.

»Dann einen guten Appetit.«

Die Frau hinter der Theke lächelte und wies Monika freundlich zum Ausgang. Doch als sie den Mann wiedererkannte, der nach Monika an der Reihe war, verfinsterten sich ihre Gesichtszüge.

»Für dich gibt es hier nichts«, sagte sie und rief das kleine Mädchen heran. Mit ihrem kindlich runden Ellenbogen schob das Kind den Mann beiseite und übergab der Frau hinter der Theke ihre Jutetasche.

»Lisa, mein Spatz!«

Das Kind bekam seinen Beutel zurück, der nun einen wesentlich pralleren Eindruck machte als die anderen Tüten, die Monika über die Theke hatte wandern sehen. Dazu reichte ihr die Frau, in deren Perlenohrringen das Sonnenlicht funkelte, noch eine Packung Schokoladenkekse für Diabetiker.

Als der alte Mann in Sportkleidung erneut zur Beschwerde ansetzen wollte, mit dem Finger tippte er auf die Nährwerttabelle seiner Lebensmittelmarke, war es der Wachmann, der ihn zurechtwies.

»So, jetzt wirst du gesperrt«, sagte er und riss dem Mann seinen Gutschein aus der Hand, »wer sich nicht benimmt …«

»Das dürft ihr nicht!«, rief der Alte und duckte sich hinter das kleine Mädchen, das so plötzlich in ein Weinen ausbrach, dass es Monika einen Schrecken einjagte. Der Wachmann flüsterte etwas in das Funkgerät, das an seinem Hemdkragen befestigt war, und bedeutete Monika mit weit ausholenden Handbewegungen, von dem Mann in Sportbekleidung abzurücken, der sich von hinten an das weinende Mädchen klammerte, Schutz suchte hinter dem Kinderrücken.

»Lassen Sie bitte das Kind los«, sprach die Frau hinter der Ausgabe mit ruhiger Stimme und hielt dem Mann eine Wanne entgegen, die mit Weihnachtsstollen und Räucherlachs befüllt war. »Sie bekommen ja, was sie wollen.«

Der Mann ließ seine Geisel frei, das Mädchen stürzte sich in die ausgebreiteten Arme der Frau mit der Hochsteckfrisur und blickte aus tränenwässrigen Augen auf das Geschehen. Wie ein Kind auf einem Bragolin-Gemälde, dachte Monika. In diesem Augenblick warf der zweite Wachmann, der sich von hinten angenähert hatte, den alten Mann zu Boden. Alles geschah so überstürzt, und Monika bemerkte erst spät, dass in der wartenden Menschenmenge eine Tränengas-Kartusche gezündet worden war. Ein Brennen in Hals und Augen überkam sie, ihr wurde übel. Sie hustete und es schmerzte, doch bei alldem kreisten ihre Gedanken einzig um die Tasche mit dem gestohlenen Zeitschriftenband, die sie in den Händen hielt. Sie musste weg von hier, fliehen, bevor die Polizei eintreffen würde.

Monika rannte aus der Gaswolke, und während sie auf die vorderste Hofeinfahrt zulief, die im schwarzen Schatten lag wie das Tor einer mittelalterlichen Festung, stürmte ihr aus einer Seitentür ein dritter Wachmann entgegen, der mit seiner schwarzen Taschenlampe zum Schlag ausholte. Eine Schreckenssekunde lang schloss Monika die Augen, wie im Kino vor einer brutalen Szene, und wartete auf das Einsetzen eines Schmerzes.

Doch nichts geschah, und als sie wieder aufblickte, sah sie einen Pulk Demonstranten, der sich von der Straße in den Innenhof gedrängt hatte und den Sicherheitsmann in einem Kreis umschloss. Angeführt wurden die Demonstranten von einer Frau – es war *Miss Rodriguez,* die Monika von dem Straßenzeitungsverkauf vor dem Lebensmittelgeschäft am Teutoburger Platz kannte. Monika bedankte sich mit einem stummen Nicken und lief durch den Torbogen hinaus auf die Straße.

Sie nahm nicht den direkten Weg, sondern bog auf die Prenzlauer Allee ein. Der Reizhusten legte sich, und auf der Torstraße verlangsamte sie ihren Gang. Vor dem eisernen Tor einer langen Hofschlucht holte sie Atem und sah sich um. Niemand war ihr gefolgt. Im kurzen Schatten der Häuserreihe erhob sich eine Kastanie, an deren Astspitzen pralldicke, von einem fettigen Glanz überzogene Knospen aufragten, bereit, jeden Moment aufzuplatzen. Die Zeit rast, dachte Monika, als sie die Kreuzung am Rosa-Luxemburg-Platz überquerte, sie musste sich beeilen.

VIII

Der Anblick des grünen Polizeiwagens in der Zierkirschallee löste in Monika ein solches Entsetzen aus, dass ihr im Gehen die Knie wegsackten. Gegen die schwarz verhangene Schaufensterfassade eines Eckhauses gelehnt, erkannte sie zwei uniformierte Beamte, einen Mann und eine Frau, die vor ihrem Hauseingang standen und an der Tür rüttelten. Bei ihnen war noch eine dritte Person, eine kleine Frau, die eine Brille trug, es musste Frau Holler sein. Frau Holler ging einige Schritte zurück, legte den Kopf in den Nacken und blickte hinauf zu den geöffneten Fenstern, Monikas Fenstern, aus denen das morsezeichenhafte Klingelläuten auf die Straße zurückschallte. Im Fenster darüber erschien ein brauner Haarschopf. Über den Sims gelehnt, beschrieb ihr Nachbar mit seiner flachen Hand einen Bogen in der Luft, eine Gebärde, die Monika nicht zu deuten vermochte. Und als sie sich fragte, ob er die Polizisten verscheuchen oder sie zu sich heraufbitten wollte, verschwand der Kopf wieder. Kurz darauf ertönte ein Summen aus der Klingelanlage.

Der Widerspruch gegen die Annullierung ihres Visums war abgelehnt worden, Monika hatte das Schreiben vor einer Woche im Briefkasten gefunden, doch dass man sie so schnell aus dem Land jagen würde, das hatte sie nicht erwartet. Oder es war, wie sie befürchtet hatte, man hatte sie an diesem Morgen in der Bibliothek gesehen.

In ihrer Vorstellung sah sie die Polizisten ihre Tür eintreten. Es würde ihnen nicht sehr schwerfallen bei den vielen Rissen im Türblatt. Abwechselnd nahmen der Mann und die Frau Anlauf, bis die Tür einfach aus den Angeln fiel, zerbarst. Vielleicht wäre auch ihr Nachbar auf den Flur getreten, der nun hautnah und wirklicher als in der Realität seiner Kriminalserien miterleben durfte, wie eine Wohnung geräumt wurde. Monika hörte die keuchenden, rauen Stimmen der Polizeibeamten, dann sah sie Frau Holler durch den Wohnungsflur gehen, sich umschauen, in die Küche verschwinden. Sie würde den Kühlschrank öffnen und wegen des Geruchs, der ihr entgegenschlug, das Gesicht verziehen. Im Badezimmer würde sich die Polizistin Gummihandschuhe überstreifen und damit beginnen, den Kleiderhaufen zu durchwühlen, den Monika auf den Fließen neben der Waschmaschine angehäuft hatte. Sehr deutlich sah sie Frau Holler nun in ihrem Zimmer stehen, vor ihrem Schreibtisch, wo der Laptop mit ihrer unvollendeten Dissertation lag. Jetzt hatten auch die Polizisten das Zimmer betreten. Sie blickten an die Wand, an der das Bild hing, die Fotografie einer Fotografie, die Monika eigentlich nichts mehr bedeutete, doch ihr in diesem Moment als das Kostbarste erschien, das sie besaß.

In ihrer Not wusste sich Monika nicht anders zu helfen, als Svanhild anzurufen, das erste Mal seit ihrem Streit. Nach einem langen Läuten nahm Svanhild schließlich ab. Ihre Stimme klang abwesend, ganz so, als wäre jemand bei ihr.

»Bist du allein?«, fragte Monika kurzatmig, als sie die ansteigende Schönhauser Allee hinauflief.

»Mhm, ja.«

Sie war sich sicher, dass Svanhild log. Sie hatte sie schon oft beim Lügen ertappt, meist bei kleinen Geschichten, unbedeutenden Beiläufigkeiten, die sie irgendwie als besonders und eigenwillig erscheinen lassen sollten. Sie log auf eine harmlose und banale Art. Einmal erzählte sie ihr, dass sie als Kind am liebsten Fruit Loops gegessen habe, buchstäblich süchtig gewesen sei nach diesen bunten Ringen, wie sie gesagt hatte, ein anderes Mal verkündete sie, dass sie immer schon jegliche Art von Frühstücksflocken gehasst habe. Auch von einer Ufo-Sichtung über dem Ontario-See hatte Svanhild ihr einmal erzählt, es war eine dieser Storys, an die sie sich später nicht mehr erinnern konnte. Ihre überflüssigen Lügen hatten Monika nie besonders gestört, sie verband keine sonderlich enge Freundschaft. Sie waren einfach nur zwei Amerikanerinnen in Berlin, die versuchten, irgendwie durchzukommen. Doch in diesem Moment wünschte sich Monika nichts sehnlicher als eine Vertraute.

»Svanhild, ich weiß nicht weiter.«

»O je.«

»Könnte ich eine Weile bei dir unterkommen?«

Für einige Sekunden herrschte Schweigen, Monika hatte das Gefühl, das Svanhild den Hörer mit der Hand abdeckte.

»Svanhild?«

»Ja, natürlich kannst du kommen. So gegen fünf?«

Am liebsten wäre sie augenblicklich in die Bahn gestiegen, bei ihr untergetaucht, doch sie wollte die Beziehung nicht überreizen, sie würde Svanhild noch um vieles mehr bitten müssen.

»Danke, Svanhild.«

»Also, bis gleich.«

Überall konnte sie hin, in jeden Park, auf jeden Friedhof, nur in ihre Wohnung nicht. Zuerst kam ihr das Sonnenstudio in den Sinn, bei diesem Wetter würde sie dort niemand vermuten, doch dann fielen ihr die Polizisten ein, die vor dem jüdischen Friseursalon Wache hielten. Sie wollte sich hinlegen und schlafen, auf einer Wiese, die nicht mehr fahl und winterfeucht war. Vielleicht hatten die hohen Temperaturen der letzten Tage ausgereicht, um neues Gras sprießen zu lassen.

In der Fehrbelliner Straße warf sie den russischen Zeitschriftenband in einen Container für Altkleider, lief auf den Basketballplatz zu, der zum Weinbergspark führte, und stolperte über die vielen Löcher im Pflaster, aus denen rötlicher Sand zutage trat, ganze Straßenabschnitte lagen offen. Über eine Treppe gelangte sie in einen Rosengarten, deren kahl stehende Büsche an Wüstenpflanzen erinnerten. Alle Bänke, die sich unter dem lichten Spalier entlangzogen, waren besetzt von Liebespaaren, die sich küssten. Hier kann ich nicht sitzen, dachte sie und ging weiter, auf eine Liegewiese am Südwesthang des Parks. Der Rasen war voll von Menschen, die picknickten und sich in einem aufgeregten Tonfall unterhielten. Monika bahnte sich einen Weg durch das Muster aus bunten Decken und Getränkekisten und entdeckte eine freie Grasfläche zwischen einem schwarzen Riesenschnauzer, der auf dem Rücken liegend in der Sonne döste, und zwei Männern, die auf einem ausgefransten Teppich saßen und sich ein gegrilltes Hähnchen teilten. Unter all diesen Menschen würde sie nicht auffallen. Sie breitete ihre Strickjacke unter sich aus, legte sich hin und blickte in den wolkenlosen Februarhimmel.

In einer diagonal verlaufenden Zickzacklinie sah sie einen Schwarm großer Vögel mit schweren, die letzten Kräfte zehrenden Flügelschlägen über einer Siedlung muschelförmiger Zelte vorüberziehen und hinter den Brandmauern der Häuserreihe am Fuß des Hügels verschwinden. In den Pflanzenbeeten am Wegrand vor der bunten Zeltsiedlung sah sie Jungen in Gummistiefeln herumstapfen, die den rindenmulchbestreuten Boden mit Harken und Schaufeln umgruben und selbstgemalte Schilder in die aufgelockerte Erde steckten, auf denen Erdbeeren und Wassermelonen abgebildet waren. Zwei kleine Mädchen in langärmligen Samtkleidern, die einen großen Drachen in der Luft balancierten, einen fliegenden Fisch, der erst auf einen hellgrün austreibenden Ahorn zusteuerte, dann auf eine schirmartig herabhängende Trauerweide, in der sich der Drachen schließlich verfing, riefen ihren Papa zur Hilfe, einen jungen Mann mit Kippa, der mit großen, eleganten Schritten auf sie zulief. Ein Mann mit einer um die Hüfte gebundenen Bauchlade trat an Monika heran und wollte ihr einen frittierten Reisball geben, der süßlich roch, doch Monika hatte kein Geld bei sich und begriff zu spät, dass der Mann das Essen verschenkte. Das französisch sprechende Paar auf dem Teppich neben ihr warf dem in der Sonne dösenden Riesenschnauzer die Reste ihres Picknicks zu. Aus Freude über einen Hühnerknorpel wälzte sich der große Hund auf dem Rücken, in seinem schwarzen Maul kam rosiges Zahnfleisch zum Vorschein. Eine Gruppe von Teenagern schlenderte den Hang hinauf, sie sammelten Geld für einen Swimmingpool, den sie auf dem Dach ihrer Schule errichten wollten. Eines der Mädchen trat Monika versehentlich auf den Arm. Sie lief barfuß und führte ein graues, an ein winziges Brustgeschirr angeleintes Kaninchen neben sich her. Inmitten dieser seltsam überdrehten Stimmung blieb Monika noch eine Weile liegen, bis die Sonne so tief hing, dass sich ein Schatten über sie legte. Und als sie sich aufsetzte und die klamm gewordene Jacke überzog, entdeckte sie auf der ummauerten Anhöhe des Parks, neben dem Treppenaufgang eines Restaurants, den nun eine Kette aus pflastersteinbeladenen Einkaufswagen versperrte, Paul wieder, den Jungen aus dem Chor, und neben ihm auch Hektor, seinen Vater. Sie trugen eine Holzpalette, die sie zur Verstärkung der Barrikade hinter die Gitterwagen warfen. Monika ging zu ihnen.

»Schön, dich zu sehen!«, sagte Hektor, als er sie erblickte, und er sagte es so freundlich, dass Monika Tränen über die Wangen liefen. Sie weinte, und sie weinte so lange, bis Hektor und Paul sie zu ihrem Bus führten, der auf dem Bürgersteig unterhalb des Parkhangs stand.

IX

Sie war sich nicht sicher, ob die beiden ihr folgen konnten, ihren jammervollen, von schluchzenden Atempausen unterbrochenen Klagen, bei denen sie immer wieder ins Englische abrutschte, in einem Schwall sich überschlagender Sätze von kränkenden Erlebnissen und erfahrenem Unglück, die nun, da sie auf der Rückbank Platz genommen hatte, aus ihr herausflossen. Sie sprach über den verlorenen Krieg im Irak, den Anstieg des Ölpreises und davon, wie sich die Politik in ihre Biographie einschrieb, als das Leben immer teurer wurde, ihre Fakultät von einem Tag auf den anderen einen Großteil der Mitarbeiter entlassen musste und sie ihre Flucht aus dem untergehenden Weltreich plante. Sie erzählte auch von den Kolloquien in der Dahlemer Villa, von ihrer Einsamkeit und dem Gefühl des Verlorenseins, von dem gestohlenen Zeitschriftenband und den Polizisten, die nach ihr suchten, und davon, dass sie nicht mehr nach Hause könne, weder in ihre Prenzlauer Berger Wohnung noch in die USA. Sie besaß nichts außer einer mit Avocados und Ostereiern gefüllten Plastiktüte. Nicht einmal die Fotografie an ihrer Wand war ihr geblieben.

Während der Fahrt durch die Innenstadt, die immer autoleerer wurde, dafür umso mehr von Fußgängern bevölkert zu sein schien, von einem Meer von Menschen, die rote Spruchbänder in die Höhe hielten und in dröhnenden Sprechchören aus allen Seitenstraßen auf sie zuströmten, hörten sie sich ihr Elend an, ohne ein Wort zu sagen, auch Paul nicht, der neben ihr saß und ihr mit seiner weichen, kleinkindlichen Hand über die Schulter strich. Erst vor der Kreuzung an der Chausseestraße, die in Richtung Norden von schwarzen Polizeipanzern blockiert war, wandte sich Hektor zu ihr um.

»Das Bild«, sagte er und warf einen abschätzigen Blick auf einen Polizisten, der mit hektischen Handbewegungen versuchte, den Verkehr umzuleiten, »das besorge ich dir. Die Polizei wird ganz andere Probleme zu lösen haben.« Dann lächelte er und sprach mit einer Stimme, in der eine Ruhe lag und eine Zuversicht für alles Kommende: »Es besteht keine Gefahr für dich. Alles wird sich fügen.«

Kurz vor dem Hauptbahnhof gerieten sie schließlich in einen Demonstrationszug, der von zwei jungen Frauen angeführt wurde, die Fahnen schwenkten. Es war die belgische Trikolore und eine andere Fahne, die Monika noch nie gesehen hatte. Sie war rot und trug die Sterne der europäischen Mitgliedsländer in ihrer Mitte. Hektor trat auf die Bremse. Die Mädchen riefen etwas mit einem ansteckenden Lachen im Gesicht, und plötzlich kam Bewegung auf. Die Menschenmenge teilte sich vor dem Transporter und schloss sich wieder, kaum dass sie das Hindernis überwunden hatte. Wie ein strömender Fluss, dachte Monika und bekam Angst, in dem Wagen mitgerissen zu werden. Ein Seitenspiegel wurde umgeknickt, sie hörte Schläge auf dem Dach, und der Kleinbus begann zu schaukeln. Es war die Fröhlichkeit, mit der Hektor und Paul aus heruntergekurbelten Fenstern auf die Vorbeiziehenden blickten, in die Hände klatschten und lachten, die Monika beruhigte. Sie sah sich um. Der Strom riss ab, mit dem Nachhallen einer großen, singenden Menschenmenge.

Hinter dem Hauptbahnhof, wo sie Richtung Tiergarten abbogen, schien die Gegend wie ausgestorben. Verlassene Linienbusse blockierten den Kreisverkehr, sie sah geschlossene Ladengeschäfte mit heruntergelassenen Markisen, und mitten auf der Straße lag ein einziger Schuh. Sie erreichten das Hansaviertel.

Bis unter die Zimmerdecke reichte das Wandregal in dem vollgestellten Apartment, und in den Fächern, zwischen Papierrollen großformatiger Sternenkarten und einem Stapel fleckiger Zeitungen, lagerten Steine. Es waren Sandsteinbrocken mit muschelförmigen, wie mit einer Eiskelle ausgeschabten Einbuchtungen und Schieferblätter, auf denen sich das steinerne Negativ urzeitlicher Pflanzen abzeichnete, die feinen, gefiederten Wedel eines Farns. Bananenkisten standen herum, und hinter den ovalen Greiflöchern erkannte sie bunte Kabel, Drähte und Autobatterien. Am Fuß einer Schneiderpuppe, über die ein mit Federn, Mooskissen und Birkenrinde geschmückter Umhang gelegt war, lehnte ein Saiteninstrument, das einer Zither ähnelte. Doch von all diesen Dingen war es eine kleine, in einem Aquarium errichtete Welt, die Monikas Aufmerksamkeit auf sich zog.

Die See war aus grünlichem Milchglas, das Land aus rundgeschliffenem Styropor. Papierne Möwen hingen an Nylonfäden. Aus Streichhölzern war eine Bretterhütte errichtet worden, sie war umgeben von einem Wald aus sich schirmartig aufspannenden Trockenblumen, die Kiefern ähnelten, und allerlei Halmen und Zweigen, die wie kleine Laubbäume aussahen. Vor einem ins Rosa spielenden Himmelblau, das auf einem halbrund gebogenen Karton gemalt war, erkannte sie das Weichbild einer kleinen Hafenstadt und noch etwas sehr Kleines, das auf der Spitze einer Antenne saß. Monika rutschte von dem samtenen Sofa, auf dem sie saß, und kniete sich vor das Diorama. Das winzige Ding auf der Antenne gleicht einem Wetterhahn, dachte sie, oder einem Singvogel, der von seiner Warte aus auf die Insellandschaft blickt.

»Es ist schön geworden, unser Modell«, sagte Hektor, der mit einem Tablett, auf dem zwei dampfende Schälchen standen, aus der Küche trat. »Paul und ich haben lange daran gearbeitet.«

Ein salziger Duft verbreitete sich im Zimmer, und Monika spürte, wie sich ihr Magen von einem großen Hunger zusammenzog. Seit dem Morgen hatte sie nicht mehr gegessen.

»Gut riecht das«, sagte sie und dachte ohne Bedauern an ihre verlassene Wohnung, den leeren Kühlschrank, in dem sich immer dieser säuerliche Geruch hielt.

Hektor stellte die Schalen auf einem Beistelltisch neben einem ausgefahrenen Teleskop ab und rief in die Küche zu Paul, der sich eine Schürze umgebunden hatte und die Löffel brachte. Im Schneidersitz nahm der Junge neben Monika Platz, hob die Schale an den Mund und saugte die Suppe mit schlürfenden Zügen in sich hinein.

»Das ist überbrühter Kelp«, sagte Paul mit einem Schmatzen, »eine Seewasseralge, auch bekannt als Blasentang, ich hoffe, du magst so etwas. Den meisten Menschen schmeckt die Algensuppe anfangs nicht, aber dann verändert sich etwas.«

Monika kostete von der Brühe, sie war von einem intensiven, untermeerisch dunklen Grün und eigenartig dickflüssig, fast schleimig.

»Es schmeckt nach Fleisch«, sagte sie zu Paul, der sie beobachtet hatte, »und auch ein wenig medizinisch.«

Paul nickte.

»Das nennt sich Umami«, erklärte er, »und der Rest kommt vom Jod.«

Dann hob er die Schale wieder an, trank einen Schluck und biss auf ein Algenblatt.

»Schon vor neuntausend Jahren haben die Menschen sich von Blasentang ernährt. Dem Komsa-Volk, einer Küstensteinzeit-Kultur, die im Ostseeraum lebte, war Blasentang heilig. Die jüngsten und äußersten Triebe sind besonders wohlschmeckend, du kannst sie kochen, mit Zitronensaft beträufeln, zur Suppe geben, rösten, backen. In der Ostsee und in der Nordsee kommt Blasentang so häufig vor, dass man mit der Meerespflanze alle Menschen der Skandinavischen Halbinsel mit Jod und Vitaminen versorgen könnte.«

»Wie kommt man in Berlin an Blasentang?«, fragte Monika den Jungen, nachdem sie einen Schluck genommen hatte. Die Brühe schmeckte ihr immer besser, nur die Algen ließen sich schwer kauen. Aus der Küche vernahm sie die Stimme Hektors, er schien sich mit jemandem auf Finnisch zu unterhalten.

»Es ist schwierig. Aber nahezu unmöglich ist es, sich diesen Blasentang zu beschaffen, es ist ein spezieller Kelp. Er wächst dort«, mit seinem vorgeschobenen Kinn deutete Paul auf die Welt im Aquarium, »in der verbotenen Zone.«

Sie stellte die Schüssel ab, auf den Fußboden schwappte eine dunkelgrüne Pfütze. Die Bezeichnung *verbotene Zone* ließ Monika an ein Reaktorunglück denken, an militärische Experimente, an Chemiewaffentests, und sie spürte eine leichte Übelkeit in sich aufsteigen.

»Was ist das für eine Insel?«, fragte sie und blickte erneut auf das Diorama, das ihr nun wie eine hyperrealistische Landschaftsnachbildung erschien. Von der Suppe trank sie nicht mehr.

»Auf dieser Insel leben Meisen, die nicht mehr singen. Du erinnerst dich an das Lied, das wir gesungen haben?«

Monika nickte.

»In dem Lied wird das Verstummen eines Vogels besungen, einer Lapplandmeise.«

»Warum ist der Vogel verstummt?«

»Die Meise flog hoch zu den Wolken, sie flog höher, als es ihr zustand, so erklärt es der Liedtext, sie flog zu den Sternen. Und um dorthin zu gelangen, opferte sie ihr Liebstes: ihren Gesang. Doch ohne den Vogelgesang konnte sich die Insel nicht auf dem Wasser halten, und so ist sie untergegangen, versunken im Meer. Das Lied soll die Meisen daran erinnern, wieder auf die Erde zurückzukehren. Das erzählen sich die Bewohner der Insel.«

»Und ihr wart schon mal dort, auf der Insel? Ich meine, bevor sie untergegangen ist?«

»Die Insel ist nicht wirklich untergegangen. Sie wurde evakuiert, weil die Meisen dort nicht mehr sangen und sie Angst hatten, etwas in der Natur kaputtgemacht zu haben. Meine Mutter leitet die Forschungsstation auf Uusimaa. Schon in ein paar Jahren, wenn die Vögel wieder singen, werden wir da leben, mein Papa, meine Mama und ich. Von der Insel aus hat man eine klare Sicht auf die Sterne, nicht wie hier in der Stadt.«

Durch die angekippte Balkontür war das ferne Lärmen von Polizeisirenen in der warmen, anbrechenden Nacht zu hören. Ein erster Abendstern war aufgegangen. Was ist das für ein Tag, dachte Monika, sie wollte schlafen. Paul griff nach dem Fernrohr und richtete es auf den Himmel.

Das Gespräch, das Hektor in der Küche führte, schien sich zu einem Streit zu entwickeln. Immer lauter sprach er elliptische, finnische Sätze in den Hörer, bis das Telefonat abrupt beendet wurde.

»Wir haben noch etwas vor«, sagte Paul und sammelte die Schüsseln ein. Auf dem Weg in die Küche begegnete er seinem Vater. Hektor stand auf der Türschwelle. Sein Blick war gesenkt, und er schüttelte den Kopf.

»Sie sagen, es sei der heißeste Februar seit Menschengedenken«, sprach er, und bei diesen Worten klang seine Stimme brüchig und heiser, »aber wir haben uns das anders vorgestellt. Alles könnten sie haben, alles, was sie brauchen. Doch außer einem Kater wird von diesem Februar nichts bleiben.« In seinem Lachen lag nun eine Bitterkeit. Sie wusste nicht, was sie ihm entgegnen sollte, sie war selbst so erschöpft. Dann ging er zum Sofa, auf dem Monika lag, und strich ihr mit einer langsamen Bewegung eine Strähne aus dem Gesicht, die ihr am Mundwinkel klebte.

»Arme Monika, du solltest von hier verschwinden.«

Sie wollte nichts von Hektor, sie wollte sich bloß ein wenig ausruhen, und so schloss sie die Augen wie eine Schlafende. Sie spürte, wie eine Decke über sie gelegt wurde, dann vernahm sie ein Knarzen und öffnete die Lider einen winzigen Spaltbreit. Paul stand vor ihr, von seinen Händen tropfte weißer Spülmittelschaum. Er flüsterte ihr zu, sie könne sich in sein Bett legen, es sei frisch bezogen. Sie nickte und vergrub ihr Gesicht unter der Decke. Schritte näherten sich, entfernten sich wieder, schließlich fiel eine Tür ins Schloss. Als sie die Augen wieder öffnete, war sie allein.

Mitten in der Nacht erwachte sie aus dem Schlaf. Von einem Windstoß musste die Balkontür zugefallen sein. Es war stickig im Zimmer. Sie schob die Filzdecke beiseite und wechselte in Pauls Bett. Die Wäsche war gestärkt und roch seifig. Und während sie wieder hinüberglitt in den Schlaf, überlegte sie, wann sie zuletzt in einem solchen Bett gelegen hatte. Sie dachte an Mexiko, an eine Reise während ihrer Collegezeit, bevor Fiona, ihre Freundin, mit Jonathan zusammenkam und Levi zur Welt brachte. In dem Hotel, in das sie am späten Abend in Guaymas eingezogen waren, hatten die Kissen so gerochen. Sie bekamen das letzte freie Zimmer in einer Herberge, die von einer katholischen Jugendorganisation geleitet wurde. An jeder Wand lehnte eine Reihe von Doppelstockbetten, über der Tür war ein knochenfarbenes Kruzifix angebracht. Auf der oberen Etage zweier am Kopfende verbundener Betten lagen sie wach, die ganze Nacht, weil sie fürchteten, dass die Hotelleitung jemanden in die leeren Pritschen einquartieren könnte, und weil Fiona hören wollte, wie die Mädchen im Nachbarzimmer Besuch bekamen. Der Mond schien ins Zimmer, durch die geöffneten Fenster drang das Anbranden des Meeres herein. Am Morgen waren sie die Letzten im Frühstückssaal. Ihnen wurde Orangennektar gebracht und ein duftendes frisches Weißbrot, das sie mit einem greisenhaften Pudel teilten, der beim Essen winselte, bis Fiona auf die Idee kam, das Brot vorzukauen. Und der Hund, dem nur wenige Zähne geblieben waren, entwickelte einen unbändigen Appetit. Monika sah Fiona auf dem Balkon über dem Kalifornischen Golf. Ihr Blick suchte den Horizont ab, auf dem Geländer saß sie wie auf einem Pferd. Über dieses Urlaubsbild legte sich eine andere Erinnerung, Fiona im Wohnheim des Swarthmore College. Sie war schwanger und kniete auf dem Bett, den Rücken gekrümmt, die Hände schlaff und lieb. Mexiko, Swarthmore, Lichtjahre entfernt ist diese Welt, dachte Monika und schlief ein.

X

Sie weckten die Birken vor dem Fenster. Es war Februar, und die Bäumen schlugen aus, und der Wind, der durch die Zweige fuhr und die Blätter zum Rascheln brachte, fühlte sich bereits in der Stunde nach Sonnenaufgang so heiß und trocken an wie während der Hundstage. Die Wände waren weiß, das Licht war weiß, selbst die hellen Schatten waren es. Sie vernahm die Stimmen von Kindern auf einem Spielplatz. Sie riefen sich pathetische Sätze zu. *Ich flehe dich an*, hörte sie, *Habe Erbarmen* und *Niemals werde ich dir verzeihen.* Später kamen Polizeihelikopter dazu, es klang, als überflögen sie den Wohnblock im Hanseatenweg nur knapp über ihrer Fensterzeile. Doch es ging sie nichts an, sie rührte sich nicht.

Wenn sie Schritte auf dem Hausflur hörte, stand sie manchmal noch auf, zog sich an und wartete ab, ob sich die Wohnungstür öffnen würde, bald jedoch gab sie das Warten auf und legte sich in ihrer Kleidung wieder zu Bett.

An ihre unvollendete Arbeit, die sie in ihrer Wohnung zurückgelassen hatte, dachte sie selten, doch immer wieder stellte sie sich die Fotografie an ihrer Wand vor, die Fotografie der schönen Frau. In Gedanken strich sie ihr über den Haaransatz, über die Konturen ihrer Schultern, ihrer Hände. Sie brauchte das Bild nicht, um bei der Frau zu sein, sie hatte sie sich längst eingeprägt.

Sie hieß Natalia. Natalia Iwanowna, Natalia Alexandrowna, Natalia Antonowna. Die Vatersnamen wechselten, aber in ihrer Vorstellung blieb sie immer Natalia. Natalia! Wenn sie den Namen oft und schnell hintereinander aufsagte, dann überkam sie ein überschwängliches Gefühl, ein Taumel, so als stürmte sie eine Treppe hinauf, zu einer Wohnung, in der sich ein helles Zimmer mit einer Tafel befand, die gedeckt war mit Torten und brennenden Kerzen. *Natalia, Natalia, Natalia.*

Sie war Natalia Nikolajewna, geboren 1902 in Lopasnaja, einem Dorf an der Eisenbahnstrecke Moskau – Kursk, jenes Lopasnaja, das später, mit der Verleihung des Stadtrechtes, zu Ehren des Schriftstellers in Tschechow umbenannt wurde. Einige Werst von der Bahnlinie entfernt lag das tschechowsche Gut, mit den Obstbäumen, die er anpflanzte, und dem Gartenhaus, das er bauen ließ. Ein befreundeter Landschaftsmaler hat den Bahnhof Lopasnaja, an dem Natalia Nikolajewna als Tochter des Stationsvorstehers ihre Kindheit verbrachte, auf einem Gemälde festgehalten. Es zeigt den Bahnsteig mit seinen regennass glänzenden Holzbohlen und das Wartehäuschen mit seinem spitz überstehenden Dach unter dem Abendhimmel, der sich nach einem Sommerregenschauer aufklärt. Aus der Ferne nähert sich eine

Lokomotive auf dem Weg nach Moskau. Sie wird in den Zug steigen und niemals zurückkehren.

Sie war Natalia Wasiljewna, das älteste Kind einer jüdischen Soldatenfamilie, aufgewachsen in einem russischen Fort im Ferghanatal. Sie besucht ein Gymnasium in Samarkand, mit 17 schließt sie sich einer durchreisenden Schauspieltruppe an. Es folgen Tourneen entlang der Frontlinie. Nach der Revolution gründet sie mit Freunden die Agitprop-Gruppe *Neue Wolken*, die sich bald wieder auflöst. Sie arbeitet als Fotomodell, als Kleindarstellerin im Film und erhält Aufträge für das weltweit vertriebene Magazin *USSR im Bau*. 1938 wird gegen sie das Arbeitsverbot als Schauspielerin verhängt, wegen liederlicher Lebensführung, wie es in dem Bericht heißt. Es folgt die Verbannung nach Kasachstan, dort verdingt sie sich als Melkerin einer Kolchose.

Sie war Natalia Iwanowna, Petersburgerin, Tochter eines bürgerlichen zaristischen Beamten und einer Adeligen. Im Alter von neun Jahren wird sie während eines theosophischen Zirkels, den die Eltern in ihrem Salon abhalten, Zeuge bei der Wiederbelebung eines toten Kaninchens. Als die Revolution ausbricht, flieht sie mit ihrer Familie nach Frankreich. In Marseille schließt sie ein Pharmaziestudium ab, doch es gefällt ihr nicht am Mittelmeer, im Jahr '22 kehrt sie zurück aus dem Exil. Sie wird Apothekerin in Wosnessensk und geht eine Ehe mit einem usbekischen Arbeiter ein, es ist eine Liebesheirat. Als Natalia Iwanowna herausfindet, dass sie betrogen wird, sagt sie im örtlichen Büro des NKWD gegen ihren Mann aus. Es kommt zu einer Verurteilung zu fünf Jahren Zwangsarbeit wegen konterrevolutionärer trotzkistischer Tätigkeit und einem Abtransport nach Magadan im Fernen Osten. Sie bereut ihre Tat, doch es ist zu spät, die Denunziation lässt sich nicht rückgängig machen. Als Freie folgt sie ihrem Mann an den Stillen Ozean und findet Anstellung im zentralen Lagerkrankenhaus. 1940 kehrt sie schließlich als Witwe nach Mittelrussland zurück. Noch im selben Jahr tritt sie in den Sanitätsdienst der Roten Armee ein. Während eines Lehrgangs in Leningrad 1941 gelingt es ihr nicht mehr, die Stadt rechtzeitig zu verlassen.

Sie war Natalia Mikhailowna, das vierte Kind eines russischstämmigen Werftarbeiters und einer lettischen Köchin in Riga. Nach der Volksschule findet sie Beschäftigung in der Abfüllanlage einer Brauerei, mit achtzehn tritt sie der Kommunistischen Partei Lettlands bei. Sie besucht die Abendschule, absolviert eine Ausbildung als Stenotypistin und muss nach dem Verbot ihrer Partei in die Sowjetunion fliehen. In Iwanowo-Wosnessensk erhält sie dank der Vermittlung von Genossen eine Anstellung in der Lohnabteilung der Spinnerei Dschersinski. Es war ihr erster Arbeitstag, als sie vor dem Fabriktor in die dunklen Augen des Maschinenschlossers Sakir Karimow blickte. Die beiden heiraten, bekommen ein Mädchen und geben ihr den Namen *Ljubow*, Liebe. Einige Jahre später folgt ein weiteres Kind, wieder ist es ein Mädchen, sie nennen es *Nadeshda*, Hoffnung.

Sie war Natalia Warlamowa, geboren in Minsk, Ausbildung an der *Wchutemas*-Kunsthochschule zur Textilgestalterin. Die erste Ehe, aus der zwei Kinder hervorgehen, bricht 1938 auseinander. Während des Krieges findet sie Beschäftigung als Schneiderin der Roten Armee. Deutsche Kriegsgefangenschaft im Konzentrationslager Ravensbrück. Nach der Befreiung geht sie eine zweite Ehe mit einem technischen Zeichner ein. Es folgt die Geburt eines dritten Kindes in Berlin. 1947 schließlich die Rückkehr in die Sowjetunion.

Sie war Natalia Lewowna, ausgebildete Filmvorführerin aus Nowgorod, bis zum Krieg arbeitete sie in einem Kino in Wosnessensk. Nach zwanzig Jahren glücklicher Ehe, aus der drei Mädchen hervorgehen, fällt ihr Mann im Frühjahr 1945 während der Schlacht um die Seelower Höhen. Über den Tod wird sie zeit ihres Lebens nicht hinwegkommen. Anfang der 1950er Jahre folgt sie der Familie ihrer ältesten Tochter nach Nickel an der sowjetisch-norwegischen Grenze, sie wird Mitarbeiterin im örtlichen Kulturhaus. In den kommenden Jahren leidet sie an einer großen, durch die Polarnacht hervorgerufenen Traurigkeit, die sie immer wieder zu Aufenthalten in der psychiatrischen Abteilung des Zentralkrankenhauses in Murmansk zwingt. Frühverrentung 1955, gelegentlich veranstaltet sie Filmabende. Die Sommer verbringt sie mit den Enkelkindern am Schwarzen Meer, in einer Datscha mit Orangenbäumen im Garten, und allmählich verbessert sich ihr Krankheitszustand. Am 17. März 1977 kehrt sie von einem allein unternommenen Langlaufskiausflug in der Taiga nicht mehr zurück und gilt seither als vermisst.

Anfangs fehlten Monika Hektor und Paul so sehr, dass sie davon überzeugt war, nie wieder aufzustehen. Wenn sie Appetit bekam, aß sie von den Avocados und den gekochten Eiern, selten gelang es ihr, sich ins Bad zu bewegen. Was sie nicht ausschwitzte, wurde sie auf der Toilette los. Dort befüllte sie eine Plastikflasche mit Leitungswasser und erschrak über ihr Spiegelbild, über ihre Lippen, die aufgeplatzt waren, die verkrusteten Nasenlöcher und das strähnige Haar, sie war blass geworden. Sie ekelte sich, wenn sie ihren Atem vernahm, doch zugleich empfand sie auch eine stille Freude darüber, wie ein Kind, das an seinem Hintern grabbelte und sich die Finger unter die Nase hielt. Der Verfall war interessant. Sie verstand, um zu sterben, musste sie nichts weiter tun, als zu liegen und zu warten. Hunger empfand sie ohnehin kaum noch, nur diesen Durst. Und während sie überlegte, wie sie ihr lästiges Verlangen nach Wasser überwinden konnte, wurden die Erinnerungen an das Leben, das sie geführt hatte, schwächer, die Bilder blichen aus. In einem wiederkehrenden Traum sah sie den Chor am schwarzen Teich, sie sangen das finnische Lied, das Lied der Lapplandmeise, mit einem einzigen, langsam versiegenden Atemzug. Bald bewegten sie stumm die Lippen.

Als sie nach neun Tagen schließlich doch die Wohnung verließ, erschien ihr das Viertel als so schön, dass es innerlich schmerzte. Sie ging den Hanseatenweg entlang, eine junge Muslimin kam ihr barfuß entgegen, die Schlappen trug sie in den Händen.

»Seit zwei Wochen schon«, sagte sie und zeigte auf den Himmel, der sich über ihren Köpfen blau und hoch erstreckte, an den Rändern ins Weiße verlief und von einem schönen geraden Kondensstreifen zerteilt wurde.

Vor dem Oscar-Niemeyer-Haus beobachtete sie ein Liebespaar. Der Junge verbarg sich hinter einem Pilotenpfeiler. Das Mädchen hatte ihren Freund längst entdeckt, tat aber so, als sähe sie ihn nicht. Sie gingen rückwärts aufeinander zu, stießen zusammen und rollten sich auf den Boden.

Einige Schritte weiter begegnete Monika einer Gruppe verkleideter Abiturienten, die Jungen trugen Kleider, die Mädchen hatten sich gruselige Wunden aufgemalt. Mit feierlichen Gesichtern brachten sie Anschläge an, die nichts weniger als die Abschaffung des Todes forderten oder sich für eine synthetische Ernährung einsetzten, um dem Leiden der Tiere und Pflanzen ein Ende zu setzen. Sie las: *We want the Kingdom, but no God in it.* Auf einem Flugblatt, das an einem Stromkasten klebte und über die vorübergehende Einführung der Fünfzehn-Stunden-Woche für den öffentlichen Dienst informierte, war die Fünfzehn mit einer fetten Null überklebt.

Monika verstand nicht, warum der Hansaplatz an diesem Tag so voll war. Schon auf dem Wiesenstreifen längs der Altonaer Straße lagen Fahrräder, sie funkelten wie ein riesiger Schatz. Vor dem Café am auskragenden U-Bahnhof-Eingang waren alle Stühle besetzt. Sie saßen unter Girlanden, als gäbe es ein Fest zu feiern. Monika drängelte sich vorbei und lief zum Springbrunnen im niedrigen Becken vor der Bibliothek, zum ersten Mal sah sie das Becken mit Wasser befüllt. Die Kinder, die darin planschten, waren nackt, mit Ausnahme zweier Zwillingsschwestern, die weit abstehende Krinolinenröcke trugen und einen Bernhardiner wuschen. Das Wasser schoss aus der Fontäne, zerstäubte in der Luft, wurde zu Nebel, der im Gegenlicht schillerte und einen Regenbogen entstehen ließ. Beinahe stolperte Monika über die ausgestreckten Beine eines Mannes, der auf einer Bank inmitten der plaudernden Eltern eingenickt war. Sein Kinn ruhte auf der Brust, und er schnarchte, die Beine gerade wie lange Bretter, einzig gestützt von seinen Füßen, die in abgetretenen Lederstiefeln steckten und ihm das Aussehen eines Reisenden verliehen, der nach entbehrungsreichen Wochen des Unterwegsseins endlich angekommen und in einen erschöpften, guten Schlaf gefallen war.

»Hoppla«, sagte Monika und blickte sich um. Der Mann schlief noch immer.

Starr vor Verwunderung sah Monika die Hochhäuser in der Bartningallee wie Schiffe schwanken, die Bäume rings umher waren ein grüner Ozean. Im Schein der Sonne fuhr ein Zug in einer Langsamkeit über das Viadukt, die an ein auslaufendes Kreuzfahrtschiff erinnerte.

Wie komisch das ist, dachte Monika, dieser Gehorsam, diese Bescheidenheit. Immer sah sie höflich an der Sonne vorbei, zügelte sich, bloß nicht in das Licht zu blicken. Stattdessen gab sie sich mit ihrem Abglanz zufrieden, ihrem lächerlichen Schein, der auf die Erde herabrieselte. Für einige Sekunden sah sie hinauf, bis sie ein leichter Schwindel überkam. Monika hatte lange gelegen, nichts gegessen außer Eiern und Avocados. Sie wollte sich etwas zu essen besorgen und verspürte einen Appetit auf ein Gericht aus ihren Kindertagen: gestampfte Süßkartoffeln, Huhn und schwarze Bohnen. Ihren wertvollsten Gutschein hatte sie noch nicht eingelöst, vielleicht konnte sie dafür die Zutaten bekommen.

Sie überquerte die Altonaer Straße und lief auf die Geschäftszeile zu. Vor der Apotheke drängte sich eine Menschenmenge. Eine alte Dame, die sich als Letzte dazugestellt hatte, erklärte einer Joggerin, die haltgemacht hatte, um sich ihren Schuh zu binden, dass ab sofort jedes Medikament kostenlos sei. Ungläubig schüttelte die Läuferin den Kopf, schimpfte über die Verschwendung und reihte sich schließlich doch ein.

Ihre Schläfen pochten. Monika überlegte, ob sie sich Aspirin besorgen sollte, doch die Vorstellung, mit Kopfweh in der prallen Sonne anzustehen, brachte sie schließlich davon ab. Sie wollte in den Schatten, in die klimatisierte Kühle eines Supermarkts.

Als sie das Geschäft betreten wollte, hielt ihr ein Mann, der sie mit seinem dichten Bart an einen alttestamentarischen Propheten erinnerte, eine rote Rose entgegen. An einer Kordel in den belgischen Nationalfarben, die um den stacheligen Stiel geschwungen war, baumelte ein kleines Kuvert. Der belgische Prophet schien im Karree mit einer Tombola für die *Republik Belgien* zu werben, bei der es die Staatsbürgerschaft zu gewinnen gab. Weil sie nicht unhöflich sein wollte, nahm Monika die, wie sie fand, doch recht hässliche Blume an. Sie schloss die Augen, roch an der Blüte und sagte: »Mhm dieser Duft.« So verlor sie das Bewusstsein.

NACH UUSIMAA, NACH UUSIMAA!

Sein Blick wanderte entlang der Heizkörper. Er folgte der Biegung der Rohre und den Windungen der Metallrippen, aus deren Inneren Fauchgeräusche und ein leises Gluckern zu hören waren, Geräusche, die eine Wärme ankündigten, die in unregelmäßig einsetzenden und abebbenden Schüben zu ihm herüberwehte. An diesem Ort, dem Wartesaal eines Terminalgebäudes, von dem es hieß, er sei zwanzig Jahre lang verschlossen gewesen, erschien ihm jede Kleinheit von Bedeutung. Er betrachtete die Schellen, Hähne und Ventile des wieder arbeitenden Heizsystems, sie waren von einer fettigen Rußschmiere überzogen. Er sah die Abblätterungen des Lacks auf den Rohren, unter denen verschieden getönte Schichten von Weiß zutage traten. Auf dem Anstrich der Wand entdeckte er das schattendunkle Profil einer zum Boden zeigenden Schuhsohle, ein jahrzehntealter Abdruck, der von einem Wartegast stammen musste, der sich mit seinem angewinkelten Spielbein gegen die Wand gelehnt hatte. In einer Ecke der Halle, zwischen einer Reihe von Schließfächern und einem Passfotoautomaten, vor dem sich ein aus der Gleitschiene gerissener

Vorhang schief zum Boden hin neigte, waren Eisstiele und Stummel von Zigaretten, die es nicht mehr zu kaufen gab, zu einem Haufen zusammengefegt worden. In dem Kartenschlitz des öffentlichen Telefons steckte ein blauer, bröselig gewordener Kaugummi. Er musste vor einer lange zurückliegenden Zeit ausgespuckt worden sein, eine Zeit, die ihm geradezu historisch anmutete.

Nach Mitternacht war er unter den Ersten gewesen, die von den Soldaten und Polizisten in das Kaigebäude im Hafen von Oulu gelassen wurden. Als er den Wartesaal betreten hatte, waren die meisten Sitzplätze auf den Traversenbänken noch frei. Er konnte sich ausstrecken und in einen leichten Schlaf fallen. Doch noch vor Sonnenaufgang hatte sich die Schiebetür mit ihrem trägen Schleifgeräusch in immer kürzer werdenden Abständen geöffnet und geschlossen. Bald verteilten sich in der Wartehalle die ersten Habseligkeiten der heimkehrenden Uusimaaer. Er sah die in der Hektik des Aufbruchs notdürftig verschnürten Säcke und mit Klebeband umwickelten Tüten, die ausgebeulten Sporttaschen und die quietschend rollenden Einkaufstrolleys.

Im frühen Licht vor dem Fenster waren die hohen weißen Decksaufbauten aufgetaucht, die Masten und Kräne des Passagiereisbrechers Nordlandstar. Sie setzten sich von einem Hintergrund aus rosafarbenen Wolkenschlieren ab. Er hatte die Landungsbrücke gesehen, die vom Terminalgebäude zum Schiff führte, und einen Mann, der in einem blauen Overall auf den hängenden Sprossen eines Fallreeps die Bordwand hinuntergeklettert war. Mit einem Lappen hatte er ein Bullauge saubergewischt, das sich, als der Hafenarbeiter nach getaner Arbeit in das Rundfenster blickte, von einem gelben Licht erhellte. Es war Morgen geworden.

Er richtete sich auf. Ihm gegenüber sah er eine junge Frau in die Hocke gehen, sie wühlte in der Netztasche ihres Zwillingskinderwagens, der nicht mit Kindern, sondern mit Kleidersäcken beladen war. Von dieser Bewegung verrutschte der Bund ihres Leinenrocks. Kurz sah er den hellblau verfärbten Waschzettel ihrer Unterwäsche hervorschauen und erblickte einen dunklen Leberfleck über ihrem Lendenwirbel. Die Frau rückte ihren Rock zurecht und erhob sich mit einer Brotdose in der Hand, dem Frühstück für ihre beiden Töchter, die vor ihr saßen und sich einen Hartschalensessel teilten. Es waren geschälte Apfelschnitze, die braun angelaufen waren, die Kinder lutschten sie wie Bonbons.

Auch ein afrikanischer Mann, der sich auf dem Sessel neben der Frau und den Kindern niedergelassen hatte, holte nun seinen Reiseproviant hervor. Er sah ihn dampfend heiße Pellkartoffeln auspacken, die mit einem grünen Mus gefüllt waren. Er hatte sie in ein Geschirrhandtuch eingeschlagen, das er nun auf seinem Schoß ausbreitete. Die linke Hand führte er träge zum Mund. Der Mann, der seine Mahlzeit in einer geradezu entrückten Langsamkeit zu sich nahm, bemerkte erst mit einiger Verzögerung, dass eine rundliche Frau, die den Wartesaal betreten hatte, mit einem Freudenschrei des Wiedersehens auf ihn zueilte. *Haile Selassie.* Deutlich glaubte er, aus dem Schwall finnischer Sätze, die sie nun hervorbrachte, den Namen des letzten Regenten des

Kaiserreichs Abessinien herauszuhören. Mit ihrer winzigen, daumennagelgroßen Nase und den zusammengewachsenen Augenbrauen kam diese Frau, die den ergrauten Mann in ihre Arme schloss, seiner Vorstellung eines zwergenhaften Waldwesens sehr nahe. *Haile Selassie, Haile Selassie,* hörte er nun auch die Mutter der Zwillinge in einem melodischen Singsang sagen. Kurz darauf fiel der Name der Insel, zu der auch er unterwegs war, *Uusimaa.*

Die finnische Frau umarmte nun auch die Zwillingsmutter und bedeutete ihr mit einer Geste, die eine niedrige Körpergröße anzudeuten schien, dass sie sich noch gut an sie erinnerte. Die junge Mutter könnte ein Kleinkind gewesen sein, als sie die Insel verließ, dachte er.

Ihre Rufe lockten weitere Menschen an. Unter der schwarzen Fallblatttafel, die noch immer nichts anzeigte, obwohl der Zeitpunkt der Abfahrt näher rückte, erhob sich ein Mann gähnend von einer Sitzbank, sein Haar war von dem Dämmerschlaf plattgelegen. Aus der entgegengesetzten Richtung hinkte ein angetrunkenes Paar, das sich im Rausch gegenseitig zu stützen versuchte, auf die Gruppe zu.

Ein Mann, über dessen gebräunte Wangen sich ein Netz weißer Lachfältchen ausbreitete, schlenkerte eine dicke Taucheruhr an seinem Handgelenk hin und her, zum Zeichen, dass er es in der Fremde zu etwas gebracht hatte. Dann präsentierte er der Runde seinen Sohn, einen Jungen von vielleicht zwölf Jahren, der sogleich von der Waldfrau an die Brust gezogen wurde.

Die Passierscheinpflicht war aufgehoben worden. In

den letzten Nächten soll sich ein spontaner Protest auf dem Eis vor dem Hafen ereignet haben. Die ehemaligen Inselbewohner hatten damit gedroht, sich zu Fuß zu ihrer Insel aufzumachen, von der sie nun, da die Meisen dort wieder singen würden, niemand mehr fernhalten könne. Zuletzt hatte sich eine Gruppe von Frauen am Rand des Eises aufgestellt und angekündigt, nicht von der Fahrrinne abzuweichen, wenn das nächste Schiff nach Uusimaa ohne sie abfahren würde. Schließlich war man gezwungen gewesen, die Insel wieder zu öffnen. All diese Menschen, dachte er, kehren nun nach zwanzig Jahren auf ihre Insel zurück. Und obwohl es einigen in ihrem Exil wohl nicht sonderlich gut ergangen war, kam ihm ihre überstürzte Rückkehr doch widersinnig vor, nun, da ein Universum neuer Welten entdeckt worden war.

Er erinnerte sich an den Flugzeugabsturz, der seinen Tod hätte bedeuten können und ihm nun so sanft, beinah angenehm erschien im Vergleich zu der Weiterfahrt, die darauf folgte. In Berlin war er in einen Schnellzug gestiegen, der die ganze Wegstrecke in den Norden in gedrosselter Geschwindigkeit gefahren war. Erst hatten dänische, dann schwedische Milizen sie auf freier Strecke zum Stoppen gebracht. Nach einer kurzen Fahrt war das Stromnetz zusammengebrochen. Eine lange Nacht hatte der Zug in den Schären vor Stockholm stillgestanden, auf einem Viadukt über der dunklen See, auf der sich die Sterne spiegelten. Er hatte stundenlang mit Marta telefoniert, so lange, bis der Akku seines Handys aufgab. Nur ihretwegen war er weitergereist, damit er endlich von seiner Meisenmanie loskommen konnte, wie sie gesagt hatte.

Eine weibliche Gestalt näherte sich der Gruppe mit zögerlichen, eine große Schüchternheit zum Ausdruck bringenden Schritten. Als sie von den Uusimaaern entdeckt wurde, holte sie ein Foto hervor, das durch die staunende Menge gereicht wurde. Ein aufgeregtes Geschnatter brach unter den Menschen aus, die nun unbedingt einen Blick auf das Bild werfen wollten. Von seinem Platz aus konnte er nicht erkennen, was auf der Fotografie abgebildet war, und auch die Frau sah er nur von hinten. Er sah den Rücken, das Schulterstück einer weinroten Jeansjacke und blondes, im Nacken sich kräuselndes Haar.

Die Schiebetür öffnete sich, und eine Soldatin, deren Arme auf ein Maschinengewehr vor ihrer Brust gestützt waren, betrat den Saal. In ihrer Begleitung befand sich eine Frau. Sie war in eine übergroße Daunenjacke gehüllt, die sie wie einen Bademantel um sich geschlungen hatte. In der Mitte des Saals blieben sie stehen. Aus müden, wie lidfaltenlosen Augen spähte die Soldatin zu der lärmenden Menge hinüber und bedeutete der Frau, sich auf den Platz neben ihm zu setzen. Aus ihrer Daunenjacke schauten weiße Federkiele hervor, und ihr einziges Gepäckstück schien ein Jutebeutel zu sein, der bedruckt war mit dem Emblem einer großen Supermarktkette, die er aus Brüssel kannte. Eine Belgierin, dachte er. Dann aber hörte er, wie sie der Soldatin, die sich unter der Anzeigetafel in Stellung gebracht hatte, mit einer sehr tiefen Stimme *kiitos* zurief, danke. Es war eine der wenigen finnischen Vokabeln, die er kannte, doch so, wie die Frau sie aussprach, klang das Wort amerikanisch. Er sah, wie sie den Mund zu einem Lächeln verschob, das das gleiche Befremden zum Ausdruck zu bringen schien, das er in diesem fernnördlichen Land empfand, umgeben von diesen Menschen, die sich in einem immer größer werdenden Pulk um die Frau in der Jeansjacke drängten.

Er schob den Koffer mit der Kameraausrüstung beiseite, die amerikanische Belgierin nahm Platz. Ihre Einkaufstasche sank zu Boden, in den Aufwinden der Heizungsluft wirbelte eine Daunenfeder in die Höhe, und von diesem Moment an schien es ihm, als schaute sie unentwegt zu der Frau in der weinroten Jeansjacke hinüber. Sie schien sie so sehr in den Bann zu ziehen, dass sie das Blinzeln fast vergaß.

Erst konnte er nicht erkennen, was es mit dieser Frau auf sich hatte, die so viele Menschen aus dem Saal zu sich heranlockte. In der Menge, die sie umgab, erblickte er wieder nur einen kleinen Ausschnitt ihres Gesichts. Er sah, dass ihr helles Haar an den Schläfen zerzaust war, und auch, dass ihr Profil, die Stirn und das Kinn, schön war. Von der Anzeigetafel drang ein windiges Klappern in den Saal, die Menschentraube um die blonde Frau zerstreute sich, und mit einem Mal erkannte er sie. Ihm war, als sei er der Frau schon einmal begegnet, in einer weit zurückliegenden Zeit. Und während er sich bemühte, sich die Erinnerung an die Begegnung mit dieser Frau ins Bewusstsein zu rufen, mischten sich die Fallblätter der Anzeigetafel neu.

Susanne Sendler. Einer plötzlichen Eingebung folgend, glaubte er in der unbekannten Frau eine Ähnlichkeit mit jener Filmemacherin auszumachen, auf deren Spuren er sich schon so lange bewegte. Dieses Gesicht, dachte er, kenne ich. Und mit dem Anklingen des Namens in seinem Gedächtnis erschien es ihm, als wäre es wirklich die Filmemacherin, die sich unter die heimkehrenden Uusimaaer gemischt hatte.

Auf der Anzeigetafel tauchte eine lange vokalreiche Buchstabenfolge auf. Er las den Ortsnamen UUSIKAUPUNKI, als ein hundertstimmiges Raunen durch den Wartesaal ging, das so ohrenbetäubend war, dass die Soldatin ihren Kopf vor Schreck in den Nacken warf und die Augenlider niederschlug. Weitere Soldaten stürmten herein, sie trugen die türkisblaue Armbinde der kerneuropäischen Grenzschutztruppen. Die Soldaten drohten mit ihren Waffen und brüllten Anweisungen, die in dem tumultartigen Lärm der mit einem Mal in Bewegung geratenen Menge untergingen. Mäntel wurden hastig übergestreift und schwere Umzugskartons und Koffer über die Köpfe der aufgeregten Masse hinweg in die Höhe gehievt. Die Soldaten und Polizisten versuchten, ein Spalier zu bilden, einen Durchgang zu der Schiffsgangway. Sie hakten sich beieinander ein, doch ihre Kette hielt der Wucht der hinausströmenden, fröhlich rufenden Uusimaaer nicht stand.

Als auch die Amerikanerin in Richtung der Landungsbrücke verschwand, verließ er als einer der Letzten den Wartesaal, nur die Mutter mit den Zwillingen ließ sich mehr Zeit. Auf dem Noppenboden der Schiffsgangway, von hundert Schritten überrannt, entdeckte er die Fotografie, die Susanne Sendler den Uusimaaern gezeigt hatte. Es war das Porträt eines riesenhaften Greises, der, seine langen Beine in eine Decke gehüllt, auf einem Stuhl im Freien saß.

Er hatte sich an die Spitze des überfüllten Decks zurückgezogen, beugte sich über das Schanzkleid und sah, wie der schwarze Bug des Eisbrechers das ebenso schwarze Wasser der Bottnischen See durchschnitt. Sie fuhren einer Ferne entgegen, die in der aufgehenden Frühlingssonne zu glühen schien, ein glosendes Rot, bronzen und golden, bis der Widerschein nach einem plötzlichen Wechsel des Lichts von blauen Wolkenschatten verdunkelt wurde, wieder zu einer helleren Farbe fand und bald dunstig weiß vor ihnen lag. Es war das Packeis, das sich den ganzen westlichen Horizont entlangzog. Jenseits dieser Eisgrenze musste Uusimaa liegen.

Vor einem weißen Bettlaken, das als provisorische Kinoleinwand auf die Vorderseite des Brückenhauses gespannt war, kauerten die Uusimaaer, auch die Amerikanerin sah er in ihrer Mitte. Weil es nur wenige Sitzgelegenheiten an Bord des Eisbrechers gab, der für eine so hohe Zahl an Passagieren nicht ausgerüstet war, hatten sie es sich auf Campingstühlen, Kisten und Kleidersäcken bequem gemacht, auf Mänteln und Jacken, die sie auf dem dröhnenden Oberdeck ausgebreitet hatten.

Auf dem Vorderdeck, im Schatten des Ruderhauses,

sah er Susanne Sendler ein langes Stromkabel an einen kleinen 16mm-Heimkinoprojektor anschließen, der auf einer Truhe für Rettungswesten aufgebaut war. Das Kabel reichte von dem Projektor über die Stufen der Außentreppe bis hinauf zum Brückennock, wo der Kapitän stand, ein Mann, bei dem es sich, wie er nun sah, um den finnischen Kapitän handelte, den er in Susanne Sendlers einzigem Naturfilm gesehen hatte. Es war Aulis Lindros, der zwei Jahrzehnte nach der Anfangssequenz von *Die Meisen von Uusimaa singen nicht mehr* nun einen zweiten Auftritt bekam. Susanne Sendler rief hinauf zum Nock. Kapitän Aulis Lindros nickte wissend, bückte sich, verschwand hinter der Brüstung und tauchte mit dem Steckerende des Kabels wieder auf, das er der jubelnden Zuschauermenge entgegenhielt. Mit dem Stecker verschwand er auf der Brücke. Einen Augenblick später setzte sich das Laufwerk in Bewegung, der Film begann.

Auf der Leinwand sah er die Nordlandstar das Meer zerteilen. Schneebedeckte Treibeisschollen schaukelten dem Schiff entgegen. Halb versunken, an den Rändern glasig geschmolzen, ragten sie kaum aus der schwarzen See. So wie sie sich auf dem Meer verteilten, ließen sie ihn an Luftaufnahmen von Insel-Atollen denken. Andere Schollen erinnerten ihn an flache Wolken, bis sie alle hinweggeschoben wurden und größere, wie aus Felsgestein gesprengte Brocken auftauchten und mit einem Knirschen an der Außenwandung vorbeischrammten. Mit dem Näherkommen an die Packeisgrenze wurden die Geräusche lauter, und ein Schürfen und Reiben lärmte dem Schiff entgegen. Die Eisschollen verdichteten sich zu Feldern, zu einer Ruinenlandschaft aus Trümmerteilen, die das Schiff durchpflügte. Zunächst erschien es ihm, als würde das Schiff in einem immer schneller werdenden Tempo auf das Eis zurasen, bis er begriff: Es war eine Täuschung, denn ebenso wie die Nordlandstar der weißen Grenze entgegenfuhr, trieb auch das Eis auf das Schiff zu. Das Schiff und das Eis begegneten sich.

In einer Nahaufnahme war Susanne Sendler zu sehen, sie stand am spitz zulaufenden Bug und lehnte sich an derselben Stelle gegen das Schanzkleid, an der er sich gerade befand. Susanne Sendlers Blick war von einem kennerischen Erwarten, einer Unentschiedenheit zwischen Lächeln und Konzentration, wie eine Zauberin, die gleich ein Trick vollführen würde.

Ein Titel wurde eingeblendet, in einer klaren Schrift las er: *Die Rückkehr von den Sternen.*

Aus der Ferne, der das Schiff entgegenfuhr, näherte sich eine winzige Gestalt. In parabolischen, sprunghaften Bögen durchflog sie den Luftraum über dem Eis und erreichte schließlich den Schärfebereich der Kamera.

Es war eine Lapplandmeise, sie landete auf Susanne Sendlers Schulter. Mit einem leichten Kameraschwenk und einem fortlaufenden Zoom verkleinerte sich der Bildausschnitt über der Schulterpartie, bis nur noch das kleine Gesicht der Meise zu sehen war, in einer Großaufnahme, die die Leinwand ausfüllte. Die Meise sang.